记忆坊出品

她使黑夜透着光

寒烈 著

江苏凤凰文艺出版社
JIANGSU PHOENIX LITERATURE AND
ART PUBLISHING, LTD

1

榴莲白咖啡
LIU LIAN BAI KA FEI

　　徐惟希轻轻拉一拉自己身上香槟色及膝鸡尾酒裙的裙摆，正一正颈上的宝石项链，脸上展露微醺的表情，混迹在人群中。

　　这一晚是城中新贵建材大亨邵向前独生女邵明明的订婚鸡尾酒派对。派对设在市内一处闹中取静的老洋房里。老洋房原是租界时期一位犹太商人的住宅，二战胜利以后，商人携妻儿老小回祖国去了，留下这样一座充满风情的精致宅院。老洋房先后住过若干家房客，在极特殊的时期又被收归国有，充当政治运动的办公场所，最后在改革开放之初，又归还到当初的一批房客手中。其中一人恰是邵向前的祖父。

　　邵老爷子颇有商业头脑，拿了存在香港银行里的金条出来，向其他住户买下了整座洋房。在时人看来，老旧的洋房远不如新建的公寓来得舒服，老爷子此举完全就是疯了。然而时至今日，这座洋房的价值已远远超过当初十根金条的价值。

徐惟希如此不爱八卦的性格，也约略知道城中不晓得多少新娘希望能商借邵公馆作为婚礼举办场地。可惜，邵家很是不缺钱用，又十分注重隐私，故而并不肯出借。

惟希并不是这场豪门夜宴里的常规客人，她有工作在身。惟希是本埠最大一间人寿保险公司下属事故调查部门的调查员，专司在事故理赔前对事故进行调查取证，鉴定事故性质。

三天前，秘书敲开她的门，说有位杜女士来访。惟希翻了翻自己的记事本，才恍然想起，好像确实是师傅老白给她安排了一个活儿。惟希身为事故调查员，有时难免会经熟人请托，接一两件私活。听师傅说，这位杜女士是师母大学同窗的姐姐的女儿，这中间的关系百转千折，总之最后拜托到师母那里，师母推脱不掉，只好请她出马。

"你出面走走过场罢了。有钱人闲极无聊，没事找事。"师傅当时很是不以为然。

然而惟希一见到杜女士本人，就知道此事绝不是走走过场那么简单的。

杜女士梳齐耳短发，戴一副墨镜，穿高级定制女装，轻薄柔软的珍珠色丝绸衬衫如同第二层皮肤般，每粒纽扣都是大小一致的淡金色天然海珠，下着一条黑色紧身铅笔裤，搭一双黑色亮皮牛津鞋，持一只蛇皮手包，有种集柔软与坚硬于一体的，浑然天成的风韵。

秘书唐心在杜女士身后朝惟希眨眼睛，惟希假装没看见，延请杜女士落座。

杜女士在惟希办公桌对面的椅子上坐定，抬起骨肉均匀的素手摘下墨镜，向惟希展颜微笑："你好。"

惟希电光石火间已认出她来。这哪里是什么杜女士？分明是建材大亨邵向前的独女邵明明。邵明明近期乃是本埠最火爆热门的话题，没有之一。邵明明因是独女，故而被父亲寄予厚望，高中毕业后送往英国学习建筑，却在家人毫不知情时转投金属与珠宝设计专业，后获得国际珠宝首饰设计大赛的冠军，一举成名，客户名单上有不少影视名人。归国后在举世闻名的一座园林中举办过一场让业界惊艳、让珠宝爱好者为之疯狂的个人珠宝设计展。假使仅仅如此，也还罢了，偏偏她闪电般与同在英国留学、才方学成归来的开国功勋之孙相恋，毫不避讳地同进同出，甜蜜幸福得全无顾忌。

惟希不得不感叹，人生从来没有公平可言。

“我今天来，是有件十分棘手的事，想麻烦徐小姐，能替我调查清楚。”邵明明开门见山，并不与惟希兜圈子，“我希望知道，蒲良森是否真心爱我。”

惟希努力不让自己露出目瞪口呆的表情来。

想不到邵明明竟这样天真!

女郎仿佛能听见惟希腹诽般，温婉一笑：“蒲先生若真心爱我，那我们之间会是相爱的生活方式，若并不……”

邵明明自手包中取出一只白色信封，倾身推到惟希面前。“这是我订婚仪式的请柬与一半费用。”

惟希点头，不客气地收下。待邵明明优雅地起身告辞后，惟希朝着门外喊：“唐心！”

秘书很欢快地“哎”了一声，秒速推门进来，满脸八卦表情。

惟希笑睨一眼唐心，只管交代她：“帮我查查蒲良森。”

唐心见惟希无意告诉她更多内幕，只好噘嘴重重踩着高跟鞋出去了。

吃过午饭，唐心将一叠不薄不厚的资料交到惟希的办公桌上。

徐惟希有个很传统的习惯，喜欢看纸质文件，唐心为此和她嘀咕过好几回。

"我查完资料，往你邮箱一发，回头你在电脑手机都能看，多方便？偏偏要打印出来，耽误时间不说，还浪费纸张。"

惟希只管笑，嘴里"是是是"地点头附和，唐心见她一副积极认错、死不悔改的模样，只能无可奈何地跺脚。

等唐心又咕哝着"老古板"、"再不好好适应时代就要被淘汰"之类的话出了办公室，惟希这才取过资料，慢慢翻看起来。

蒲良森此人背景深厚，经历简单。祖父是开国功勋，祖母是留过洋的进步女青年，建国后致力于教育事业。其父乃是蒲老幼子，曾在空军担任要职，其母则是共和国空军第四批女飞行员，自空中退下来后，仍在军中任教，指导后来成为第一批大专学历女飞行员的学员。蒲良森也是幼子，上头有一兄一姐，目前俱担任军职，前途不可限量。只有他并未从军，而是大学毕业后前往英国留学，还有过一段短暂的跨国婚姻。他此番归国，与当年的清华同窗低调成立了一间数据分析公司，随即与邵明明相识相恋，很快宣布订婚。

惟希拿食指中指轻弹资料。蒲生的人生轨迹可谓中规中矩，唯一的意外是那段只有七个月长的跨国婚姻。对方是一位欧洲小国外交官的女儿，两人在英国相识，并闪电般步入婚姻殿堂。可惜，只维持了短短七个月时间，这段婚姻就以失败而告终。国内网上能查到的关于女方的资料少得可怜，唯一的一张照片还是个模糊的背影。以唐心的翻墙技术，也没能在外网上查到更多的资料。蒲生的前妻低调得让人难以琢磨，连同两人之间的感情，也扑朔迷离起来。

惟希一向不惮以最坏的恶意揣测人性，深深觉得这段婚姻恐怕是蒲生对父母家人和循规蹈矩人生设定的最大反抗，简而言之，蒲生的叛逆期，迟迟地来了。只不过，他的叛逆终究抵不过现实罢了。

惟希喊唐心进来："帮我准备一条鸡尾酒裙，谢谢。"

唐心的眼睛如两盏明灯"叮"一下亮起来。她对老板的尺寸了如指掌，每次老板要"卧底"调查，装备都由她购置，完全满足了她的各种变装幻想。

"小的这就去办，务必令老板您艳压群芳！"她踩着欢快的脚步走了。

惟希啼笑皆非，深以为她的秘书最近宫斗剧看得太多了。

下午下班时，惟希在停车库遇见师傅白成濬。师徒俩彼此点点头，白成濬朝徒弟招手，惟希忙走到师傅跟前聆训。

"蒲三绝非表面看起来那么良善无害，你小心些，一击不中，即刻收手，别把自己折进去。"他没想到来的会是邵明明，更没想到调查对象会是蒲良森。若他有先知先觉，必不让惟希接下这一任务，搅和进豪门恩怨里去。

惟希抿唇，老老实实答应师傅："我会注意。"

师徒俩这才道别，各自驱车回家。

等到蒲邵二人订婚鸡尾酒会这天中午，唐心拎了套着防尘罩的鸡尾酒裙走进办公室，笑眯眯替惟希挂在休息室的衣架上。惟希一见她脸上表情，已晓得这位大小姐又出了新花样。惟希走过去，在唐心期待的眼神下轻轻拉开防尘罩，一条香槟色鸡尾酒裙映入眼帘。

饶是并不十分注重时尚的惟希，也忍不住吹了一声响亮的口哨。

她认得这条裙子。前几天唐心在看时尚杂志的时候，对着中心跨页的图片垂涎良久的，正是这件复刻四十年代经典克里斯汀迪奥抹胸鸡尾酒裙。上身是线条柔和简洁的抹胸款式，紧身贴肤的束腰，蓬松宽阔的裙摆，模特甚至不需要刻意摆出任何姿势，只消静静站在原处，已仿佛一支优雅至极的水晶兰。

唐心听得这一声口哨，便知道老板是满意了，做了一个十分花哨的宫廷屈膝礼："幸不辱命。"

惟希挥手："回来给你讲八卦。"

唐心闻言眉开眼笑："不枉我得罪那么多人把这条裙子抢到手！希姐加油！顺便钓个金龟婿回来！"

惟希啼笑皆非地睨了她一眼，只是想象那场面就已经醉了。

下午六时稍过，乘坐租来的豪车抵达邵宅时，惟希留意到外面已等了不少记者，暗暗想原来豪门八卦竟这样抢手。

等到她下车后递上请柬，顺利通过门口安检，置身邵宅，才深深体会到秘书大小姐的良苦用心。这一晚除了订婚宴女主角的风头一时无两无人能及之外，所有到场女宾的着装可谓是争奇斗艳高招百出，至于她这件中规中矩经典款式的鸡尾酒裙，在仿佛白莲花般的纱裙和玛丽莲·梦露附体似的肉色珠管裙面前，真是普通到泯然于众了。

邵明明百忙之中见她到来，先是朝她遥遥颔首，待得了空，便款款走向惟希。惟希递上唐心替她准备的小礼盒："订婚快乐！"

邵明明微笑着接在手里，两人站在花树下，像一对略有交情的朋友般低声交谈。

"良森的几个老同学来了，正在叙旧，等一会儿我带你去和他打个招呼，介绍你们认识。"

惟希浅笑："不用，我和他接触越少越好，这样最后得出的结果更客观。"

邵明明会意地回以微笑，点了点头："那请你随意，我暂时失陪了。"

等女主人走出视线，惟希自经过身边的白衫黑裤黑围裙的侍者手中的托盘里取过一杯香槟，在花树下头一边轻啜美酒，一边越过杯沿，不动声色地在人群中寻找她今日调查的目标。过不多时，她就看见蒲良森站在花园另一头的藤萝花架下头，与几人微笑交谈。

蒲三此人，不可谓不得天独厚。惟希看过他资料，他身高足有六英尺一英寸，体重两百磅，是唐心口中"穿衣显瘦，脱衣有肉"的典型。唐心还特意在资料中附了两张他在国外海滩度假时拍的照片，果然有一副健美的躯体。他有一头微微卷曲的浓密黑发，侧脸如雕塑般生动立体，正微垂着头听一位身材娇小玲珑的女士讲话，神色十分专注，让人有种她是他世界中心的错觉。

惟希在心里"呵"一声，难怪条件如此优越的邵明明，会迅速同蒲生坠入爱河，并患得患失，想弄清楚他是否爱她。

恰在此时，蒲良森似察觉有人注目，挑眼朝惟希方向看来。电光石火之间，惟希仰头喝下一大口香槟，错开与他视线交错的机会。蒲三没有寻见那如同箭一般质感的视线主人，淡淡地蹙了蹙眉，便又专心与友人交谈。

沁凉的香槟顺着喉咙一路落到胃里，惟希忍不住发出一声愉悦的赞叹。难怪坊间稍微有点姿色心气儿的女郎都攒足了劲头想嫁入豪门！在这初夏的傍晚，站在老洋房的花树下头，听着二十人管弦乐团演奏舒缓优雅的轻音乐，喝一杯冰镇的顶级墨希尔特甜桃红香槟，简直是再惬意不过的享受。

惟希就着桃红香槟，又慢条斯理地品尝了一块从俊俏的侍者处拿的抹着鹅肝酱的蒜香面包，眼角余光瞥见蒲三已结束与友人的对话，正打算去与未婚妻汇合，惟希不动声色地在他的八点钟方向保持一段距离跟上去观察，却不想被人拦个正着。

来人穿一件麻灰色衬衫，配一件不过不失的德国版烟灰色西装，搭一条干净利落的同色丹宁裤，显得一双腿又直又长。惟希的身高才及此人肩膀，视线正落在他胸前，只见未系第一二粒纽扣的衬衫下头，露出一片健康的古铜色皮肤。惟希要略微后撤半步，抬头，才能看见他刚毅的下巴、厚薄适中的嘴唇及高挺的鼻子和深邃的眼睛。

惟希心不在焉地想，若唐心在跟前，肯定要似个女色狼将拇指食指含在口中吹极响亮的口哨，以示赞赏。可惜，他再英武俊朗也同她无关。

"抱歉，借过。"惟希微微偏身，视线越过眼前男人好看的倒三角宽肩阔背，穿过人群，望向与邵明明汇合，亲吻未婚妻额角的蒲三。两人站在一处，真是一对让人赏心悦目的璧人，蒲三看上去对未婚妻深情款款，眼里只容得下她一个人的样子。

男人微笑着侧身，为惟希让出路来，注视着她脸上略带一点点红晕，拉一拉裙摆，正了正胸前的珠宝，往人群里走去。他在惟希背后，看着傍晚的阳光斜斜地透过花园里的树梢，落在她鸦黑的短发上，仿佛为她染上了一层金红色的光晕，随着她的走动，轻轻地左右摇晃，引得人移不开眼。

蒲良森与未婚妻并肩站在一处，同前来参加他们订婚鸡尾酒会的宾朋相谈甚欢，不知是否是他过于敏感，他总觉得人群中有一双审视的眼睛，时刻注意他的动向，然而每当他回头望去，却又无迹可寻。这让他隐隐有些不快。望了一眼腕表，见时候差不多了，趁交谈的间隙，他垂首吻一吻未婚妻的额角："我去看看外婆他们准备好了没有。"

邵明明微笑着点点头："你去吧，这里有我招呼。"

蒲良森的祖父母已经去世，外祖父是年高德劭的国学大师，因为身体不好，长年在北戴河修养，这次外孙订婚，也未能前来。倒是他的外祖母将近一百岁的老人，身体健康，精神矍铄，特地自北戴河赶来参加外孙的订婚仪式，想不到竟与邵明明的外祖母一见如故，两位外婆之间仿佛有说不完的话，下午自见了面便在洋房右翼一楼休息室里闲坐聊天。

蒲良森走进大厅，扑面而来的阴凉气息消解了室外沾染的暑气，令人精神为之一振。只是这清凉的感受很快被空气中一缕由弱而强的浓烈味道影响，惹得生性略带一点洁癖的蒲良森忍不住皱眉。这气味难以形容地臭，又夹了一股子咖啡的焦香味儿，混杂在一起，让人想忽视都很难。他微微翕了翕鼻翼，循着味道的来源，往大厅左侧的厨房走去。

邵公馆的厨房设在底楼左翼，是典型的西式厨房，有着干净整洁宽敞的流理台和方便同时烹饪多人菜肴的六眼炉灶，烤箱洗碗机消毒柜等一应俱全。厨房的门平时都开着，仅以两扇半人高的乳白色百叶门作为装饰，方便厨师和佣人们进出。蒲良森来到厨房跟前，轻轻一推，百叶门无声地开阖，那浓烈的异味愈发明显。他看见靠窗的炉灶跟前弯腰站着一个穿黑色包臀一步裙的女人。弹性十足的黑色面料包裹着她浑圆饱满的翘臀，后裙摆处一线精致的开缝剪裁，不经意间透出少许诱人的风光来。

蒲良森站在原地，暂时忽略扑鼻的异味，默默欣赏了一会儿眼前的美好身影，这才轻咳一声，问："这是什么味道？"

正弯腰观察烤箱的女郎闻声下意识抬头，额角猛地磕在烤箱门把手上，蒲良森站在十几步开外，都能听见那清晰的"咣啷"撞击声。女郎被撞得不轻，身体摇了摇，没能站起来，最后闷哼一声，整个人蹲在那里了。

蒲良森大步走近她，伸手轻轻握住她双肩将她扶起，让她靠坐在流理台上，挪开她捂着额头的手，检视她的额角。女郎皮肤白皙，这会儿工夫，额头已经以肉眼看得到的速度红肿起来。

女郎大约自己也能感觉得到，一双大眼蓄满了泪水，轻咬着嘴唇，不让自己发出疼痛的呻吟。蒲良森叹息。他认得她，她是明明外婆的生活助理苏乔，听明明说三年前从大学护理专业毕业后，就一直在照顾明明的外婆。他见过明明的外婆几次，她当时都很安静地陪在老人身旁，十分懂得进退。

"别动！"蒲良森轻斥在流理台上悄悄往一边蹭的苏乔，自己去冰箱里翻出来一罐冰镇苏打水，返回她身边，将冰凉的饮料罐压在她额角。苏乔被凉意刺激得发出细微的"嘶嘶"声，挤眉皱鼻，毫无往日文静自若的模样。

"怎么没陪着外婆？"他有心让她放松下来。

苏乔不吱声，垂睫盯着厨房地面的雕花地砖。

蒲良森为转移她注意力，再次问道："这是什么怪味道？这么难闻！"

苏乔扬睫，想起自己挨撞前听到的问询，不由得捏住饮料罐："是榴莲咖啡的味道……我在做榴莲咖啡蛋糕。"

榴莲……咖啡……蒲良森在心里把这两个词默默念了两遍，有些哭笑不得。他一向不很喜欢味道过于独特浓烈的东西，至如榴莲一类的，更是敬而远之。加之他留学英国，更习惯喝茶而不是咖啡，所以这两者结合起来的味道，真是给他的嗅觉带来不小的冲击。

"怎么会想起来做这么——别致的点心？"

苏乔为"别致"两字笑起来："前段时间有人送我的榴莲咖啡粉，说是用顶好的猫山王榴莲冻干粉和咖啡粉以精确的比例调配，有浓郁的榴莲果香和醇厚的咖啡香……外婆向庄阿婆说起我喝这个咖啡，喝得满屋怪味儿，众人纷纷躲避的事，庄阿婆也想尝试一下。我觉得这个时候让庄阿婆喝咖啡不太好，就下来打算做个榴莲咖啡味的蛋糕给她解解馋。"

蒲良森听苏乔一口一个"庄阿婆"地称呼自己的外婆，声音轻软，早前的一点不快便也烟消云散："以后还是悄悄地喝吧。"

苏乔瞪他，哪里还会有以后？！

蒲良森被她毫无威慑力的一瞪眼惹笑："抱歉害你撞到头，让我看看好一点了没有？"他握住苏乔的手腕，拉开她捏着饮料罐的手，凑近了检查她的额角，正巧这时候，听见厨房外头传来一个中气十足的女高音，扯着嗓门问："你是谁？"

惟希不紧不慢地隔着十几步的距离，跟着自己的目标进了邵公馆的底楼大厅，大厅左右旋转向上的楼梯通往洋宅的深处，大理石地板和客厅挑高的穹顶给她带来怡人的阴凉感受。惟希仰起头，欣赏穹顶上手绘的巴洛克风格壁画。听说在最动荡的十年里，此间被挪做造反派办公之用，当时的头子曾命人用白色油漆将整个穹顶都重新粉刷一遍，理由是破除资本主义封建主义四旧。据说被派去粉刷穹顶的工人，原本是美术学院的教授，他实在不忍心让如此精美和有历史保护价值的壁画就这么被损毁，所以悄悄在原有的壁画上刷上一层透明的保护材料，随后又用一种易消解的颜料在其上绘制了大片的革命画作，这才令得这些充满犹太教鲜明特色的壁画完整保存下来。

惟希轻哼，旋足继续尾随蒲良森的行迹，来到厨房外。厨房门两旁有两株高大葱郁的琴叶喜林芋，肥厚浓密的叶子为她提供了很好的隐蔽处，她只要微微往前一点，就能看见厨房内蒲良森和年轻女郎在轻声交谈，两人靠得非常近，蒲生把女郎困在自己与流理台之间。惟希听不清楚他们的谈话内容，但是作为一个旁观者，她觉得身为今天订婚鸡尾酒会的男主角，蒲生对该女郎未免太过亲切了。

忽然惟希听见身后有一个洪亮的声音傲慢地问："你是谁？"

惟希心道不好，厨房里的蒲良森也已听见外头的响动，回过头来。

不过是一转念的功夫，惟希已想好了说辞，却有一只修长的手不轻不重地按在了她的肩膀上，醇厚好听如同大提琴般的男低音在她耳边有礼地响起："方阿姨，她是我女朋友。"

惟希睨一眼搭在她左肩上修长干净的手。手的主人离她如此之近，近得她能透过他身上的挺括布料感觉到他贲张的肌肉所散发出来的热量。惟希斜一斜肩膀，想卸掉这只手施加的力道，不承想这只手却坚定而不容置疑地略微加重压力，将她揽进怀里，示意她不要轻举妄动。"叫你不要贪杯喝那么多香槟，你不听，看！现在出丑了吧？告诉你洗手间在客厅进门右手边的楼梯下面，这里是厨房。"

惟希不知道这个有着好听声音的男人是谁，但无疑他替她解了围，所以不再试图从他怀里脱身，配合地扬起微微带着一点酒意的脸："抱歉，我就是这么左右不分，东西不辨。"

女高音"咯咯咯"笑起来："原来是你的女朋友啊，我还当是混进来的什么人呢。"

说完，趾高气昂地如女王般退场。

厨房里的蒲良森微笑着走过来，朝惟希身旁的男人伸手："卫傥，好久不见。"

卫傥与他握手："恭喜你订婚。"

"我现在去请外婆，我们稍后聊。"蒲良森对高大的卫傥说，并向惟希颔首。

等蒲良森走出两人的视线，卫傥揽着惟希的肩膀走出客厅，回到外头客人渐渐聚拢在一起的花园里，这才放开惟希的肩膀，朝她微笑："你好，刚才冒昧之处，还请见谅。我是卫傥，倜傥的傥。是你师父老白的师弟。"

这个卫傥正是稍早时候在花园里拦住惟希去路的男人。

惟希还以浅笑："我是徐惟希。"

她心里对卫傥的说辞很有些怀疑。师父白成潚交游广阔，三教九流的朋友不少，他闲来无事的时候，颇爱拿与这些朋友相交的趣闻逸事出来讲。卫傥一看就是有故事的人，但她从来没听师傅提起过。可是，师傅果然还是给她准备了后备计划啊……

卫傥望一眼去而复返的蒲良森："你打个电话叫司机先开车回去吧，酒会结束我送你。"

惟希明白他是不想蒲生起疑，遂点点头，取出小手袋里的手机，请司机不用等她，可以先行离开。

蒲良森和邵明明的订婚鸡尾酒会在一片幸福欢乐的气氛中结束，有年轻贪玩的客人相约去夜店继续庆祝，惟希则和卫傥一起辞别主人家，自邵宅出来。卫傥取了车，载惟希回她住的公寓。

卫傥开一辆低调的黑色本特利雅致，在夜色中汽车平稳流畅地前行，惟希没有试图与他进行更深一步的交谈。卫傥和她，是两个世界的人。相比卫傥开一辆已停售的本特利雅致，她则开一辆二手甲壳虫，车主是一个年轻漂亮刚大学毕业的都会女郎，因找到一个不错的工作，父母替她买了新车庆祝，她就将开了没几次的甲壳虫委托中介处理。惟希自己略微做了点调查，知道这辆车上没有违章和其他记录，这才买了下来，作为日常的交通工具。

看，人和人就是存在这么大的差距。

卫傥趁红灯时看了一眼右肘靠在车窗上，支颐遥望窗外夜色的惟希。自邵宅出来，她披了一条珠灰色的大披肩，整个人看起来小小的。晚风从窗外拂过，撩动她乌黑的头发，发丝扬起，复又落下。她有着健康的蜜色皮肤，额头光洁饱满，睫毛浓长似两片黑蝶的轻翅，半垂着眼时，会落下一道优美的阴影。鼻尖小巧挺翘，可爱得让人想伸手去捏一把。

他这样想着，伸出右手，开启了车载音响，马斯内的泰伊思的冥想如同水银泻地般在车内流淌。

卫傥送惟希到她住的小区门口，门卫坐在保安室里，一边吹着空调一边在看电视，并没有注意门前车辆的进出。卫傥目送惟希纤瘦的身影走进小区大门，听见空气中隐约传来广场舞节奏强劲的音乐声，这才驱车离开。

惟希披着唐心为她准备的灰色披肩，慢慢走向自己住的多层小楼。小区的花园里，一些吃罢晚饭的中老年人，正随着音乐的旋律在跳广场舞，有孩童在小广场周围玩滑板车，横冲直撞的架势惹得路人纷纷躲避，保姆跟在后面大呼小叫地追赶着。夜色中似有似无地飘来红烧带鱼的香味，也不知道是哪家才开始烧饭烧菜，勾引得在鸡尾酒会上不过吃了几块点心充饥的惟希口水都快流下来了。惟希露出由衷的微笑来，加快了脚步，打算赶紧回家为自己做一顿美味的晚餐。

惟希走到她住的楼下，只见防盗门前站着个穿松垮汗衫和沙滩裤的青年，正在埋头抽香烟，趿着拖鞋的脚有一下没一下地踹着防盗门。一边台阶上坐着穿紫色碎花雪纺衬衣黑色灯笼裤，烦躁地摇着蒲扇的中年妇女。中年妇女看到惟希，噌地从台阶上站起来，手中蒲扇没头没脑地往她身上招呼。

"你这个没良心的死小囡，这么晚死到什么地方去了？！"

惟希闪开中年妇女手里虽然没什么分量但来势汹汹的扇子，轻唤了一声："妈妈。"

"不要叫我妈妈！我没你这种不孝的女儿！"徐母听了，挥着戴着金戒指的胖手高声呵斥，大有种不把所有人都引来便不罢休的意味。

周围邻里和晚间出门散步的居民看热闹似的遥遥望过来，指指点点。

青年烦躁地丢开手里的香烟蒂，伸腿踢了防盗门一脚："吵什么吵？等了这么久，又渴又累，能上去了吧？"

"对对对！快点开门，让我和你弟弟上去坐一坐，等你等到现在，累死了！"徐母赶紧把手中的蒲扇调转方向，朝儿子大力扇风送凉。

惟希望着对自己和弟弟完全是两种截然不同态度的母亲，只觉得长夏的最后一缕阳光也彻底退去，萧瑟的秋风悄然吹起。

2

开洋拌野菜
KAI YANG BAN YE CAI

周一早晨，惟希拎着装在防尘袋里的鸡尾酒服，走进办公室。

秘书唐心已经先她一步到达，冲好了咖啡放在她办公桌上，正拿着记事本似模似样地站在一旁，一见她推门进来，赶紧踩着五寸高的高跟鞋小跑迎上前，一手接过防尘袋，朝后一甩搭在自己肩膀上，然后十分兴奋地问："希姐，前天的鸡尾酒会如何？有没有什么劲爆的内幕？"

惟希从手提包里取出装有前一晚佩戴的宝石项链的蓝丝绒盒子："喏，给你，自己看。"

唐心大咧咧倾身侧臂用胳肢窝夹住丝绒盒子，嘟嘴："希姐你真是没劲，八卦要两个人一起讲才有趣嘛！"

可是一看惟希眼底一片青虚虚的暗影，到底还是把更多追问的话都咽回肚子里，一旋脚尖，出去做自己的事了。

惟希坐进自己的办公椅，捧起清苦的黑咖啡轻啜，她这两晚几乎彻夜未眠，现在正需要一杯苦涩的咖啡提神，来忘记前天那嘶吼怒骂哀求循环往复上演的场景。

惟希不是独生女，弟弟惟宗小她五岁。

惟宗出生以前，徐家也是充满欢声笑语的。父亲在本地一所镇办小学教书，母亲在废品回收站当出纳，家里有几亩地和一个池塘，由当时还健在的祖父母料理。父亲休息的时候总会带着惟希去池塘钓鱼摸螺蛳。春暖花开的时候，惟希会拎着小竹篮，跟在祖母的后面，小心翼翼地走在田埂上，拿小铲刀去挖新鲜冒芽的野荠菜、马兰头。等采满一篮子野菜，就交给祖母，祖孙俩一道回家去，一起坐在院子里的竹椅上，一颗颗地摘去老叶，只留最嫩的部分，拿淘米水洗得干干净净的，搁大锅里用开水氽得断了生，立刻捞出来平摊在大盘子上。待晾凉了以后，用菜刀剁成细细的野菜末，与开洋豆腐末一起，加盐糖麻油拌匀，碧绿生青的野菜和白嫩的开洋豆腐干丁儿一道，看着就叫人胃口大开。惟希趁祖母不注意的时候，会拿小调羹舀一勺送进嘴里，眯上眼，感觉整个春天都在嘴里铺陈开来。

每当这时候，祖父都会在一旁抽着烟笑眯眯地看着她。

那时候，连空气都是幸福的。

后来……后来，母亲不小心怀了孕。因有计划生育政策，如果要留下这个孩子，就属于超生了。母亲原本已经约了时间，向领导请假去医院打算不要这个意外而来的孩子，可是在医院的候诊厅里，遇见一个镇上有名的能掐会算的老太太，老太太一看母亲，就断定她肚子里这胎必然是个儿子，将来能为徐家光宗耀祖。母亲一听不免犹豫起来，迟疑半天，回家对父亲说想留下孩子，无非是交罚款罢了，家里又不是负担不起。

惟希回想起来，正是从那一刻开始往日欢乐幸福的时光画上了休止符。

父亲彼时正在争取评上高级教师。小学的高级教师待遇好，职称评选竞争颇激烈，对手之间各种小动作层出不穷。母亲怀了二胎的事哪里是捂得住的？没两个月就传到父亲的学校里去了，正给了竞争对手打击父亲的最好借口：不能拥护遵守国家政策的人，怎么能有资格申报高级教师职称？

在抱孙子和儿子的前程之间左右为难的祖父母相继病倒。镇里负责计生工作的计生员不知道往家里跑了几趟，做母亲的思想工作，劝她放弃这一胎：毕竟还是你男人的工作要紧。这孩子是男是女还不一定，可是你看看影响他的工作了，影响家庭和睦了，影响多不好啊！

但母亲就是鬼迷心窍铁了心要生下孩子，谁劝都不听，甚至不惜以死相逼。惟希犹记得母亲捧着装农药的瓶子，站在家中院子里，院里院外被前来看热闹的镇民围得里三层外三层，水泄不通。

"你们谁再来劝我打掉孩子，我就喝敌敌畏，和肚子里的小孩一起死！"母亲一手捧着肚子，一手将农药瓶子凑在嘴边，披头散发，赤红双眼，对每一个试图靠近她的人咆哮。

隔壁的小胖妞妈紧紧抱着被吓得不轻，满脸都是眼泪鼻涕、喉咙早已哭哑的她，将她的脸轻轻按在自己胸口，嘴里不停呢喃："囡囡不怕，你妈妈病了。"

计生员尴尬而徒劳地劝说母亲放下农药："王超英，我们有话好好说，你先把瓶子放下。你看看，你把孩子都吓哭了。"

惟希从胖妞妈怀里充满希冀地望向母亲，希望她想起她还有一个需要她的女儿来，可是，母亲只是扫了她一眼，随即更坚定地将农药瓶子放在嘴边。

"好了，够了！"父亲从屋里出来，自胖妞妈怀里接过她，抱在手里，对状若癫狂的母亲道，"孩子你打算生，就生吧，这个样子做什么呢？你看囡囡都吓坏了。你不考虑我们，也要考虑肚子里的孩子啊。这样吵吵闹闹的，对孩子也不好。"

母亲也不知道是听进父亲的话，还是觉得累了，将农药瓶往旁边一摔，径直进屋去了。农药瓶"哐啷"一声砸在地上，吓得围观群众"啊"地惊呼一声，四散开来。

事情闹得这么大，再没有人敢来劝说。母亲如愿生下了弟弟惟宗，而父亲也彻底失去了评选高级教师职称的资格，非但如此，还被排挤得在单位无法继续任教。祖父在看到孙子出世后的隔年春天，溘然辞世，享年不过六十岁。这件事对父亲的打击不可谓不大，从此以后他就和母亲分房睡了。

母亲反正有子万事足，废品回收站的工作也辞了，所有的心思都扑在惟宗身上，一切事情都亲力亲为，不肯假手他人。

而惟希，则被她彻底无视了。

惟希想，大约就是从那时候起，母亲的眼里就只有儿子惟宗，再没有其他人了吧？哪怕徐惟宗惹是生非打架逃学，在她看来，都是因为别人不好，是别人挑衅惟宗，是别人带坏惟宗……一切都是别人的问题，与惟宗无关，惟宗是纯洁善良无辜的好孩子。父亲也试图严厉地管教惟宗，可是还没等他动真格的惟宗已经哭得惊天动地，母亲就会冲过来像一只母狮子般护着惟宗，每一次都是以"他还小，你不会好好和他说呀？"开始，最后以"既然这个家容不下我们母子，我们走就是！"结尾。

感情就是这样一点一滴消磨殆尽的，从最初的抱有一线微弱的希望试图挽救婚姻，到最终的彼此冷漠无视相对无言，不过用了十年的时间。所以当得知父亲向母亲提出离婚的消息时，惟希并不觉得意外，甚至暗暗猜想，如果不是为了能让她安心考上大学，父亲也许早就这样做了。母亲自然是不肯的，在家里大吵大闹，一会儿说父亲没良心忘恩负义，肯定是在外面有外遇了，一会儿又说他眼里没有他们母子没有尽过一天父亲的责任。父亲便默默不语，他已经无法和妻子沟通。

祖母到底是听不下去这些污言秽语，出来说话。

"这样吵吵闹闹像什么样子？你们的日子要不要继续过下去，我这老太婆不管，可家里天天吵架，我年纪大了，实在有点吃不消。反正囡囡上大学是要住在学堂里的，我这几天就搬回老房子去住，眼不见心不烦！"

母亲因为气走了婆母，很是消停了一段时间。祖母和善客气，在镇上颇有几个要好的老姐妹，这事一传出去，哪一个不是指着她的脊梁骨骂她这个做媳妇的？惟希也因此跟着得了清净。她每周从大学回来，都直接住到祖母那里去，祖孙俩一道上农贸市场买菜，回家她洗菜杀鱼切肉，祖母亲自下厨，烧上一桌丰盛的家常菜，等父亲下班回来，一家三口其乐融融。至于王超英和徐惟宗，大家都默契地不去提起，反正只要父亲每个月把生活费交给她，她也乐得和儿子住在两层楼里。

办公室的门被唐心鲁莽地推开，她一双描摹精致的美丽大眼闪着明媚的亮光，冲进来双手往惟希办公桌上"嘭"地一按："希姐希姐！卫侻真帅！"

惟希将内心深处翻涌而出的回忆慢慢压了下去，轻笑："蒲生不帅？"

唐心一屁股坐在办公桌上，朝惟希摇了摇手指："蒲生这种人，满满的都是从骨子里透出来的虚伪做作。"

唐心说出这话来，让惟希大感意外："何以见得？"

"其一，他已有未婚妻了，碰到异性，无论对方是否遭遇意外，若为彼此考虑，都不应该靠得那么近，还与对方产生肢体接触。"唐心竖起一根白润得如同羊脂般的手指，"其二，他对异性的接近没有一点防备，要么是他天性善良没有戒备，要么他早已是个中高手有恃无恐。最后，坊间这些公子哥，要是认真挖黑历史，有几个屁股是干净的？"

惟希望着唐心竖起的三根白嫩手指，大力点头，深以为然。

"再说，这女的使的这点小伎俩，本小姐中学的时候就已经用过。”唐心大言不惭地宣布。

“结果如何？”惟希好奇。

“哼！遇见个不解风情的呆头鹅！”唐心噘嘴鼓腮，即便这表情使她像一只气鼓鼓的河豚，她依旧是好看的，“希姐，介绍卫傥给我！”

惟希一愣，然后十分无奈地摊手：“我没有他的联系方式，你找我师傅要去。”

唐心的表情有片刻呆滞，随即扑身向前，隔着办公桌掐住惟希的肩膀，猛力摇晃：“你说什么？！你再说一遍！碰到一个这么好的男人，你竟然不留下他的联系方式？！”

惟希啼笑皆非。卫傥是好男人吗？她不得而知。她只知道，唐大小姐疯魔了。

唐心的生活是五光十色的，她热爱与人相恋的过程，也许一个眼神，也许一个声音，也许一道背影，都能让她喜欢上一个人，便不管不顾一往无前想方设法地要结识对方，令对方务必拜倒在她的高跟鞋下。然则也不过是一息一瞬的功夫，炽烈的情感就冷却了，再不肯在对方身上花费一点点时间维护这段关系。除此以外，购物和满世界旅行占据了她生活的大部分时间。在来给她当秘书以前，惟希听师傅隐晦地暗示过，唐心大抵已经把公司内外能得罪的人都得罪遍了，让她别太把唐心的到来当成负担。

惟希也的确是这样做的，不料唐心却在她这里担任秘书，一待就是两年。

唐心见从惟希这里套不出什么来，也不气馁，站直了身体，拉一拉被她折腾得微微有些走形的薄雪花呢小西装，撩拨蓬松亮泽的秀发：“希姐真是不解风情！”说罢扬长而去，留一个窈窕旖旎的背影给惟希。

惟希把咖啡杯里的最后一滴咖啡喝干净。

风情？风情于她，是最不必要的奢侈品，她如今要头疼的事，件件与风情二字无关。邵明明的请求，是她所承接的最棘手的委托。只订婚鸡尾酒会的一次接触，实在也证明不了蒲生此人爱不爱她，看来尚需花些时间与精力来调查。另一件叫她糟心的事，是前夜母亲和弟弟惟宗突然找上门来导致的。

被母亲期许着能光宗耀祖的徐惟宗，事实上从一开始就成为被宠溺无度的孩子，在他的字典里，从来就不存在"努力上进"之类的字眼。母亲一直在他耳边灌输"以后家里的地是你的，房子是你的，存款也是你的"这样的观念，父亲给的生活费，母亲永远拿来满足惟宗的任何要求甚至是他的无理取闹。于徐惟宗而言，他只消在地上打滚哭闹，愿望最终都会得到满足。既然用这种方法就能得逞，又何必以努力来达成目的呢？是以他混到初中毕业，考进一间所有人都在混日子等毕业的职业技术学校，最终一脚踏上社会成为无业青年，每天泡在网吧台球室里，抽烟喝酒闹事，然后让家里人去替他收拾烂摊子，跟在他后面给他揩屁股。这其间的种种，简直不堪回首。

徐惟宗上一次把事情闹得不可收拾，还是两年前，惟希从本城的公安大学毕业，刚踏上警务工作岗位的时候。徐惟宗在常去打球的台球室认识了一个比他大两岁的女人，这中间到底发生了什么，惟希并不了解，只知道徐惟宗为了这个女人，和台球室里的另一个球客发生争执，最后两人由言语冲突发展到拳脚相向。徐惟宗仗着自己年轻，发起狠来，将对方打成重伤。对方不肯接受王超英提出的私了请求，坚持要让徐惟宗坐牢，王超英当时就在医院病房里大呼小叫："我女儿就是警察！信不信我现在就叫她来抓你？！"

对方哪里肯咽下这口恶气？事情自然是越闹越大。等领导找惟希谈话，问她有没有借助自己的警察身份，在外帮助家属以势压人的时候，她才知道事态已经发展到不受控制的程度。舆论一边倒地谴责警务人员家属仗势欺人，她的信息被人肉出来放在网络上，成为遭受网络暴力攻击的目标。

事件最后以徐惟宗人身伤害罪判处有期徒刑六个月，赔偿受害人医疗费误工费等十万元收场，但其影响远比表面上看起来的要恶劣、更深远——惟希不得不辞去自己的警职，放弃自己为之学习了多年的专业。

这件事以后，徐惟宗坐了半年牢，放出来着实老实了一段时间，还参加街道为刑满释放人员组织的就业培训班，看起来颇有点洗心革面从头做人的意味。惟希也当他吸取教训，不再惹是生非，暗暗松了一口气。没想到这才过了一年多，他就故态复萌，和几个同样从牢里出来的人一起合伙借高利贷做什么投资。那几个人奉承徐惟宗几句，他就飘飘然找不到北，高利贷的借据上全是他的名字。等到还款期限将近，那些人能推则推，霎时都跑得一干二净不见人影，独叫徐惟宗一个背着巨额高利贷。徐惟宗这时傻了眼，他们的投资血本无归，连本带息他一共背了将近五百万元的债，他到哪里去变出五百万还高利贷？他不是没想过逃跑避债，可是那些放高利贷的并不是吃素的，他才一去火车站，就被人截住。眼看着还款日期在即，他只能向母亲吐露实情，王超英闻言先是瘫倒在椅子上，恍惚良久，一拍扶手："走，找你姐姐去！"她知道现在只有女儿还能榨出油水来，前夫前婆婆根本不会理睬她。

惟希想，也只有母亲，即使求人，也求得那么理所当然。

"你弟弟的房子，我要留着给他结婚的，所以不能卖，你先把你住的房子卖了，再想想办法凑齐五百万给他还钱。"

惟希当时怒极而笑。

徐惟宗的房子要留着结婚，所以活该她把自己的房子卖了替他还债，然后露宿街头？！

王超英女士仿佛完全没有察觉到女儿的愤怒，只挥着蒲扇，站在客厅里喋喋不休："当初镇上要征地建主题游乐园，你一个将来要嫁人的姑娘，拿什么房子？还不是你爸爸和你阿娘坚持要给你一套房子，我才把你弟弟应得的两室一厅给了你？"

徐惟宗闷头坐在一旁，想抽烟，可是抬头一看惟希眼里越来越冷的目光，到底还是忍住了。王超英见儿子缩在沙发上，大感心疼，言语就愈发刻薄起来。

"老房子拆迁得了三百多万，我和你爸爸虽然离婚了，可这笔钱有你弟弟一份，你阿娘在镇上买了两室一厅，还多出两百多万，加上你爸爸得到的拆迁款，统统给了你，你不要当我不知道。现在不过是把你弟弟应得的钱给他还债罢了……"

惟希真想问一句：我是不是你亲生的？想想又觉得多余。问这些又有什么意义呢？

惟希有心不管惟宗的死活，可是她担心母亲在她这里得不到想要的，转头会去骚扰父亲和祖母。祖母年纪大了，经不起她这样一次两次的折腾，父亲这几年的身体也不太好，医生提醒他要注意心血管问题。假使母亲为了五百万元的高利贷吵到他们那儿去……惟希不敢想象。

"我要先了解一下情况。徐惟宗，你把高利贷的联系方式告诉我。"

徐惟宗一听，赶紧从沙滩裤口袋里摸出一张揉搓得皱皱巴巴的名片，递了过来。王超英觉得女儿不第一时间痛快拿钱替儿子填补是不顾念手足亲情，刚打算继续言语压迫，徐惟宗连忙扯了扯她的灯笼裤，示意她别再说了。

"很晚了，你们先回去吧。"惟希逐客。

"好好好，你快点把你弟弟这件事解决了。"王超英听到女儿松口答应，哪里还愿意继续看女儿的脸色？忙不迭地扯了徐惟宗就走。反而是始终闷声不吭的徐惟宗站起身觑见姐姐惟希表情不善，干巴巴地说了声谢谢。

　

惟希从办公桌后起身，站到明净的落地窗前，俯瞰外头的风景。盛世人寿保险有限公司的办公楼设在金融区内一间商务大厦里，远眺能望见浦江两岸的风景，附近全是繁华高耸入云的楼宇，正在建造中的世界第四高楼以肉眼可见的速度拔地而起。清晨，透过楼与楼的间隙，阳光如同金砂，撒满整个房间。惟希全身笼罩在晨光里，才觉得那些冷得彻骨的寒意慢慢退去。

玻璃窗的倒影中，惟希看见自己嘴角一抹似笑非笑的颜色，微微叹息，转身伸手取过电话，打给父亲。

惟希的父亲徐爱国以前是个老实巴交的小学教师，颇有业务能力，对学生认真负责，可惜不擅溜须拍马，只知道埋头苦干。当年前妻怀二胎时正值他申请高级教师职称评选，因此被同时参与评选的竞争对手捉住把柄，不但失去参选资格，最后甚至被排挤得无法执教。校领导先是把他调到总务处打杂，他这种事事较真的脾气，总务处里的老油条们如何受得了？又向上打报告给他穿小鞋，把他弄到收发室看门派发报纸去了。徐爱国咽不下这口气，有心找领导理论，可是领导的理由冠冕堂皇：

"老徐啊，你违反了国家政策，身为一个党员，没有起到带头作用，如果校方不表态，对其他遵守计划生育的党员和群众，我们交代不过去啊！你先安心工作，等过一段时间，事情平息了，再把你调回原岗位。"

徐爱国就这么在收发室干了一年，儿子惟宗呱呱落地，领导也没有调他回去继续上课的迹象。徐爱国只是老实耿直，他不是傻瓜，他心里清楚领导不过是敷衍他罢了。他原来也没想过要辞职，只想也许可以调到其他学校去任教，偏偏他先头教的班级升到毕业班，有家长求到他面前来，说还是徐老师教得好，孩子换了个班主任以后，成绩直线下降，希望他能帮忙在课外给孩子补习一下。徐爱国觉得这件事他义不容辞，当即答应下来。经过他的辅导，那名学生的成绩果然有所提高，模拟考的时候在全年级名列前茅，家长喜不自禁，拎了不少谢礼上门。此事叫好事者传到校领导处，说徐爱国私设补习班，被抹了面子的年级组长也多次在公开场合含沙射影地说某些人不务正业，最后的结果可想而知。他索性辞职，想想自己也别无所长，干脆办起了辅导班，凭借自己丰富的教学经验和扎实的教学能力，给需要提升成绩的孩子开起了小灶，慢慢名声在外，不少家长求上门来，每个月的收入竟比在校执教时还高。也算是塞翁失马。

徐爱国现在是一间小型教辅机构的负责人，以能提高语文阅读理解和写作的成绩而出名，如果不是有个令人操心头疼的儿子，他的日子不可谓不滋润。接到女儿电话的时候，他刚从小花园里晨练回来。听到女儿惟希的声音，徐父微笑起来："今天怎么有空给爸爸打电话？"

"打电话看看你，看你有没有听医生的话，每天锻炼身体。"惟希叮嘱父亲，"身体要紧，如果觉得吃力，补习班暂时先放一放也没关系，家里又不缺钱用。"

徐父呵呵笑："哎呀女儿，你让我在家里闲着没事做，我浑身都不舒服，要不然——你快点结婚，生个孙子给爸爸抱？"

电话这头的惟希一噎。

徐爱国不给女儿辩驳的机会："你也二十七了，不小了——"

"我明明才二十五……"惟希弱弱地为自己的年龄辩白。

"我在你这么大年纪的时候，你都会打酱油了。"徐爱国感慨不已，对女儿的嘀咕充耳不闻。"爸爸年纪大了，身体也不好，也不知道能不能盼到你结婚让我抱孙子的那一天，唉……"

"爸爸！"惟希制止父亲浮夸的演说，"公司年中聚餐抽奖，我抽中长兴生态农家乐双人七天免费休养，再不去就要过期啦！你也知道我忙得脚不点地，根本没时间去，你和阿娘一起去吧。那边天空碧蓝，河水清澈，有山有林，空气中充满负氧离子，食物都是绿色天然的，特别健康。"

"我没……"徐父想说没时间。

"这是公司给员工的福利，不去的话等于自动放弃，钱也不会打到我卡里。"惟希向父亲撒娇，"你和阿娘要是不去，我岂不是白白损失掉几千块钱？"

"也对哦。"

"那就这么说定啦！你现在就收拾一下你和阿娘的行李，我明天叫司机去接你们。"惟希趁父亲来得及继续追问前挂断电话，转头又给商务车租赁公司打了个电话，洽定一个七天的行程，随后又往长兴生态农庄订了一间家庭房。

将一应事情安排妥当，惟希轻轻吁出一口气来。只有把父亲和祖母暂时支开，不让母亲和弟弟惟宗去骚扰他们的生活，她才能放开手脚解决眼前棘手的问题。

3

清糟醉螃蟹
QING ZAO ZUI PANG XIE

　　中午吃饭的时候，惟希和唐心在电梯里遇见师傅老白。

　　白成潘笑呵呵地望着挽着惟希臂弯的唐心："又拖惟希去哪里吃饭？有没有我的份啊？"

　　唐心对老白一笑，露出一对虎牙："隔壁金融中心新开了间私房菜馆，听说老板兼厨师是个大帅哥，我让希姐去帮我鉴定一下，白师傅一起去？"

　　老白哈哈笑着摆手："还是你们小姑娘去吧！"

　　唐心朝惟希眨眼睛，表示你看，我没有不让白师傅跟我们一起，是他不要哦！

　　惟希如何不知道她的这点小心思，只捏了一把唐心挂在她臂弯里的手，示意她少作怪。

新开的私房菜馆开在金融中心二楼一隅，老式客堂间般的装修布置，外头门楣上朱漆金字的匾额，简简单单一个"崇"字，勾起惟希的兴味。

崇者，山大而高也。一间私房菜馆，起这样一个名字，颇耐人寻味。

轻轻掩着的门前并无人招呼，好似叫人吃闭门羹的样子。

唐心朝惟希晃一晃她的手机，自手机信息里找出一张二维码图片，往门框右侧二维码识读窗口一扫，古色古香的朱漆木门随即打开。

"这家馆子事先如无预约，根本没有位子。"唐心得意地挽着惟希的臂弯，"听说老板每天根据预定，只准备一定数量的新鲜食材，有些是本地生态农庄直送，有些则是当日空运来的进口生鲜，务必叫客人的味蕾有极致的享受。"

"这气派，倒像是招待二三知己。"惟希听了介绍，问，"想必一定很难订到位子吧？"

唐心鼻孔朝天，做出一副"本小姐是什么人？本小姐有的是办法！"的样子来，惹得惟希满腹心事也不由得微笑起来："那今天要借唐小姐的光了。"

两人走进客堂间，有位胖墩墩穿香云纱对襟短褂配直管裤的中年阿姨笑容满面地迎上来招呼她们，一口略带浙江口音的普通话，使人生出分外的亲切感。

"两位请坐，先喝点茶，潮潮嘴，饭菜等一会儿就送上来。"中年阿姨利落地为她们斟茶倒水，一边笑呵呵地介绍，"小武师傅今天准备了四个冷菜四个热炒一款靓汤，定让两位不虚此行。"

唐心听了，眉眼里都带着笑："好期待哦！"

胖阿姨仿佛很喜欢与人聊天的样子，又取了瓜子蜜饯果盘，摆在整块黄花梨料的八仙桌桌面上："这香瓜子是我自己炒的，蜜饯是小武师傅腌的，味道都比外头买的好，两位尝尝看。"

惟希的注意力却放在了眼前这张束腰三弯腿的八仙桌上。这张八仙桌包浆油润红亮，触手温和细腻，带着一种岁月沉淀的幽雅沉静。祖母家有张类似的八仙桌，只是桌面是两块花梨木合拼而成，桌腿也不是三弯的，祖母说那是她母亲的陪嫁，原是有一整套花梨木的家具，后来因为年代久远，坏的坏，扔的扔，到最后只留下一张八仙桌和一只镶嵌着彩色螺钿的绣柜，往后就都留给她了。眼前这张桌子，却比祖母的那张还稀罕，毕竟树龄上百年又完整无瑕的珍贵木料少之又少，能得着这样一整块来做桌面，十分罕见。

胖阿姨看出惟希颇有些兴味，眯眼微笑："我们店里的木质房梁屋柱，墙砖地砖，屋里的家具摆设，都是明代的古董呢。"

"哦？"惟希很有些意外，原本只是觉得老板挺有心思，将店堂装修得古色古香，想不到竟然整间店的内装修都是古董。

"是啊。这些原本属于千岛湖一处明代书院，建国初期要修建第一座自主设计的新安江水电站，那附近拦坝蓄水，村子被淹，这座书院因是古建筑，就事先都拆解搬走。这么多年也没可能再重建了，最后辗转到了我们店里。"胖阿姨感慨不已。

连对这些不甚感兴趣的唐心听了，都不由得拿起手机来拍照。"感觉待遇一下子高很多哎！"

"你们吃点瓜子，我进厨房看看。"胖阿姨适可而止，留惟希唐心慢慢研究店内的古朴家什器具。

待胖阿姨的身影消失在落地杉木透雕四季花卉屏风后头，唐心一手支颐，一手把玩青瓷茶盏，悠悠地叹出一口气来："这么懂得享受生活，我对这家店的老板更加好奇了。"

"不要卫傥的联系方式了？"惟希打趣。

"那不一样！卫傥是能满足我视觉上的享受，而这家店的老板……"唐心毫不讳言自己的花心，"可以满足我的口腹之欲。"

惟希摇头失笑。

隔不太久，胖阿姨陆续将冷菜热炒送上，五香素鸡、凉拌鱼皮、糟毛豆和醉蟹是本帮菜常见的四色凉菜，尤以一味醉蟹做得最为出神入化。三两大小的雌蟹洗净，用老板特制的花雕酒腌制，一人一只盛在洁白细腻的瓷盘里送上来，一旁另配有赤粳米粥。

"稻米湿气重，赤粳热，白粳凉，大闸蟹味寒，所以搭配赤粳米粥比较好。"胖阿姨向两人解释，"吃一角醉蟹，搵一口热粥，顶惬意不过了。"

惟希取过醉蟹来，揭开蟹盖，只见半凝半结仿佛胶质、丰腴饱满的蟹黄，手微微一动，蟹黄也跟着颤动，有扑鼻的酒香散发开来。只轻轻一吮，咸鲜的蟹黄一整块滑入口中，嫩滑细腻鲜美之极，再佐以一勺温润的粳米粥，回味绵长甘甜，简直使人为之叹息。

"很久没吃到过这个味道了。"惟希吃掉一角醉蟹，轻喟。

唐心斯斯文文地拿桌上备着的小剪刀剪开蟹脚，用银质细签将蟹腿肉仔细地推出来，放入口中，细细品味，随后小声嘀咕："难怪古人要说'缸头白下清糟醉，杯面黄随热酒浮'，我以前总觉得醉蟹味道不过如此，无非就是一个咸字，今天才晓得以前吃的醉蟹都是西贝货，这个才是人间真绝味。"

惟希点头赞成。

两人吃完午饭，直至结账，小武师傅都没有露面，只有笑呵呵的胖阿姨，递上两只精致的蟹青底绘墨荷的小纸袋："这是我们小武师傅自己秘制的杏脯，有健脾消食生津止渴的效果，给你们小姑娘饭后解解腻。"

"谢谢！"唐心甜蜜地微笑，接过纸袋，"阿姨你们店的菜真好吃，我以后的午餐都预定你们家了！"

胖阿姨乐呵呵地，却并没接这个话茬。

傍晚下班前，唐心推门进来问："希姐，我约了人吃饭唱歌，先走啦！"

"别玩太晚。"惟希叮嘱。

"收到！"唐心娇俏的身影随着由近渐远的声音翩跹而去。

如此天真快活，如此不知人间疾苦，惟希觉得办公室里最后的一抹阳光，都似被她带走。取过手包，惟希走出办公室，锁门下班。楼下的保安看见她从电梯里出来，和她打招呼："下班了？前面隧道口发生车祸，整条马路拥堵，徐小姐要是赶时间，最好绕行。"

"好，多谢。"惟希穿过中庭，推门而出，果然门口整条马路车流塞成一条长龙，从大厦地库里开出的汽车甚至没办法驶上车道。惟希心想幸好由于驾照审证，她还没去办理，所以这几天都是搭地铁上班，恰好能避免陷在车阵当中。

"徐小姐，"一侧有干净清朗的声音招呼惟希，"能否借一步说话？"

惟希回眸望去，看见蒲良森立在大厦廊柱旁，一件全手工定制宽肩细腰窄臀的烟灰英式西装，内搭浅灰细麻衬衫，下着无褶烟灰西裤，穿一双小牛皮便鞋。惟希暗暗想，难怪邵明明这样条件的都会女郎，都要为蒲生爱不爱她而患得患失。蒲生确实得天独厚，天生便是衣服架子，很多人穿西装总能穿出一股乡村企业家和房产中介的味道，他却是一副霸道总裁模样。

如此让人赏心悦目，惟希却不想和他有太多接触，也不打算知道他是如何获得她的姓名工作地点等个人信息的。毕竟凭他的身份，若对什么人起了疑心，想了解对方身家背景，实在不是什么难事。

"徐小姐要是方便的话，我们一起去前面咖啡店……"蒲良森彬彬有礼。

"有什么事，就这里说吧。"惟希打断蒲生，她只是受人之托忠人之事，不准备和调查对象有过多接触。

蒲良森挑眉，随即微笑："听明明说，徐小姐是她的'好友'，我不希望造成你对我的一丝误解，进而影响我和明明的感情。"

惟希闻言，微微颔首："您有什么值得我误解呢？您多虑了。"

说罢，她向蒲生挥手，不再多言，拎着手包快步走下大厦阶梯，融入到下班的人流当中去。

蒲良森站在原地，凝神注视短发女郎的瘦直背影很快被人潮淹没，一双好看的眼睛敛起淡淡的冷光，旋即一笑，取出手机拨打一组烂熟于心却又鲜少通话的号码。

彼端很快接听电话，浑厚的声音震动耳膜："你好！"

"卫侥，我是良森，约上你女朋友，一起出来吃饭吧。"

"改天吧。"卫侥并不转弯抹角，"最近事忙，得闲一定约你。"

"一言为定？"蒲良森笑问。

"一言为定！"卫侥郑重其事。

挂断电话，蒲良森若有所思地将手机抵在下巴上，卫侥为人磊落，说一不二，他既然没有否认，便是承认徐惟希确实是他女朋友了。难道一切只是巧合？但他随即轻勾嘴角，哲学家认为世界上没有绝对的巧合，有的只是巧合的假象罢了。他也不觉得保险调查员身份的徐惟希是久不在江湖走动的卫侥的女朋友，两人齐齐出席他和明明的订婚宴，仅仅是一个巧合。

怎么能在勾起了我的兴趣后，又一走了之呢？蒲良森在心里轻笑着自语。

彼时彼刻，接完电话的卫侥正准备出门。

蒲良森来电前，他刚收到夏朝芳一条语音留言，嘈杂的背景中夹杂着女孩儿泫然欲泣的求救："侥哥，我在塔利亚，你快来……"

卫侥扺紧嘴唇，他很少出入这些娱乐场所，这并不妨碍他知道塔利亚是以缪斯九女神之一司管喜剧及牧歌的女神命名的夜店，客人以年轻潮人居多，是本城著名的夜生活场所。这个时间段还未到夜店的营业高峰，听背景声音，倒像是年轻人聚会用餐的吵闹场景……卫傀取过扔在玄关壁龛里的车钥匙，出门驱车赶往塔利亚。

当卫傀的车停在塔利亚门口时，夜色才堪堪弥漫在浦江两岸，江面上的游轮亮起靡丽的霓虹灯，映得江水迷离如锦。卫傀无心欣赏美景，只管将车交给门口负责代客泊车的泊车童，取过停车号牌向里走。门童见身材健硕高大的卫傀行来眉目生威，不由得暗暗替将要面对他怒火的人捏一把汗。

夜店还未到开场时间，卫傀直接上电梯往顶楼与夜店相连的餐厅而去。塔利亚的位置在浦江边上，正对着彼岸万国建筑博览群，顶层有大片临江露台，一年四季都能欣赏到最让人惊艳的江景。与之相连的餐厅也有两个面积相对小些的露台，供客人在天气晴好的夜晚，一边在露天进餐，一边将浦江两岸美妙绝伦的景色收入眼底。卫傀经过露台，没在举杯欢饮的年轻人中看到夏朝芳的身影，他加快脚步向里面更隐秘的包房走去。

餐厅深长的走廊尽头，一间包房门口立着两名身材高大魁梧穿黑衫黑裤的年轻人，两人双脚分开站立，双手交叠握在身前。其中一人在卫傀走到门前时，伸手拦住他的去路："对不起，这间包房里是私人聚会，请先生止步。"

卫傀浓眉微凝："我来接朋友。"

另一名黑衣年轻人客气地开口，态度却异常坚决："恐怕你的朋友并不在里面，你如果要接朋友，还是打电话请他自己出来吧。"

卫傀不怒反笑："两位职责所在，我也不想坏了你们的规矩，那就各凭本事吧。"说罢蓦然出手捏住拦他的年轻人手腕，那年轻人试图以另一只手格开卫傀，却不承想卫傀揉身而上，一旋腕使力将年轻人的手臂整个拗向其背后,年轻人闷哼一声,身体不由自主地随着这股力半拧着身体。另一个年轻人见势不妙,刚打算上前助拳,却见卫傀上身朝旁边一倒,压在被他擒住的年轻人身上,一脚稳如松岳,一脚快如闪电般急弹向另一个黑衣人的左腿腿窝。黑衣小伙儿被踢个正着,左腿一软,单膝跪倒在地。卫傀趁势起身,一把推开门进入包房。

包房里亮着幽暗的灯光,空气中弥散的味道令卫傀皱眉。有两员妙龄女郎,穿着裹胸包臀超短裙,脚踩防水台高跟鞋,抱在一处,在包房附设的小舞台上,互相抚摸对方玲珑起伏的曲线,旁若无人地亲吻。房间另一头的长沙发上,一男一女衣衫半褪,纠缠得难分难解。更有男男女女坐在桌旁,说笑嬉闹。看到卫傀进来,其中一个头顶一片茂密黑发,脑袋两侧剃得只余青虚虚头皮的男子推开身侧女伴,站起身来,一手夹着香烟狠狠吸两口,指指卫傀的头:"你是谁?好大的胆子,也不看看小爷是谁,竟然敢闯小爷的场子!"

周围几个帮闲顿时起哄:"真是瞎了眼,还不给我们罗少爷赔礼道歉?!"

卫傀轻笑,轮廓鲜明的脸颊上带出一丝不以为然:"罗少爷?没听说过。"

罗少爷被当众抹了面子,气得一张长得还算周正的脸微微有些扭曲:"我曾祖父是开国将领!我妈是上市公司董事长!我是……我是……"他在卫傀沉冷的目光注视下,倏忽竟说不上来自己究竟有什么值得炫耀的身份。

卫傀不耐烦听黄毛小子吹嘘自己的身世有多惊人,淡淡地摆手:"我来接我的朋友夏朝芳,人呢?"他从进门环视包房,并没有看见女孩儿的身影。

夏朝芳?罗少爷一愣:"什么鬼?!"

边上一个帮闲想了片刻,拇指向后点:"会不会是那个躲在洗手间死也不肯出来的芳丝汀?"

有个女郎吃吃地笑："就是总觉得自己最纯洁无瑕天真善良的Faustine。"

罗少爷恍然大悟："你说给脸不要脸，出来混还要装圣洁的芳丝汀是你朋友？领走领走！赶紧领走！既然答应一起出来玩，还搞什么水仙不开花的把戏？平白坏了小爷的心情！慢！她捅伤了我朋友的事，怎么说？"

自有人伸起手，亮出缠着纱布的手掌心："一不开心就动刀子，我可消受不起。不过也没有平白吃这疯女人一刀的道理……"

卫悦的眼光扫过，染着一头黄毛的人讪讪地收声。

卫悦朝帮闲指的洗手间方向走去。洗手间的门紧紧关着，卫悦推了两下，没能推开，门被人从里面反锁着。听见响动，里面的人嘶声喊："不许进来！进来我就死给你们看！"

包房里的人哄笑起来："我们不进去，有本事你别出来啊！"

卫悦的眉心蹙起深深的印痕，敲门："朝芳，开门。"

洗手间里的嘶喊一顿，迟疑地问："悦哥？"

"是我，开门。"

里头一阵窸窸窣窣的声响，随后洗手间的门"咔嗒"一声缓缓拉开一小条门缝，等确认门外站着的正是卫悦，夏朝芳才一把拉开，扑到卫悦怀里，小声啜泣起来。

卫悦瞥了一眼夏朝芳裸露在外头的肩膀，虽然她穿得没有包房里其他女郎那么暴露，但也比平时的装束祖露得多。卫悦朝罗少爷方向轻道："脱下来。"

罗少爷茫然，脱什么？倒是他身边的女郎识趣，连忙把裹在臀部充当短裙的大真丝方巾解下来，上前递给卫悦。卫悦接过真丝围巾对女郎淡淡颔首："谢谢。"随即替夏朝芳披上，搂着她肩膀向外走。

"喂，我朋友的伤……"罗少爷不甘心这么认怂，然则瞥见倒在包房门口半晌没能爬起身的两个黑衣年轻人，又默默把其他话都咽了回去。

卫傥情知做人留一线，将来好相见的道理，自上衣口袋里取出名片塞在门口堪堪站起身的黑衣年轻人胸前的插袋中："医疗费用尽管找我。"说完轻轻揽着夏朝芳离开包房下楼，驱车送她回家。

夏朝芳缩在副驾驶座上，一路偷觑卫傥脸色，途中几度开口，可是看他面沉似水，浓眉浅蹙，终究还是没勇气替自己辩解。

卫傥将夏朝芳送回她的公寓楼楼下。"上去吧，好好休息。"

"傥哥……"夏朝芳一把抓住他袖管，"我以后再也不敢了，你别丢下我不管。"说着话，眼泪已扑簌簌落下来，将睫毛上的睫毛膏一并带下来，在脸上留下一道道黑色的印子。先前在餐厅包房里恐惧占据上风，肾上腺素使她忘记哭泣，这会儿一肚子的害怕委屈齐齐涌上心头，夏朝芳哭得稀里哗啦，不能自抑。

卫傥默默看着她哭，待她哭得上气不接下气，开始抽噎着抓过面纸擤鼻涕，这才叹息一声，伸手摸摸她头顶："好了，别哭了，跟我说到底是怎么回事？"

夏朝芳鼻尖被她擤得通红，用浓重的鼻音把事情经过向卫傥全盘托出。

整件事的起因，缘于前段时间一个新进公司又十分受异性欢迎的女同事，提出周末了，想约几个同办公室的女孩子一起吃饭，大家增进同事间的感情。两个有老公孩子的女同事当时就表示要回家带孩子，婉拒了她的邀请。夏朝芳平时文文弱弱的，心里十分羡慕新同事热辣外向的性格，兼之没有男朋友，闲着也是闲着，就答应了她。两人下班后一起吃饭，女同事带她去本城最热闹繁华的商区，在最顶级的餐厅用餐。没见过什么世面的土包子夏朝芳被灯红酒绿的奢靡迷花了眼。女同事又教她怎么穿衣，如何打扮，带她去夜店泡酒吧，不过一个月工夫，刚毕业初出茅庐的夏朝芳，就改头换面俨然都会职场里的精英女郎了。只是她骨子里是老实本分的女孩子，对于上来搭讪的男性总是不能像女同事那样游刃有余地应付。今天女同事说要带她一起参加一个朋友的生日聚会，她信以为真，高高兴兴地换上新买的小礼服，穿上高跟鞋，化一个美美的妆，兴冲冲地去塔利亚参加生日聚会。没想到进门时还好好的，稍后又来了几个一看就风尘气很浓的女人，场面就有些混乱起来，还有人当场吸食一些看起来就很可疑的粉末。女同事笑着问她要不要试试看，她心里毕竟还保有是非观念和自己的坚持，忙不迭地摇头。女同事笑起来，一旁有个男人随即说她不给罗少爷面子，想要拉着她的手强行逼她吸食，她一时心慌意乱，随手抓起一把餐刀，胡乱挥舞阻止对方靠近。一片混乱中也不晓得划伤了谁，耳朵里只有一片尖叫声，她趁乱躲进包房的洗手间，反锁上门打电话向他求救。

卫傀半垂着眼，掩着眼里冷锐的目光："你乖乖上去休息，周一就去辞职，剩下的事我来处理，听见了没有？"

夏朝芳点头如捣蒜，下了车一步一回头地往公寓门廊走去，见卫傀没有飞车离开，这才放下悬着的心。

卫傀等她上了楼，发动引擎缓缓将车驶离。他脸色冷凝如铁。女孩子相约聚会泡夜店争风吃醋都是小事，可是夏朝芳的那个女同事竟然带着她去参加药局，诱她学坏，其中还有人甚至想强迫夏朝芳吸食毒品，这就不可饶恕。卫傀嘴角勾起一个冷笑，他自认不是什么任人欺负的好人，这件事没这么容易算数。

徐惟希将电话放回基座上，起身走进厨房。她的厨房干净整洁，同她的人一样一丝不苟。惟希取出淘箩，自青花米瓮里舀出一杯晶莹的香米，开始做晚饭。她一人独居，并不经常烧饭做菜，但她喜欢把自己的生活安排得井井有条。一杯米淘洗三遍，轻轻将之倒进电饭煲中，倒入两碗水，开启煮粥模式，就可以不必在一旁看着了。惟希常常会想，日本这个民族，固然因其对历史的种种狡辩抵赖而教人厌恶，可是却又实实在在发明了很多令生活质量大大提升甚至飞跃的器械。譬如有着几千年历史的米饭加工方式，自从有了第一台电饭煲之后，便产生了神奇的革命性的变化，煮妇们再不必坚守在炉灶旁一步不离，免得水溢底焦。

惟希慢条斯理地做了一碟拍黄瓜和一盘干煎带鱼，菜做完后顺手将灶台擦得一尘不染，这时粥也好了。她给自己盛了一碗香喷喷的白米粥，坐在厨房的小餐桌跟前，就着碧绿生青的拍黄瓜和金黄酥嫩的煎带鱼，不紧不慢地喝光一碗粥。

窗外已经传来广场舞节奏强劲的音乐声，混合着孩童的嬉闹与大人的呵斥，热热闹闹地充满着烟火气。惟希一边侧耳倾听，一边把碗筷都洗干净搁在沥水盘上。她的生活除开日常工作，余下的时间，安排得井然有序，一板一眼得令唐心发指，数度表示要把她改造成懂得享受的时代女性。惟希每每想起唐心的样子，都会露出好笑的表情来。

惟希想，她不是不懂得享受，只是没办法让自己放纵吧。

饭后散步回来，惟希给不争气的弟弟惟宗打电话。

"约了后天晚八点，你到时穿得齐整点，不要老头衫沙滩裤出来见债主。"惟希顿一顿，思及徐惟宗一贯的不良记录，轻道："你可以不来，我自然也没必要出头去替你揩屁股收拾烂摊子。"

徐惟宗在彼端一径"是是是"地应声，听得出来是真被催债人的手段吓怕了。

惟希这才撂下电话将约见的地址发给他。

洗完澡，惟希与父亲通电话。

她使黑夜透着光

寒烈 著

徐父笑呵呵地："前天下午进了农庄，在农庄的鱼塘钓鱼，你猜爸爸钓到多大一条鱼？"

惟希听这后头稀里哗啦的麻将声，不由露出一丝微笑："塘鱼？五斤？"

"岂止啊！我今天又钓着一条二十多斤的胖头鱼！晚饭厨房就用这条胖头鱼做了一鱼三吃，拆烩鱼头又滑又嫩，一点骨头也没有，鲜得很！水煮鱼片和凉拌鱼皮也都很可口。哎呀，囡囡你要是一起来就好了！"徐父中气十足地说。

"以后有机会的。"惟希听得出父亲心情不错，转而关心祖母，"阿娘呢？"

"你阿娘在这边认识几个也是从我们浦江过去玩的老阿姨，吃过饭约在一起搓麻将，乐不思蜀。"

才说着，背景声里就响起老太太嘹亮的嗓门："和了！清一色自摸！"

惟希简直能想象祖母眉飞色舞喜上眉梢的样子，轻笑着和父亲道了晚安。

隔日晚上惟希提前五分钟抵达才开张不久的新百乐门夜总会。一向散漫毫无时间观念的徐惟宗难得提前到了，正在门口紧张地搓着手来回踱步。远远看见惟希，三步并做两步冲到她跟前，张口质问："你怎么……"可是注意到她脸色微沉，识相地将"才来"两个字默默咽了回去。

惟希打量弟弟惟宗，灰色马球衫，深蓝牛仔裤，白球鞋，看起来很干净开朗的样子。她点点头："走吧。"

新百乐门是酒楼式夜总会，提供餐饮服务的同时也有娱乐表演。进门绕过汉白玉浮雕二龙戏珠的影壁，里头是宽敞高挑的大厅，有一大一小两个舞池，大厅尽头有一处舞台，乐队大抵正在热身，演奏着慵懒而迷离的乐曲。舞池周围呈半圆形安置着餐桌，已有不少客人前来用餐。

有身材浮凸有致的年轻女郎穿着短旗袍，露出一截白生生丰腴圆润的大腿，手捧装着洋酒的托盘，自惟希身边经过，半是有趣半是不以为然地睨一眼身穿白衬衫黑色休闲长裤的惟希，施施然走远。

　　徐惟宗下意识地回头追看女郎，又猛地想起此来的目的，赶紧垂眉敛目。

　　惟希见他这副装鹌鹑的模样，心里有千般万般甩手不管的冲动，可是想想祖母和父亲，她还是强忍下旋身走人的念头，朝着约定好的一号贵宾室走去。不长的一段距离，惟希注意到此间装有相当隐蔽的监控探头，寻常人根本不会注意到走廊吊顶上灿烂夺目的水晶灯里藏着摄像头。惟希微微垂头苦笑，徐惟宗知不知道他到底在和什么人打交道？

　　徐惟宗的债主钟放不是一般人物，惟希一经查实徐惟宗是向钟放开的投资公司借钱，就已经暗道一声不好。钟放此人，来历很有些传奇色彩。钟放祖上是本埠的资本家，经营纱厂，后来的经历和其他资本家大同小异，经历了公私合营、十年动荡、家破人亡……钟放是在动荡之后出生的，尽管钟家得以平反，但家里的房子、土地、古董字画，凡是值钱的东西早已被洗劫一空，最终也没有归还。钟放十六岁辍学，跟人一起投机倒把，什么东西最时髦最流行就捣腾什么，从服装鞋帽到家电音像制品，很是赚了点钱。大约因此碍了什么人的眼，被举报之后判了一个投机倒把罪，在牢中待了五年。等他出狱，外头已经是又一番情景，举国上下出现一股出国热潮，京城人爱去纽约，本埠人爱去日本，他另辟蹊径，设法去了南美——这里头还有两种传闻，一种说他傍上了女大款，做了小白脸，凭富婆的帮助出的国；另一种则认为他在牢里认识了有势力的大流氓，靠对方的势力得以出国——无论他用了什么方法，十年后，从南美衣锦还乡的钟放不过三十一岁，却已经是不容小觑的富商，在本埠开设金融投资公司，交游广阔，势力遍布黑白两道。坊间有传言说他看起来斯文和善，实则心狠手辣。

惟希在绘有麒麟踏青云图案的贵宾室门前停下脚步，最后一次问蔫头巴脑的徐惟宗："你考虑清楚了，让我出面解决？无论我说什么你都听我的？"

徐惟宗这时手心已汗出如浆，惟希问什么他都忙不迭点头，生怕她后悔。

惟希扬睫看了一眼头顶史特劳斯水晶灯层层叠叠的水晶璎珞，伸手，敲门。

里头有人应声开门，一股冷冷的气流扑面而来。

贵宾室内冷气十足，可是开门的女郎仍只穿着短而薄的锦缎旗袍，一张脸保持着娇俏可人的笑容，微微躬身："老板，您的客人到了。"

里间小酒吧旁一个剃着光头穿黑色改良唐装的壮汉伙着几个簇拥在他身边的年轻女郎哄笑起来："老板的口味真是一天一变，日日不同！"

惟希闻言抿了抿嘴唇，而站在她身后的徐惟宗恨不能拔腿就跑。他虽然不学无术，但实在没有接触过真正的坏人，逃学抽烟打架已经是他做的最坏的事。眼前这光头壮汉浑身上下都透出"我非善辈"气息，和那些上门追债的人相比，感觉更凶残暴戾。

惟希只当没看到那壮汉上下打量估价般的眼神，只管自报家门："徐惟希，徐惟宗，与钟先生约定八点钟见，麻烦通知一声，我们已经到了。"

光头佬一听见两人的名字，哈哈大笑起来："原来你就是那个老女人说的'在公安局工作后台很硬的'女儿啊？"

"哦哟，人家吓死了！"光头壮汉身边的一个女郎假惺惺地拍着胸口，娇嗔地往他怀里钻。

光头见状，浓眉一拧："露露吓坏了？不怕，哥哥让她给你赔礼道歉！"

说罢将手伸到小酒吧里，抓过一瓶白酒，往吧台上一墩，发出"哐"一声脆响："先把这瓶陈年老白干喝了！喝完了再说其他事。"

　　惟希始终背脊挺直站在门口，淡然地看他们做戏，听到光头要让她给女郎道歉，一直面无表情的惟希倏忽一笑。

　　光头从惟希进门就在暗暗观察她的表情，只等她露出退缩或者气愤的颜色，好向她发难，不料眼前这个打扮得清汤寡水的年轻女孩儿，却出其不意地给了他一个过于淡然的微笑。光头摸不清惟希的路数，本能地肌肉贲张。

　　惟希清浅地笑着，朝后伸手，拽过缩在一旁努力减少存在感的徐惟宗。徐惟宗拼命挣扎也没能逃脱姐姐的钳制，狼狈地被推到光头跟前。

　　惟希无视吧台上的白酒，拧着徐惟宗的膀臂如同抓小鸡仔似的："喏，看清楚了，他才是你们钟老板的债务人。他母亲王超英女士是怎么说的？我在公安局工作？后台很硬？真是抱歉，家门不幸，我早已经被连累得失去这份工作了，实在没有什么可让贵老板榨取的油水。你们与其听王女士的胡言乱语，期望能从我这里获取什么，还不如打断徐惟宗的腿，扔在王女士跟前，到时候别说是要钱要房，哪怕是要王女士的命，她也会双手奉上。"

　　光头壮汉看到惟希露出这一手，已是一愣，听完她一席话，更是目瞪口呆。

　　这……这是亲生的吗？

　　惟希仿佛还嫌不过瘾："倘使王女士仍然不肯，贵老板大可以告上法庭，申请强制执行，毕竟欠债还钱，天经地义，贵老板的诉求合情合理合法。"

　　"姐……"徐惟宗弱弱地唤了一声，内心早已泪流满面，当时不是这么说的啊……

　　惟希连眼风都不赏一个给他，只管似笑非笑地睨着光头：

"家父与王女士早已离婚，彼此老死不相往来，王女士的事与他毫不相干。徐惟宗亦已成年，具有民事行为能力，他的事情自然由他自己做主，我这个姐姐无从置喙。贵老板要是求财，只管押着他去办理房屋过户手续，若不然，尽管将他往死里打好了！"

"……"光头佬和徐惟宗齐齐难以置信地望着惟希。

惟希将弟弟惟宗朝光头佬面前一掼："这种四体不勤五谷不分的废物，打死一个少一个！"

徐惟宗从小到大哪里受过姐姐这样的言语奚落和冷酷对待？一拧身挥手就想抽惟希。在他的印象里，姐姐惟希就是那个他童年无事可以随便打随便骂的出气筒。只不过这一次，他的手在半途就被惟希干净修长的手擒住脉门，她使个巧劲一翻一拧，高大的青年竟不由自主"嗷嗷嗷"叫着，表情痛苦地屈膝跪了下去。

徐惟宗嘴里胡乱骂骂咧咧着，可是眼角余光扫见惟希眼里的杀气，他忽然明白，她是认真的，她真的能任由这些人打死他。

惟希缓声重复一遍："要么你自己卖房卖身还债，要么你就去死！别出来带累阿娘和爹爹！"

惟希话音方落，贵宾室角落方向便传来缓缓的掌声，一个男人自角落阴影里的沙发上起身，慢慢走进明光中。他身高中等，梳着改良过的莫西干头，脖子上戴着一串明晃晃的大金链，穿一件充满南美热带风情的印花短袖衬衫，露出一截满是文身的结实手臂，下头松松垮垮地套一条米色棉麻料子的挽脚裤，趿拉着一双夹脚拖鞋。他走进明光里的这一刻，房间里的莺莺燕燕都自觉地退了出去，甚至体贴地为他们带上了半敞的门。

光头还想说什么，男人轻轻对他一扬眉，光头佬立刻老老实实地缩在角落里。男人这才向惟希微笑："敝姓钟，钟放。"

惟希仔仔细细地看了一眼钟放浓眉凤目的脸，客客气气地朝他颔首："钟先生，您好！舍弟顽愚，识人不清，与几个劣友一起借款投资，不料输个精光，实是他没有本事，与人无尤。他已然成年，此事我不便插手，您看是要他拿房产来抵债，抑或是他有别的途径可以还债，你们自行商量解决吧。"

"姐……"徐惟宗吓得魂不附体，他哪里还有什么别的途径？他要是有别的途径，还需要她这个经年不往来的姐姐出面做什么？！

惟希瞥了汗涔涔的青年一眼，依稀仿佛能在他身上看见父亲年轻时的影子，只是，又怎么样呢？是她凉薄，她从没喜欢过这个弟弟，他的死活，实在同她没有一点关系，如果不是因为不想让他的破事连累老祖母和父亲，她连这一趟都懒得走。

惟希再不管贵宾包房里的一概人等，只返身拉开门，走出包房。

包房中，光头壮汉欲言又止，徐惟宗瑟缩着只憾自己不会隐身术，钟放望着惟希颀长挺拔如孤零零一支对叶莲的背影，淡淡一哂，随后垂眼，拿脚尖踢了踢缩在一旁的徐惟宗："你是打算如令姐所说，卖房抵债，还是干脆把你往死里打扔到令堂面前，让她卖房抵债？"

徐惟宗自知没有别的办法，这些人心狠手辣，他要是不能把钱还上，他们就真的能把自己往死里打，只好点点头："我卖房……"

光头大汉一听，哈哈笑起来，上前老鹰捉小鸡般地将徐惟宗从地上拎起来，假模假样地拍拍他身上的灰："小兄弟早这样识相不就好了？来来来，哥哥带你回家去，你拿好所有需要的证件文件，我陪你卖房去。"

说完擒了软做一团烂泥的徐惟宗从包房内的直达电梯下楼去了。

留下钟放，琢磨了两秒，像徐惟希这样的女人，什么样的男人才能受得了她呢？而后就把这个问题抛开了。钟放还是喜欢软绵绵娇滴滴的女人，高兴就搂过来好好疼爱一番，不高兴便扔在一边冷落着，她们自会使出百般手段哄他高兴。太孤冷的女人，远远欣赏两眼就够了。

4

绉纱小馄饨
ZHOU SHA XIAO HUN TUN

 惟希不知道自己被钟放琢磨了两秒，她走出贵宾包房，两旁经过的服务员见她既不似夜总会工作人员那样打扮，又不像是前来消遣的客人的女伴，都不免遮遮掩掩地拿余光打量她，大抵是猜测她的来路。惟希不以为意，只管稳步向外，迎面而来的服务员仿佛遇见摩西的红海，纷纷自动避让，直到惟希迎头碰上卫倪。

 "徐小姐。"卫倪微笑，眼光在惟希身上从头至尾扫了一遍，见她并不像受过气挨过欺负的样子，遂不多言，只略一颔首。

 惟希看卫倪装束休闲随意，但眼神警锐，不似单纯来消遣的模样，转念之间便决定不耽误他时间，客客气气地回以微笑：

"卫先生。"

两人在走廊上错身而过，惟希自走廊上晶晶亮几乎闪瞎眼的史特劳斯水晶灯巨大的切面吊坠折光中看见卫傀进入她刚才离开的贵宾包房，一双好看的长眉微蹙，随即放松。大家都是成年人，做什么事，自会估量后果，观卫傀此人行事，想必也不会让自己落进窘境。

惟希脚步轻捷，将纷纷扰扰的红尘抛在身后，才要绕过影壁离开新百乐门夜总会，身后忽然传来一个好听的声音，呼唤她的名字：

"惟希！"

这声音如同落石砸在平静的水面，溅起不大不小的水花后，泛成一片涟漪。惟希有心不理，径直离开，这醇厚声音的主人却不愿放弃，又唤了她一声："徐惟希！"

惟希叹息，到底没法当成听不到，自顾自走开，终于还是回身面对。

"陆骥。"她的声音略哑，仿佛叹息。

陆骥隔着三步之遥的距离，深深地望着惟希，眼里是温柔得几乎能醉死人的光："你好吗？"

换一个女孩子，被年轻英朗高大如陆骥这样的男人这般深情地注视，大抵一片芳心顷刻间都要化成春水了，惟希却只是浅笑着："公干？"

陆骥微笑，遥遥指一指大厅最深处的小舞台："远房的一位表妹在这里弹琴，今晚第一次上班，家母叫我送她过来，顺便给她撑撑场。"

惟希顺着他手指的方向看去，果然看见一个黑直长发白纱裙的年轻女郎坐在舞台正中的贝森朵夫钢琴前，正在演奏拉赫玛尼诺夫的第二钢琴协奏曲。惟希专注地听了两小节，忍不住想，钟放骨子里总归还是充满情调的，在这灯红酒绿的欢场，让一个清凌凌的女孩子弹拉赫玛尼诺夫，真是有种说不出的巨大反差。

"不赶时间的话，坐下来喝杯茶吧，我们也许久不见了。"陆骧神色温柔，语气再诚恳不过。

惟希想一想，点点头。本城说大不大，说小不小，难免有碰上的一天，与其拉拉扯扯，不如当面讲清楚的好。

陆骧伸出手臂，半引半护着惟希穿过摆放着半月形沙发的等候区，来到舞池边正对小舞台的餐桌前，体贴地替她拉开椅子，等她落座，自己才在她对面坐定。惟希微微侧头欣赏舞台上青春女郎的钢琴表演，陆骧温声问："这里是空调风口，你冷不冷？"说着欲伸手招服务员给惟希取件披肩过来。

惟希摇摇头："别麻烦了，我一会儿就走。"

陆骧眼里流过一点点失望，可脸上还是温柔的微笑："吃过晚饭没有？这里的台式香菇鸡肉油饭很好吃，糯米香软弹牙，味道浓郁厚正，你一定会喜欢。"

惟希隔着餐桌，透过桌上摇曳的熏香蜡烛的烛光望着陆骧。两年过去，他还是像以前那么温柔体贴，无论何时何地，首先照顾对方的感受。可是，有时候，温柔并不代表仁慈，而是一种含蓄的残忍。

陆骧生得眉目周正，脸型棱角分明，身姿英朗，然则神色温煦，总给人温暖的感觉。惟希回首往事，淡淡地想，假使不是因为徐惟宗将人打得重伤入院，事情被母亲闹将开来，最后弄得一发而不可收拾，累及她在纪律部门的工作，她和陆骧此时也许已然步入婚姻殿堂，从此幸福地生活在一起，也许孩子都已经能满地乱跑。

哪怕是母亲闹得最凶的时候，趁她上班跑到公安局，在她办公室里公然叫嚣"你是警察，只要你一出面那些流氓自然就怕了，哪里还敢和我们斗"这样的话，令得她被整个部门同事侧目、被领导喊去严肃批评教育的时候，他都没有流露出一丝一毫的不耐烦来。恰恰相反，他仿佛没听见单位里的风言风语，照样等她一起下班，照样约她去道场进行格斗对练。陆骧知道她家里的情况后，每每到了周末，为帮她避开王超英女士的无理纠缠，甚至把她带回自己家吃饭。

惟希记得陆母是个极和蔼客气的人，见儿子带她回家，嘴里叠声说怎么又瘦了？是不是单位里工作太忙压力太大？等她坐定，陆母就取过茶几上的一果盘石榴，一股脑塞在陆骥怀里。"你看看小徐的黑眼圈！女孩子要爱惜自己的身体，男朋友也要懂得关心才对！去给小徐榨杯石榴汁出来，美容养颜的！去去去！"

陆骥笑呵呵地捧着一盘石榴进厨房去了，陆母顺势拉过她的手，握在手心里拍了拍，笑眯眯地问："小骥在单位里没有什么不顺心的事吧？他大了，有什么事都喜欢埋在心里，也不肯跟我们说，你是他女朋友，阿姨请你帮我们多关心关心他。他现在正是事业的上升期，容不得有一点马虎闪失，你要是看见听见什么对小骥不利的，可一定要提醒他啊……"

陆母说得语重心长，仿佛一点没有听闻外头风言风语，只是满心为儿子着想，对她的态度更是慈爱可亲，没有一丝一毫的不喜。

等陆骥榨好石榴汁出来，只见她们手拉手坐在沙发上聊天，便露出一个微笑。当天吃饭的时候，陆母一径往惟希碗里夹菜："多吃点肉啊，小徐。女孩子还是稍微丰满点好看。"

这顿饭，惟希吃得食不知味，如坐针毡。

惟希不是那种木知木觉把头埋在沙子里就觉得安全了的鸵鸟，所以心里才更加煎熬。她本来就是以犀利和敏锐而获得认可的侦查员，陆骥当时是年轻有为的副队长，职业生涯正处在上升期，同事们或明或暗地议论，说她的事情如果不能获得及时而彻底的解决，恐怕要影响陆骥的升迁。惟希如果自私些，尽可以假装自己没有听到这些窃窃私语，继续享受陆骥的温柔呵护，可惜，她做不到。

隔了两天，她对陆骥说：我们分手吧。这句话出口的一刹那，惟希还天真地抱有一线希望，只要他不放开她，那么哪怕再苦再难，她也会顶住所有的舆论压力，和他在一起。而他当时静静凝望她片刻，最终轻道："我尊重你的选择。"

惟希记得自己那天是强忍眼泪转身离开他的视线的。回到家里，她一个人躲在浴室里狠狠哭了一场，哀悼自己的初恋，也痛恨自己有这样的母亲和弟弟。第二天，惟希照常上班，安静地将已填妥的辞去公职申请表交至领导办公桌上。领导知道她家里的情况，并没有多加挽留，只是语重心长地劝她，必要的时候，要懂得狠心。齐家方能治国，家和而万事兴，如果她家里的这种情况不能得到妥善的解决，不管她将来去哪里工作，都会为她的前途埋下隐患。

惟希想，她到底也学会了狠心。

"我吃过饭了。"惟希取过桌上的玻璃杯，啜一口沁凉的柠檬水，示意陆骥不用刻意招呼她，"我一切都挺好的，你呢？"

陆骥深深注视她："我还是老样子，上班下班，偶尔和朋友打打球，生活谈不上无趣，也谈不上丰富多彩。"

惟希留意到他手上并无戒指，干净修长的手指修剪光洁的指甲，显示出他仍像以前一样，还是有点小小的洁癖和强迫症。

"看来也是，身材保持得挺好，没有发福。"惟希半是感慨，半是打趣。

陆骥刚想说什么，那边钢琴表演已经结束，白纱裙美少女娉娉婷婷地自小舞台上下来，步步生莲般走到他们桌边，怯怯地轻唤："骥表哥……"

惟希忽觉周身冷飕飕的，伸手抚一抚手臂上根根直立的寒毛，起身告辞："我还有事，先走一步。"

"我送你。"陆骥连忙起身，急切道。

惟希笑起来："我有开车来，不麻烦你了。再见。"

说罢朝陆骥和一脸羞怯的白裙美少女微微颔首，毫不迟疑地退场。

有些人，一旦错过，就是错过了。时光总会将最初的尖锐伤口慢慢磨旧成记忆里的一处瘢痕，往事如同沉沙泛起，以为会痛，其实最终无非一笑而过。

陆骥才要追上去，一旁的女郎已先他一步将一只纤纤素手搭在他的臂弯上："表哥——"

陆骥轻喟，止住了追赶的脚步。

惟希绕过影壁，出得门来，又碰见正在门口等泊车童取车的卫悗，他高大健硕的身影惹得两个经过的女郎媚眼轻睐。

卫悗似无所觉，只朝惟希挑眉。他今夜第二次遇见惟希，稍早的时候，她周身带着一股不容错认生人勿近的凛冽杀气，这时却仿佛卸下了寒光凛凛的甲胄，还原她这个年纪该有的柔婉平和。

惟希对卫悗一笑，露出一点点虎牙："上次事情匆忙，今天又太晚，改天请卫先生吃饭。"

卫悗看着惟希的笑容，不知怎的，就想起夏朝芳来。两人年纪相当，可是他相信，同样的情况下，夏朝芳只会哭哭啼啼地向他求助，而假使是惟希，大约会自己动手把试图轻薄她的人打得满地找牙吧？想象这样的场景，他脸上的笑容便不由得加深："好。"

然后也不管惟希直眉愣眼地呆怔刹那，上了自己的本特利雅致，车子顺畅地驶出夜总会的车道。就着后视镜，卫悗看了一眼站在原地目送他的惟希，夜风撩起她耳边的短发，着一件白衫的她看起来与金碧辉煌的欢场格格不入，因此让他在人群中一眼就望见她。也不知道老白的这个徒弟是否遇见了麻烦，卫悗暗忖，有时间要问问老白，免得她在钟放这种积年的老狐狸手里吃亏。

卫悗认识钟放，只是没有什么过命的交情，但他深知此人的行事风格手段。他今夜来寻钟放，缘于夏朝芳。

夏朝芳……思及夏朝芳，卫傀不由得微微叹息，她被他们保护得太好了，虽说还不到不食人间烟火的地步，然而不知险恶，却是一定的。药局事件后，卫傀第一时间安排夏朝芳辞职搬家变更手机号码，她吓破了胆，哪里还敢反驳，自是乖乖听话。卫傀又把原来照顾她一直到她高中毕业才回老家去的保姆齐婶接了回来，继续负责她的饮食起居，主要是确保她近期的安全。等这一切都安排妥当，卫傀回头去调查当日药局上几人的背景。

　　经他调查，发现当天的寿星罗少爷是含金汤匙出生的红三代，从小就被家人送到国外留学，如今算是学成归来，可惜整日不务正业游戏人间，是社交媒体上的话题人物之一。不过凭罗少爷的身世地位，他根本不必用强使下作手段，自有一心想嫁入豪门的年轻女郎前赴后继地拜倒在他的西装裤下。看罗某当时的反应，也不像是对夏朝芳印象很深，很感兴趣的样子。

　　卫傀遂将调查重点放在夏朝芳的女同事柳如眉身上，不查不要紧，一查之下，饶是见多识广的卫傀，也忍不住皱眉。

　　柳如眉比夏朝芳大三岁，也才不过二十六岁，却已有过数次人工流产的经历。自她十五岁父母离异，把她扔给年迈的外祖母时起，就经常逃夜不归，和不同的男人出入宾馆酒店，并伙同他人将当时与她外祖母同住的舅舅、舅妈、表哥三人殴打得不同程度重伤，其舅舅表哥甚至因此落下隐疾。她中专毕业后开始凭借自己年轻美貌的资本频繁跳槽，每到一个新单位，都以勾引上司成为其情人为最终目的，几乎每次都成功被包养。

　　这两年，柳如眉的青春正逐年逝去，在做情妇这条捷径上渐渐失去了市场，她开始转而寻觅年轻无知的女孩子，通过引诱对方吸食毒品成瘾，而将对方控制在自己手中，由她从旁介绍，让这些年轻女孩儿出卖自己的皮肉换取毒资，她则从中抽取佣金，隐隐成为手握不少资源的老鸨。

幸而当天夏朝芳还算机警，卫悦到得也及时，否则后果真是不堪设想。

替柳如眉提供毒品和安排嫖客的，正是钟放的一个手下。

卫悦眉眼暗沉。

钟放还算是个有原则的人，靠投机倒把起家，后在国外打拼多年，累积了不少资本，回国这几年借助国家加大开放力度的金融政策东风，开设了私人金融投资公司，开展短期放贷业务，又先后投资餐厅和夜总会，生意遍布本城的几个黄金商圈。以钟放目前的身家和精准独到的投资眼光，他根本不必也不会在如今全面扫黄打黑的阶段，去碰这些赚头不大风险却极高的不法生意，自毁根基。

所以卫悦决定约钟放面谈。

他见到钟放时，贵宾包房内只有钟放一人，两人寒暄片刻，他说明自己的来意。当钟放听说他的一个手下竟然和人联手组了药局，诱年轻女郎下水，好掌握控制她们出卖肉体，不禁"嗤"地一笑。

卫悦缓声："这件事想来也与钟先生并无关系，只是如果听之任之，到底有损钟先生你的英名。"

"想不到我钟放手下，竟如此卧虎藏龙，有这等好本事的人。卫先生放心，我必定将此事查得清楚明白，给你一个交代。"钟放表明自己态度。

卫悦点点头。既然钟放已经表态，他也愿意相信对方查明此事、给他交代的诚意，便向钟放告辞。钟放客气地说改日请他喝一杯，他便笑着答应。待两人道别，出了新百乐门夜总会，驱车归家的路上，他才淡淡地感到心累。倘使没有比较，还不觉得如何，可是有徐惟希珠玉在前，夏朝芳就显得格外幼稚。

卫悦转动方向盘，驶进一条黑漆漆的小巷。

这条小巷夹在两幢商务摩天大楼之间，白日的喧嚣褪去，进进出出的人潮早已如倦鸟般归巢，留下偶有几盏灯还亮着的大厦，岿然矗立。

卫傥下车，注意到巷子里还另外停着几辆车，不由得微微一笑。窄窄的巷弄里没有路灯，只从尽头透出一点点幽光来，轻轻的脚步声是唯一的陪伴。卫傥循着那淡淡的幽光而去，夏末的夜里白日的燠热尽数退去，淡淡的凉意侵染蔓延，有徐徐凉风卷过，仿佛温柔的手。

待卫傥走到巷子尽头，便是一间原本用作书报亭的一开间小铺子。日间大厦里的人进进出出，小铺子就铁将军把门，紧紧锁着。到了晚间，大厦底楼已经落了门闸，忙碌散尽，小小的面铺子才慢悠悠开门营业。老板是个四十岁出头的中年人，天生一张圆脸笑面孔，微微有些发福，穿红黑条纹衬衫，一条牛仔裤，腰里系着黑色围裙。整间铺子就老板一个人，身为大师傅，同时兼做伙计。老板嘴里哼着沪剧小调，大马金刀地站在炉灶后头，一举一动却都有条不紊、不疾不徐。

铺子里一灯如豆，狭小逼仄的空间只容得下两张折叠桌和四张条椅，先来的食客已经坐在里头，埋头大口吃面。她有一头鸦羽似的乌黑短发，头顶有一个小小的发旋，沉静安然，白衫在昏黄的灯影里格外地醒目。卫傥走过去，坐在她对面，向眼都不朝他乜一下的老板说："一碗鸡汤面，半只白斩鸡，谢谢。"

那头老板闻言揭开锅盖取过团成一卷的面条开始下面，这边卫傥对面的人抬头，露出莹润光洁的脸来。

卫傥朝她微笑："又碰到了。"

惟希嘴里尚塞着一筷子面条儿，听见低沉好听的男声，一仰脸，卫傥英挺的脸猛地映入眼帘。

"嗨。"她一来刚才气得狠了，又精神高度紧张，所以从夜总会出来便觉得有点饿，二则是不想这么早回家，只影对孤灯，心事欲诉无从诉，索性循着唐心的都市美食传说地图，找到这爿小小的面馆，想吃碗面垫垫肚子，不料又遇见了卫悦。这是怎样的缘分啊！

卫悦扬颔，向鼓着一边腮帮子的惟希道："一碗鸡汤面吃得饱吗？"

惟希垂睫瞅瞅自己面前的青花大面碗，又瞥了他一眼，暗忖她哪里给他造成她食量很大、一海碗面还吃不饱的错觉？

卫悦浑然不觉自己的话引人疑思，伸手将老板趁隙送上来的一盘白斩鸡朝惟希方向推去："你来对地方了。此间老板做的白斩鸡与小绍兴、三林塘不相上下，最与众不同是老板家的蘸料，是老板的独门秘方，香气浓郁，口味独特……"

惟希心中暗暗嘀咕，看起来持重的卫悦知不知道他这话说得行云流水，简直像电视购物频道的主持人一般，居家得不可思议，与他最初留给她的沉稳又带点神秘的印象截然不同。这样想着，她的嘴角便漾起一朵小小的笑来。

卫悦只觉得这黯淡的灯光下，忽然开出一支白兰花，甜润得使人忘却烦恼。

当老板将一碗鸡汤澄黄清澈、撒着碧绿葱花、香喷喷的汤面放在卫悦跟前时，他才收起自己难得一遇的文艺情怀，不再攀谈，从筷笼里取了双竹筷，开始吃面。

第一口筋道爽滑的手擀面落肚时，卫悦心里忽然浮现出一句文艺得不能更文艺的话：我心安处，是我家。

惟希回到家一夜好睡，一点心理负担也无，次晨醒来神清气爽，洗漱出门，到离小区不远的点心店吃早饭。

点心店开在菜场边上一排沿街的门面房里，左有老广东茶餐厅，右有香飘千里馄饨，这间主打本埠传统点心的小店夹在两店之间，生意却丝毫不受影响，每天都火爆到排长队。

小区和周边社区的阿姨爷叔也早不似以前紧巴巴每天泡饭酱瓜将就一顿的人家，不是出来买菜顺便吃了早点回去，就是拿着小不锈钢奶锅，买豆浆生煎回去。趁排队的功夫，平时在小花园里一道晨练跳舞的老人们还不忘闲聊。

"张家妈妈，你孙子快上小学了吧？"老先生中气十足。

"是呀，王家阿伯，你外孙女啥时候办酒席啊？要发糖给我们吃哟！"老阿姨眉开眼笑。

"他们年轻人有年轻人的想法，一早就讲好不办酒席，不让爸爸妈妈辛苦操劳，要旅游结婚。"老先生颇想得开，"他们欢喜就好，我们做长辈的不参与！"

"哦唷，很新潮的嘛！旅游好啊！我要不是得帮儿媳妇带小孩，我也约上老姐妹去旅游！"

一天就在这样热闹的晨光中拉开序幕。

惟希耳听得老阿姨老伯伯花样晒各自的幸福退休生活，笑眯眯地吃了一客生煎和一碗撒着蛋皮紫菜的绉纱小馄饨。菲薄透明的皮子里裹着一点粉红色的肉馅儿，碧绿生青的葱花，嫩黄色的蛋皮丝儿，似透非透的紫菜，再舀上一勺猪油，汤头鲜香无匹。小馄饨吃在嘴里，皮子滑嫩，仿佛一条小鱼，不及细尝，吸溜一下已经落肚，满满的幸福感顿时升起。

惟希想，这才是快乐的一天的正确打开方式。

吃罢早饭，惟希在老板娘殷勤的招呼声中笃悠悠取出餐巾纸抹嘴付账，往不远处的地铁站去搭乘地铁上班。地铁里不知道是哪个乘客仿佛将一整瓶迪奥沙丘男用淡香水打翻在了身上，再如何诱人的香气在密闭空间里也如同刺鼻的杀虫剂叫人吃不消。又有人带了韭菜饼上来，拥挤的车厢里一股子浓烈的香水味与汗味和熟烂韭菜味混杂在一处，引得不少乘客蹙眉低咒，更有人拼命往里挤，只想离味道的中心远一些。

惟希暗暗想：搭乘便捷快速但是个体感受并不美妙的地铁，和驱车堵在工作日早高峰的路面上，真是个两难的抉择啊！

当胸口挂着孩子身后背着大包的妇女挤过惟希身侧的时候，惟希浓长好看的眉毛轻轻一挑，蓦然伸手钳住妇女的右手手腕，淡声说："把东西交出来。"

个头不高，整个人颇纤瘦灵活的长发妇女先是一愣，随后想张嘴叫人，惟希浅笑起来："我是女的，你想叫非礼恐怕没用。我不说第三遍，把东西交出来。"

女人眼珠一转，猛地扬声"哇"一嗓子："大家快来抓小偷！这个女的偷大家东西啊！"

车厢里的乘客果然被这一声叫唤吸引了注意力，远处有几个男乘客一脸打算凑过来伸张正义的表情。

惟希冷笑，贼喊捉贼？

她始终紧紧扣着女人的手不放，另一只手在女人试图阻挡的右手手肘内侧神经肌腱群处用力一弹，让她当场酸麻得抬不起手来，随后自她胸前的婴儿背兜里掏出两部手机、一个钱包，当空摇了摇："这是谁的手机和钱包？这个小偷的婴儿背兜里还不只这些。"

乘客们一阵骚动，有叫"我丢了手机"的，也有喊"我的钱包不见了"的，纷纷上前来取回自己的失物。一开始想凑过来的几个男乘客见此情景，默默往后缩了回去。

"你要么老老实实跟我去派出所，要么我卸了你的膀子，扭送你去。"惟希淡然微笑，一双眼里透出毋庸置疑的坚定，"我说得出，就做得到。"

那女贼见这清清秀秀的女郎一副云淡风轻的口吻，手底下却丝毫没有放松一点点力道，情知今天是栽到高人手里，不敢来硬的，猛地往前一头朝惟希胸口撞去，一边大声哭诉："我一个女人带着孩子，日子实在过不下去了，大姐你就行行好，放过我这一回吧！我女儿两天没有奶喝了，我没用啊！我就想给她买点奶粉喝！大姐你好人有好报，就饶了我吧！我以后再也不敢了！"

女人怀里的婴儿终于被她连哭带号的声音吵醒，发出洪亮的极具穿透力的啼哭，听起来倒全然不像是两天没喝过奶的样子。

惟希早防着她，侧身让开一小步，女贼收势不及，一脑袋撞在惟希身后的拉手立柱上，"咚"的好大一声。周围的乘客有的幸灾乐祸笑出声来，有的则不忍心地露出肉疼的表情。

女人"嗷"的一声，这回是真的哭了起来，额头以肉眼可见的速度迅速红肿，大概确实挺疼的。

"你们城里人良心怎么这么坏？！我一个女人带着孩子，我容易吗？你们城里人就这样欺负人？！我不活了！没法活了啊！要逼死我们孤儿寡母啊！我今天就死在这里，是你们城里人把我们往死路上逼啊！老天爷你可看着啊，我死了也别让这个城里女人好过啊！"

她一口一个"你们城里人"，却绝口不提自己偷东西被当场抓住的事实，很懂得挑起大众同情弱势群体的心理。

自有那嫌麻烦怕惹事的乘客替她开脱："哎呀我说小姑娘，丢的东西找回来就好了，和这种没文化没素质的乡下人计较没意思的。"有中年阿姨出声劝道。

"就是啊！大家还要上班，教训她一顿她以后就老实了。"上班族也发表意见。

女贼断断续续地哭着，一边试图从惟希手里脱身，一边趁机觑视惟希的反应。

可惜惟希并不是心慈手软没见过市面的小姑娘，围观者的言论只不过令她轻声嗤笑。这时恰好地铁到站，她攥紧了小偷的手腕，将女偷儿拽出车厢。有几个虽然丢了东西，到底还是找回来了，因怕迟到不想走流程的乘客嘟嘟囔囔地嫌惟希多管闲事，倒是有一个戴眼镜的年轻小伙，跟在惟希身后下了车："我不赶时间，我陪你去派出所，我可以为你作证。"

惟希朝青年微笑致意："如此，麻烦你了。"

利落的都会女郎押着个瘦瘦小小怀抱婴儿的妇女出现在早高峰时间段的地铁站内，不多时便引起工作人员注意，很快有轨道交通站务员过来询问情况。惟希简单说明情况，站务员即刻用对讲机联系主管，又引导他们到办公室。没隔多久，就有穿制服的民警前来，将三人并一个婴儿带回金融开发区派出所录口供做进一步调查取证。

一副惯偷做派的女贼被民警带走了，留下惟希和眼镜青年在办公室里做笔录。惟希对事情经过的描述简洁明了，眼镜青年听得连连点头："我可以作证，她说的都是真的，有录像为证。"

负责做笔录的小民警一听有录像，那真是不能更好了！千言万语，不如一段录像更能说明问题。忙让两人签字后，领着眼镜青年去拷贝录像了。此间已没有惟希什么事，她和派出所内的民警打过招呼，挎上背包走出办公室，准备继续搭地铁上班。从大厅出来，迎面就碰上刚从警车上下来的陆骥。

陆骥穿着干净笔挺的制服，干净无垢的白色由他穿来格外清爽，肩章上的橄榄枝和一颗四角星花在晨光中闪闪夺目。

陆骥一抬头，也看见穿着纯棉白衬衫，藏青色窄腿裤，配一双米色浅口平底芭蕾舞鞋的惟希，颇有些意外。

"惟希？"这大概就是命运的安排？这两年来他刻意留给彼此空间，希望时间可以冷却流言，不让彼此的感情因外来因素而受到影响，终至无可收拾的地步。

惟希朝他点点头，不打算停下来多耽搁。"我来做个笔录。你忙，回头再聊。"

陆骥仔细看了她一眼，见她浑不似苦主的样子，再一想她的身手，不由得默默在心里替惹她出手的人点了个蜡，忍住笑："又见义勇为了？"

"抓了个小偷。"惟希言简意赅。

"要去上班？我送你。"陆骥不想错过这大好机会，他有太多话想同惟希说，却又千头万绪，一时不知道从何说起。

惟希看到陆骥身后两个同行的警察脸上力持镇定，眼里却是掩饰不住的好奇，婉言拒绝："我上班的地方离这里不远，走过去也不用太久。你公事要紧，以后有机会再聊。"

说完挎着黑色大包脚步轻捷地下了台阶，穿过派出所人来人往的大厅，向外走去。

陆骥凝视她灵动的背影，清早的阳光仿佛为她周身笼上一层金色的薄纱，他想抓住她的背影，她却似指尖的流沙。有太多太多往日的回忆随着她的一步步远去蜂拥而至……

5

五彩石榴包
WU CAI SHI LIU BAO

惟希挎着背包走进大厦，门口的小保安煞是稀奇地看了一眼大堂里挂着的电子钟："迟到了啊，徐小姐。"

惟希假装沉重地点了点头。

小保安有些同情地跑过去替她按电梯："正好停在一楼，徐小姐赶快！"整幢大楼的人都知道盛世人寿保险迟到的员工每天中午集体在开放式的接待厅做十个俯卧撑，一边做一边嘴里还要大声说：我以后再也不迟到了！也算是这座商务楼内的一处风景，导致中午总有人慕名到盛世的楼层去参观。

惟希读懂小保安的表情，笑一笑，赶紧迈步进了电梯。她倒是不怕做俯卧撑的，以前读警校的时候，稍有一点未能达到教官要求，俯卧撑算什么？冰天雪地里罚做一百个前扑都是温柔的了。

等进了办公室，唐心简直似见了救星："快快快！小会议室里大中小三档头都到了，集合调查员开会呢！老白已经问过我三五次你到了没有！"

她一边说，一边将会议记录本连同钢笔一道塞进惟希手里："小会议室！"

惟希赶紧三步并作两步走进小会议室。

小小一间会议室，已经或坐或站挤满了人。白成潸瞥见徒弟进来，使个眼风给惟希，示意她低调一点，万勿引起大老板的注意。惟希识趣地躲进站在门边的大块头的阴影里。大块头斜了她一眼，往外挪出半步，彻底将她挡在自己宽厚的背脊后。

盛世人寿的大老板姚军是一位转业军人，至今仍保留着在部队当兵时的铁血作风，迟到罚做俯卧撑就是他定下的规矩。他嗓音浑厚低沉，但嗓门却很大，讲话时不必用扩音器，铿锵有力的男中音在小会议室里荡起阵阵回声。

"骗保的情况有所上升，甚至发展到有组织地杀害在外打工者以骗取人身保险，我们的理赔调查员要引起警惕，不能放过任何蛛丝马迹！"

惟希来得迟了，只听见大老板一句振聋发聩的结束语。

大老板发言完毕，二老板笑呵呵地开腔："我来补充两句……"

二老板是名永远笑嘻嘻的中年妇女，面相生得格外慈祥，人送外号"山德士太太"，就是这么一个祥和的中年妇女，却出了名的心狠手辣，铁面无私，多少预算和申请被她毫不留情地驳回，只能含泪重做。

待二老板微笑着将"重合同，守信用，坚持实事求是"的理赔原则说了一遍，要求理赔调查员们务必本着"谨慎认真，主动迅速，准确合理"的态度，还原事故真相。众人听毕点头如捣蒜，表示一定贯彻执行上级思想。

二老板满意地结束了自己的"补充"，三老板是存在感很低的临退休老头，是以当山德士太太象征性地问："高老还有什么补充的？"他抬腕看了看老式的梅花牌手表，温和地摆手："我没有什么要补充的了，要是大家没有其他疑问，不如就散会吧？"

大老板姚军一拍大腿："散会！"

惟希混在人群中走出小会议室，大块头在她身后轻笑："中午请吃饭啊。"惟希做一个"OK"的手势，表示没问题。

回到自己的办公室，惟希还没来得及喘上一口气，唐心已经像一颗炮弹迎面朝她扑了过来："希姐希姐！你红了！"

惟希愣神，唐心染着星空颜色的手指戳着平板电脑的屏幕，力气之大，几乎要将屏幕戳破："社交网络上全是你的视频，转发已经过百万，还在不断增加！希姐你好神勇，我这个直女都有点爱上你了！"

惟希啼笑皆非地接过唐心手上的平板电脑，把它从唐心的魔爪下解救出来，看了眼正在循环播放中的视频，微微摇晃的镜头，不算清晰的画面，嘈杂的背景，她正一个侧身，让出空当，令对面的女子一头撞在金属扶手柱上，周围响起一片笑声……惟希没想到那和她一起去派出所做笔录的小伙子动作这么快，转头就将这么混乱匆忙的场面发到网上，并且还配上了一个非常知音体的标题：

都市俏女郎英姿飒爽，地铁早高峰徒手擒贼。

一旁唐心双手捧心："希姐，你收我做徒弟吧！"

惟希把平板电脑塞回她怀里："很苦的，你受得了？"

唐心还待撒娇，办公室门口白成漪拍拍门框，朝她俩招招手："到我办公室来一趟。"随后神色严峻地走回自己办公室。待惟希唐心跟进来，他示意两人坐，并将手边一个文件夹递给惟希。

"这是昨天提交的保险索赔，来得时机不巧，上头相当重视，而且事件敏感，一个不慎，恐怕会引起轩然大波，所以指定由你出险进行现场查勘。"

惟希接过文件夹，打开来细细阅读，越看她的眉头就蹙得越紧，到得最后，她"啪"一声合上文件夹："我这就去现场，师傅。"

老白摆手："吃过午饭打个电话再去吧，那边恐怕乱成一团，也未必能提供什么有用的信息。"说完又追了一句："别忘了十个俯卧撑。"

惟希痛痛快快往接待厅去，和另一个迟到的女文员，在大庭广众之下，一道做了十个俯卧撑，并高喊"我以后再也不迟到了"十遍。起身之际，她瞥见站在接待厅门口微微含笑的邵明明，惟希脸不红气不喘地拍拍双手，朝邵明明颔首。相比她的淡定从容，一边的女文员则香汗淋漓，娇喘连连，原本绾得光滑整齐的发髻此刻发丝微乱，从旁有人怜惜地递上湿纸巾给她擦手，还有人倒好了矿泉水端到她的眼前。

唐心把拍好的小视频发到自己的朋友圈，收好手机一把挽住惟希的手臂，朝旁一努嘴，小声嘀咕："啧，装什么弱不禁风啊？"

惟希轻拍她的手背，然后拉着她走向邵明明。邵明明开门见山："徐小姐，我定了位子，一起吃个饭吧。"

惟希痛快点头，她本也打算约邵明明见面，如此正好。

唐心知道她有正事要谈，乖乖抽出挂在惟希臂弯的手，蹬着高跟鞋大步流星跑回办公室取过惟希的背包，交到惟希手里，目送风格迥异的两位女士走进电梯。一旁有眼尖的男同事诧异地望着徐徐合拢的电梯门，机械地转头问唐心："刚、刚刚走进去的……是、是邵……"

唐心朝男同事展颜微笑："请我去隔壁楼蟹记吃秃黄油捞饭，我就告诉你。"

男同事得唐心一笑，哪里能拒绝得了，忙不迭点头如捣蒜。

惟希并不知道电梯外发生的事情，只与邵明明一起下楼至车库，坐上她的黑色道奇挑战者。没想到外表走都市女郎干练风格的邵明明，竟然会开一辆如此狂野不羁的肌肉车，至今仍开一辆二手甲壳虫的惟希吹一声响亮的口哨，表示对此车的由衷赞美。

邵明明见惟希两眼闪闪发亮，笑着邀请："有机会请徐小姐一道参加爱好者组织的直线加速赛。"

只这一句，惟希便忍不住对邵明明刮目相看。邵小姐并不是为了标榜自身与众不同、标新立异，也不单纯是对家长为她生活所做的稳妥安排的反抗，而是真正享受掌控肌肉车带来的风驰电掣的快感。她的手很稳，车在中午不算拥挤的地面道路上开得稳健且游刃有余。

惟希忽然觉得，即使不用她调查蒲良森是否爱她，她也会将未来的生活牢牢掌握在自己的手中，不会被任何事所左右。

邵明明驱车带惟希到滨江一处私人会所内用餐。正午时分，会所内安然静谧，透过巨大的落地玻璃窗，能看见外头湛蓝如洗的天空与宽阔的申江相映成趣。偌大的餐厅布置得精致简约，墙面上挂着荷兰风格派绘画大师皮埃蒙德里安各个时期的画作。先期多数是静静的水面倒映着纠缠的树影，仿佛画面背后总有一个欲诉无从的故事。到了后期，蒙德里安已经放弃了具象的物体，彻底从中解放出来，大片的格子成为他绘画的主题。

惟希想，大抵会有人捧一本书，在此间漫不经心地度过一个闲适的下午吧？

为她们服务的侍应生是个着白衫黑裤的年轻男孩，个头高高，生着一张娃娃脸，浓眉大眼，未语先笑，两颊有小小的酒窝，周到又不会显得过分殷勤。

"邵小姐，徐小姐，中午有什么想吃的？厨师今日特别推荐周五健康净素午餐套餐。"

惟希表示客随主便，邵明明也不同她客套，指定了两份净素午餐，又另点了一瓶慕斯卡托无酒精起泡酒。不多时，侍应生戴着白手套，一手用干净的细洁麻制餐巾包住瓶身，一手轻托瓶底，来到两人桌前，驻足微微躬身向她们展示未开封的酒瓶，等邵明明颔首，这才优雅地以右手握住瓶颈，拇指轻压瓶塞，左手轻轻拧开瓶口的铁丝，然后握住瓶塞缓缓左右旋转向外拔出，只听"啵"一声如同低喟般的轻响，气泡仿佛细密的珍珠自瓶口喷涌而出，却并没有带出一滴酒液。侍应生取过郁金香杯，倾斜到一个精确的角度后，缓慢地将无酒精起泡酒倒入酒杯中。他的动作精确又一气呵成，看在眼里，令人十分享受。

侍应生倒完酒，做了个请用的手势，这才一手覆在背后，无声退下。

邵明明举起酒杯，向惟希致敬："徐小姐下午还有工作，我要开车，就以此代酒，敬你。"

惟希与邵明明轻轻碰杯，清脆的声响在空气里如同涟漪，荡漾开去。

淡粉色的起泡酒啜在口中，冰凉沁人，微小的气泡在口腔内"哔啵"着绽放，带着水蜜桃的芬芳，似甜美少女思念的叹息，百转千回。

两人小酌未几，侍应生便送上豆腐酸奶油布丁。小小一块白如凝脂的豆腐酸奶油布丁，盛在浅淡如水的妃色樱花花瓣状美浓烧瓷碟上，轻触桌面，碟子上的布丁恍似受了震动，微微轻颤。用银质甜品勺挖一角送到嘴里，豆腐的轻柔细腻和俄罗斯酸奶油的浓郁微酸相辅相成，佐以一点点蜂蜜，香浓滑嫩甜蜜得如同婴儿的亲吻。

惟希与邵明明，两个年轻女郎齐齐微合双眼，露出享受表情。等睁开眼睛，觑见彼此脸上尚未褪去的颜色，两人相视一笑，一种只有美食才能带来的共通感，使两人之间的陌生与疏离渐渐消退。

邵明明拿银色小勺又挖了一角布丁。"此间老板新娶了个俄罗斯籍太太，连大厨都跟着一道换了口味，想不到有意外之喜。"

惟希微笑，爱一个人，无论如何低调，也总会在某方面露出一丝痕迹来，怎样也掩饰不了。她从包里取出优盘，自铺有纯白亚麻桌布的桌面，轻轻推到邵明明手边。

"从你请托之日起，短短一个月时间，所能获得的资料有限，很难判断爱与不爱，只能看出蒲先生对待异性非常具有绅士风度，是十分温柔的人。"惟希将自己观察所得告诉邵明明，其他的，她不做任何评价。

爱情是如此虚幻缥缈的情感，多少人曾经爱得刻骨铭心，可是终究抵不过岁月和生活的磋磨，渐成陌路。可也有些人，一辈子打打闹闹，仿佛对彼此早已没有感情，却又谁也离不开谁，缺少了对方的生活，就如同一潭死水。惟希不知道邵明明期待什么，但她相信其实不必她再深入调查下去，聪敏如邵明明，自会获得她想要的答案。

果然邵明明听了她的话，只是淡然一笑，伸手将优盘拈在指尖："是我患得患失了。"想投入地爱一个人，又害怕受到伤害，试图将一切不稳定因素，消除在初露端倪的时候，那这段感情，还有什么惊喜呢？

订婚仪式当日，几乎没有人注意到厨房里发生的小插曲。邵明明在仪式结束后，仍回自己在艺术区的工作室歇息。她设计起珠宝首饰来常常不拘材料，电锯电钻电窑齐齐上阵，动静不是一般的大。投入的时候又常常废寝忘食，作息与家中长辈很不一致。因怕惊扰到父母长辈，她一向是住在自己的工作室里，周末才回大宅在祖母外祖母膝下尽欢。她这次回去，听母亲说起来外婆的生活助理苏小姐向雇主辞职，虽经再三挽留，并许诺提高福利待遇，她还是坚决地辞去邵家的工作。

邵明明得知此事，只是笑了笑。未婚夫事后向她提及过厨房的小小意外，并表示当天人多事杂，由于他的鲁莽，导致苏小姐额上受了重创，很是过意不去，请她下次遇见苏小姐代为转达歉意。这番话既是向她交代了发生的意外，也间接地表明他没有和苏小姐进一步接触的意愿，希望她不要因此误解了他。邵明明当然不会追问他，更没打算对苏乔采取什么行动，她这点容人之量还是有的。可惜也不晓得苏小姐是做贼心虚，还是确实家中有事，不得不辞去工作。

正说着话，侍应生送上两只冰蓝色绘粉色樱花的方盘，盘中对角立着三枚石榴包，呈半透明状的浦江豆腐衣里头包裹着五彩缤纷的馅料，以撕成细丝儿的烫白菜梗儿扎起来，形似一枚小小的石榴，口上还插着一片碧绿的薄荷叶做装饰，教人只看着已经觉得赏心悦目。夹起来一整只石榴包送入口中，牙齿轻轻用力咬破外头的腐皮儿，内里鲜嫩的荸荠、爽脆的笋丁、清甜的玉米粒……仿佛春天的清风般在味蕾上铺陈开来，令人心生愉悦。

惟希与邵明明胃口大开，都将自己面前的一份五彩石榴包吃个精光，邵明明待侍应生送菜上来时，格外交代一句："麻烦厨房再做两份，我和徐小姐结账后打包带走。"

惟希也不同她客气，颔首致谢。

午餐用了过半，惟希与邵明明相谈甚欢。邵明明见识广博，又对惟希的工作充满兴趣，颇多好奇。惟希虽囿于工作性质，不便透露太多细节，不过仍大方向讲解了自己工作中的见闻。邵明明听了，大为向往。

"经常在外奔波，想必是辛苦的，不过却能与各种不同的人打交道，实在令人佩服！敬你！"邵明明举起酒杯，向惟希致意。

惟希执杯回敬，却见坐在对面的邵明明眉梢微微一挑，明眸似水，嘴角漾起盈盈的笑。她不必回头，都能猜到身后来的人是谁。只有陷入恋爱中的人，才会如此不由自主地展露甜蜜的笑容。

果然不过笑容起落之间，蒲良森已经绕过餐桌，来到邵明明身边，微微俯身，亲吻未婚妻脸颊。邵明明稍稍侧脸，承住这一吻。男的高大英俊，女的明媚娇丽，令人观之赏心悦目如同一幅美妙的画作。待这仿佛蜻蜓点水却又饱含爱恋的一吻结束，蒲良森拉开椅子，坐在未婚妻左侧，一手握住她戴着订婚戒指的纤手，朝惟希颔首。

"徐小姐，原谅我不请自来。"他笑得极其诚恳，"我已经超过二十四小时没见过明明，实在有些迫不及待，希望没有打扰你们的约会。订婚那天人多匆忙，也没来得及好好招待你和卫傥，请给我机会做东，请你们来舍下用餐。"

惟希闻言还以微笑。她并不想深度介入此事，她的工作已然完成，剩下的部分由邵明明自行判断。

"徐小姐意下如何？"蒲良森却锲而不舍地追问。

惟希抬腕看一眼手表，决定结束这顿原本颇为愉快的午餐。"看卫傥什么时候方便吧。我下午还有工作，就不妨碍你们了。"随后向手指交叠握在一处的未婚夫妻颔首，回身取过背包，起身向两人告辞。

"我们再约！"邵明明清脆的声音伴随着蒲良森起身的响动。

惟希挥手，表示知道了。

蒲良森望着她劲瘦的背影，握着未婚妻的手轻啄她的手背："你的女朋友好像不太喜欢我。"

邵明明似笑非笑地斜睨他一眼，伸手拧他棱角分明的下巴："我的女朋友是个有原则的人，你这种名草有主的男人，她是不会假以辞色的。"

"那我以后在你的朋友圈，岂不是要备受冷落？"蒲良森将下巴搁在未婚妻肩膀上，"请问朋友都很有原则的邵明明，能不能陪被无视了的我约会呢？"

6

丝瓜蛋花汤
SI GUA DAN HUA TANG

惟希不知道也不在意未婚夫妻之间那点男女之间的角力，她走出会所，坐上一辆等在会所外待运的出租车，从包里取出唐心塞给她的文件夹确认了一下地址，告诉司机目的地，随即翻阅文件夹内的资料。

这起颇受老板重视的赔偿请求，是不久前刚上过突发新闻的事件，在社会上引起不小的轰动。起因是一名五十七岁的中年妇女，怀抱九个月大的孙女在家中飘窗前打电话，一时不察，怀里的孙女挣脱她的怀抱，扑到转轴窗上，转轴窗受力向外旋转，小小婴儿从十七楼高坠，当场死亡。

警方当时就赶赴现场调查取证，因事发高楼周围并无监控摄像头，所以也无从判断当时的具体情形，最后只能以意外结束调查。

饶是见惯了人间悲惨事的惟希，也不由得轻轻合拢文件夹，不忍心去看照片上那女婴由高空坠落砸在地面上的小小身体。她知道自己不应该预设立场，然而心里却有一个声音叫嚣着撞击着她的胸膛，似有什么东西想要挣脱她喷薄而出。

　　惟希要闭一闭眼睛，才能让自己冷静下来。

　　出租车抵达目的地，惟希下车，站在西城区一处中档住宅小区前。这片楼盘刚建起来两年，周边有大型购物中心、区重点小学中学、绿地公园……步行十分钟便有通往市中心的地铁线路。在此置业的都是一些颇有经济能力的中青年，他们看中小区周边的配套设施，方便上下班的同时又能兼顾到生活的便捷。

　　惟希粗粗看了一看，小区设有门禁，进出都需要刷卡，有陌生人进入需要在门卫处签名。小区地面有监控录像，各幢楼的门廊也装有监控，可惜，如此规模的社区，却没有一架监控高空抛物的摄像头，拍摄不到任何高处的画面。惟希向门卫出示自己的证件，又在访客簿上留下自己大名。中年门卫放行之余，十分热情主动地说：

　　"你是来调查七十八号那个小孩儿的事吧？那孩子长得白白净净胖墩墩的，见人就笑，老好白相的。再过几个月就一周岁了，哪里想得到这样就没了。她家里现在闹得正凶，一家人日子都不好过，唉……"

　　惟希默然。惟其这一家人的日子都不好过，她的现场勘查工作才更艰难。对一个失去了婴儿的家庭来说，她的到访无疑是要揭开伤疤，重现那血淋淋的一幕。她在小区入口处查看了规划图，然后循图所示，来到七十八号的门廊前。恰好有人要上楼，惟希便随着一起进门，上了电梯。同梯的中年妇女领着个两三岁的男童，见惟希摁下十六楼的按键，迅速上下打量了她两眼，很是自来熟地问："你是来一六一室看房子的？"

　　惟希垂头望了一眼自己身上的白衬衫窄腿裤，很像房产中介？遂笑一笑，并不接茬。

中年妇女却像是认定了她房产中介的身份，压低了声音，很是神秘地对她说："一六一现在急着脱手呢！也不晓得是流年不利还是风水不好，他家最近一直不太平，听说前段时间做生意赔了不少钱，最近孩子又没了……"

　　"奶奶，没了，没了！"那男童听了，鹦鹉学舌般地重复。

　　中年妇女赶紧在他头顶轻拍："不要瞎讲！呸呸呸！"又回头接着与惟希八卦："这几天一六一室吵得不可开交，叮叮哐哐砸东西，闹得楼上楼下都休息不好。要不是看在他们家……的分儿上，老早向居委会投诉了。"

　　"做生意赔了钱？"惟希接收到重要的信息。

　　"对啊，他们家原来开进口车呢，现在换成国产小排量了，听说原来的车拿去还钱了。"中年妇女讲八卦讲得意犹未尽，连自己的十四楼到了也不肯出，继续跟着惟希在电梯里往上，"有句话叫屋漏偏逢连夜雨，这时候偏偏女儿又从楼上掉下去了，哎哟，真真作孽啊！"

　　十六楼恰在这时到了，惟希礼貌性地朝中年妇女点点头，跨出电梯，身后传来小童无忧无虑的学舌声："奶奶，作孽，作孽！"

　　"叫你不要瞎讲！"随着一声怒吼，传来孩童的啼哭声。

　　惟希隐忍地蹙了蹙眉，走到一六一室门口。

　　这片楼盘都是一梯三户，一六一室在走廊左手边。走廊采光不佳，黑幽幽的，带着一股压抑感。透过昏暗的过道灯，能看见一六一室门上新婚的红喜字还没有揭下来，大红烫金的喜字蒙了尘，在此时此刻竟是如此地凄凉。

　　惟希深吸一口气，伸手按响门铃，隔了良久，里头才有人声响动，前来应门。防盗铁门缓缓打开一条门缝，有嘶哑的男声问："来看房么？"

　　"您好，我是保险公司的……"

　　话音未落，男人忙拉开门。"啊……请进！请进！抱歉家里实在太乱了……"男人有些不好意思地踢开了门口散乱堆放着的鞋子，为惟希让出一条道来，"不用换鞋，您直接进来吧。"

惟希在门口的地垫上蹭蹭鞋底，走入屋内。屋里的窗帘大白天也拉得严严实实，光线昏暗，室内浮动着一股子难闻的浊气。门口过道有一个小小的壁龛，里头放着一张婴儿欢笑着的照片。照片上的女婴白胖如同动画片里的人参娃娃，笑得两眼似两弯月牙，菱角似的小嘴露出四颗米粒般的乳牙，煞是可爱。照片前头燃着一炷清香，摆着各种婴幼儿喜欢的儿童奶、磨牙棒和时令水果。

男人搓着手，陪惟希在壁龛前默立片刻，她暗暗祈祷这早夭的婴儿能获得真正的解脱，随后才取出名片，再次向男人介绍自己："您好，我是盛世人寿保险公司的理赔调查员徐惟希，这是我的名片。很抱歉您和您的家庭所遭遇的不幸，请节哀。本公司十分重视您的理赔请求，一接到您的申请，立刻就派我来进行现场核实，也免得您两头奔波。"

男人苦着脸，声音愈发沙哑："有什么需要我做的？我一定全力配合。"

"我想看看事发的地点，这也是走一个流程。"惟希提出要亲眼看看女婴高坠的地点。男人没有犹豫迟疑，当即领着她穿过客厅，来到窗帘前头。他摸索了片刻，找到遥控器，将合拢的窗帘缓缓打开。外头明晃晃的阳光一下子透了进来，惟希眯一眯眼睛，方才适应这满室亮堂堂的光线。

帘后是一处飘窗，窗台上铺着欧式田园风格的绗缝坐垫，摆放着可爱的抱枕和毛绒玩具，一只婴儿常用的手摇铃孤零零地落在其间。所有的窗子此刻都锁得紧紧的，惟希向男主人确认了出事时的窗户，探身将窗上的插销打开，微微用力一推，中轴设计的旋转窗只打开了一条窄小的缝隙。她得加大手上的力度，旋转窗才能由原本与墙面平行状态打开到九十度。十个月大的婴儿，能否像当事人自述的那样，有足够的力气推开旋转窗不甚跌落，惟希无法妄下结论。

　　惟希刚打算再与男主人沟通两句，就听见一个中年妇女特有的大嗓门从一间房间里传了出来："阿大！阿大！你做什么去了？怎么去了这么久？你在和谁说话？我渴死了，头痛死了，你给我倒杯水进来，阿大！"

　　"抱歉，我先去照顾一下我母亲。"男主人在敞亮的空间里看起来格外憔悴，眼睛里布满红血丝，头发乱糟糟油腻腻的，好多天没洗过的样子，整个人佝偻着，毫无生气。

　　这时另一个房间里传来年轻女子尖锐的咒骂："渴死，头痛死，你怎么不去死？！为什么你还不去死？！你早就应该去死了！你把我的小月亮摔死了！你还活着干什么？想用我的小月亮的死换钱继续吃香的喝辣的？！陈秉花我告诉你，你不得好死！你和你儿子你们都不得好死！我的小月亮尸骨未寒，你们就商量着能得多少保险理赔，你们不是人！！"

　　女子尖利的叫骂声刺破凝滞的空气，中年妇女房间里传出巨大的砸东西声，物品哐啷啷落在地板上。"我的命好苦啊！哪家的媳妇儿这么诅咒男人和婆婆的啊！"

　　男主人垂着头，一言不发，任由两个他生命中最重要的女人隔空对骂。

　　惟希有点可怜这个男人，然而可怜之人必有可恨之处。只看他放任妻母之间愈演愈烈的骂战而不采取任何措施，就知道他的懦弱和卑怯。在强势的母亲和悲伤得无以复加的妻子之间，他既不能安抚妻子的狂躁悲痛，又不能劝阻母亲的火上浇油，只能缩头乌龟似的保持沉默。

　　"不知道是否方便见令堂一面，问几个问题？"惟希终于知道公司为什么会特意指定由她处理这桩理赔了。换一个男同事过来，看见眼前的情形，恐怕顿时要头大如斗，血压破表。这世界上最难与之沟通的，除了孩童与动物，就是撒泼打滚的泼妇了。

　　惟希绝无贬低同性的意思，而是在数年出险工作中，见识过太多次类似的场面了。当年她刚跟着师傅老白的时候，亲眼见过一名病童在送医急救后不幸亡故，家长提出赔付申请。只是孩子的父亲是在得知孩子罹患癌症后才在保险公司购买了保险。事后出险调查证实此事，保险公司拒绝赔付，那孩子的太婆当场就将保险代理人抓了一个满脸花。

男主人点点头："我母亲这几天心里难受，可能脾气比较差，要是有什么言语无状，请别和她一般见识。"

说完，领着惟希进了卧室。卧室里的窗帘半掩，床头柜上的台灯亮着。惟希一眼看见床头柜上的果盘里放着当季的新鲜瓜果，地上零零落落地吐了些瓜子壳，一个穿着花衬衫黑灯笼裤的中年妇女半躺在床上，太阳穴上贴着两片白色圆形膏药，见儿子带生人进门，"噌"一下从床上坐起来。

"妈，这是保险公司的，想和你说两句。"男主人弱弱地站在惟希身边说。

中年妇女颇不耐烦："不是都跟公安局的说过了？还有什么好说的？"

"就是想听您讲讲事情经过。"惟希客客气气地解释。

"听听听！有什么好听的？！"她顿时不乐意了，双手一拍大腿，前后摇晃着身体，"嗷"一嗓子开始哭诉。"我好好的一个大孙女，就这么没了！你们这些人不想着把钱赔给我们，尽鸡蛋里挑骨头，想赖账！你们都不是好东西！这日子过不下去了！我不活了！老头子，我这就下去陪你！"

男主人猛地蹲了下去，双手抱头，痛苦难当。

"她不说，我说！你过来，我告诉你！"隔壁传来女人的呐喊。

"她能说出个啥？"中年妇女朝地板上啐了一口，"你别听她瞎说，她这几天不好好吃，不好好睡，人都糊涂了。"

"那您能和我说说么？"惟希淡淡地问。

中年妇女一噎。

惟希瞥了一眼蹲在地上一声不吭的男主人，脚跟一旋，走出中年妇女的卧室，身后是又一轮哭天喊地。她充耳不闻，径直走到主卧门前，伸手轻轻叩门。女主人扬声请她进去。

　　主卧里倒是光线充足，所有的窗都开着，房间里四处都摆放着婴儿的照片。架设在大房间的婴儿床里堆满了女婴的衣物和玩具。女主人披头散发赤足站在婴儿床边上，半垂着头，一动不动地望着小床，仿佛她可爱的女儿还睡在床上，不曾离去。

　　此情此景让惟希喉头微紧，只得清咳一声："请节哀。"

　　女主人闻言，抬起头来望向惟希："哀？我并不哀伤，我只是痛恨。痛恨外面那对狼心狗肺的母子为什么不陪我的小月亮一起死。"

　　女主人说这话的时候，声音格外平静。她生得十分清丽，只是脸色苍白，双眼红肿，许久不曾好好打理过的样子。

　　惟希无法安慰一个失去孩子的母亲。

　　"陈秉花不敢说，我说。"女主人神色淡淡，平静下隐隐涌动着一种疯狂，"他们老陈家，四代单传，到我这里生了个女儿，她早就在死老头的牌位前哭过了，说对不起老陈家，让老陈家在这一辈断了香火。呵呵呵，我诅咒他们老陈家断子绝孙！"

　　她沉浸在自己的世界里片刻，又若无其事地伸手轻摇婴儿床："从那以后，她就怂恿着儿子，让我们赶紧再生一个。我说孩子还太小，过几年再考虑，她就觉得我这个儿媳妇看不起她。没错！我就是看不起她！四体不勤五谷不分，仗着生了个儿子就在家里作威作福！自那之后，她一有个头疼脑热，就说是我的小月亮害的，天天在我的面前说我的女儿是赔钱货。没过多久她儿子因为判断失误，导致投资失利，亏损了一大笔钱，她就更是以扫把星来叫我的孩子。她平时从来都不愿意抱孩子，偏偏那天中午我午睡的时候，她把小月亮抱到客厅里去了，说是免得打扰我睡觉，接着我的小月亮就从窗口摔了下去……"

　　她的声音里低沉下来，早先尖锐的嘶喊使得她的嗓音喑哑：

"现在还想拿我女儿的命换钱来挽救她儿子的生意，真是算盘打得叮当响。这些钱，我宁可喂狗！"

女主人直直望向惟希："请您务必不要放过任何细节，一定要调查清楚，这究竟是意外，还是蓄意谋杀。假如法律不能制裁他们，老天爷也会惩罚他们的。"

惟希从她眼睛深处，看见深沉的绝望和疯狂的痛恨，这两种情绪交织在一起，令得她眼前的这个女人的内心充满了煎熬，濒临崩溃。惟希曾在一个手刃了常年对其使用暴力的丈夫和从旁为虎作伥的婆婆的妻子脸上，看见过这种表情。她已经失去了女儿，惟希不愿意见她为此再失去人性中最后一点光明。

"请相信我，一定会认真调查，不错漏每一个细节。"她郑重向女主人保证。

女主人闻言，轻轻一笑："谢谢。"

说完便不再理会惟希，只垂着头，陷入自己的世界当中不能自拔。

惟希从一六一室告辞出来，往住宅小区的保安室走了一趟，调看了事发当日的监控录像。虽然已经知道没有高空的监控画面，可惟希并不死心，还是希望能从中发现一些蛛丝马迹。

值班的保安经理一听是保险公司前来出险，十分配合，叹息着对惟希说："事情一出，我们保安也加强了巡逻，重点关注家里有小孩的人家，现在每天巡逻都是仰着头，把经年的颈椎病都治好了。"

如此沉痛的情形之下，惟希也差一点没忍住要笑出来，忙指了指监控录像："能让我拷贝一份吗？"

复制完监控录像，走出保安室的时候，惟希听见一阵悦耳的鸽哨声在头顶由远而近地响起，复又远去。极目望去，只见一群鸽子在碧空中自由地盘旋飞翔，最后朝着东面的一排联体小高层飞去。惟希缓缓从胸中吐出一口郁气，提振低落的情绪，随后打电话给唐心：

"我下午不进公司了，你到时间就下班吧，不用等我。"

"希姐，你事情办完了，过来大小姐，我们喝一杯吧。"唐心在电话那头仿佛也能感受到她的坏心情，请她去她开的大小姐酒吧喝一杯。

"改天吧。"惟希此刻极度需要家的温暖包容，想投入父亲的怀抱，想伏在祖母的膝头，任由祖母轻轻地用手在她的头顶慢慢梳理她的头发……

惟希翘了两个小时的班，提前回家，驱车前往老房子，只有那里，才能让她抛开一切羁绊，放下那个坚强独立的自己，获得片刻的放松。

惟希将自己的小车停在自家院前的空地上。徐家的老房子位于沪江的大型主题游乐园附近。当初为建造这座全国最大的世界著名主题游乐园，沪江有很大一片农田、农舍和宅基地被征用，惟希家两层楼带小院的房子就在其中，因老房子恰好被划在征地范围之外，而得以保留。如今老宅与游乐园只隔了一条公路和一道三五米宽的小河浜，出门东望，就能看见同游乐园配套的豪华主题酒店。

老宅院青砖黛瓦而建，外墙面满是攀援而上、藤蔓茂密葱茏的爬山虎，小小一方院子里辟出来一角菜园子，种着丝瓜番茄西葫芦，此时正是收获的季节，用竹枝搭起来的果蔬架子上头，累累缀缀地挂着长长的丝瓜，嫩黄的丝瓜花还将落未落，在晚风中等待采撷。

惟希开门进屋，脚还没来得及站定，先听见祖母房间里传来动静，英眉微蹙。父亲和祖母按计划还有两天才回来，莫非是进了不长眼的毛贼？她轻手轻脚地走向祖母房间，借着房门做掩护，朝里头一看，却见父亲在祖母屋里埋头找东西。

"爸爸？"惟希有些意外，"您怎么提前回来了？阿娘呢？"

徐父闻声抬头，如释重负："囡囡你来了啊？正好正好！快来帮我找找，看你阿娘把存折放在哪了？"

惟希有些摸不着头脑："您找阿娘的存折做什么？不是说好了过两天我派司机去接你们？"

徐爸爸颇有些无可奈何："阿娘在那边认识了几个牌搭子，几个人要好得恨不得天天在一起，决定不回来了，打算在那边养老。她说那边空气好，食物新鲜，又有牌搭子一起搓麻将，日子比在家里好过。今天有回来的班车，她让我先回家，给她取两个月的生活费还有换洗的衣服送去，她约了朋友上山到庵堂里吃两天斋……"

惟希听得目瞪口呆。想不到祖母竟这样洒脱，说不管就不管，从此抛开都市里的繁华喧嚣，索性要在生态农庄养老了。

徐父挥挥手："阿娘的存折藏得太好，我找了半天也没找到，快快快，用你的专业技能帮我好好分析分析！"

徐父其实颇能理解老太太的心理，眼见着多少年的老邻居老姐妹，陆陆续续地都搬离了祖辈世代居住的村镇，平时抬头不见低头见，买菜散步都能碰上的老伙伴，隔得远了，渐渐便断了往来。以前的一桌麻将搭子，如今有的住新房去了，有的抱孙子重孙去了，她虽然舍不得，却也替他们感到高兴。只是剩她一个人孤零零的，难免会觉得寂寞吧？

惟希啼笑皆非，她要不是临时起意回家一趟，他打算一个人找到什么时候去？惟希站在祖母房间当中，四下环顾，心想自己若是她老人家，会把钞票和存折藏在哪里？老人的屋子颇大，原本是青砖地面，后来怕地面潮湿，冬季寒冷，又请人在上头浇水泥、架龙骨，铺了一层原木地板。靠墙东西朝向摆放着一张老式的架子床，承尘蚊帐床幔俱全，一旁有一只榆木嵌螺钿夜物箱，如今拿来当床头柜用，上头摆着台灯茶杯等物品。朝北的一面墙下堆着两只红漆樟木箱子，一台老式的织布机和一座小小的石磨，南墙靠窗则放着一个老红木的五斗橱。

惟希瞥见五斗橱的一个抽屉没有完全关上，看来父亲已经找过五斗橱，这会儿他正坐在床沿上，估计床头夜物箱也已找过。她心想如果自己是祖母，又能把财物藏在哪里呢？橱柜箱笼目标太明显，很容易翻找；床下于祖母来说又太低矮，存拿物品很是麻烦……惟希的目光最终落在墙角的石磨上。

　　她小时候常见祖母泡好了糯米、黄豆，细细地磨了米浆豆浆，自制糯米粉、老豆腐。祖母用自制的糯米粉包的汤圆又糯又滑，秋天的时候摘了院子里老桂花树上的金桂，一并酿了桂花蜜，下一碗桂花甜酒酿小圆子，简直好吃得连舌头都想吞下去。如今随着祖母日渐老去，这座小石磨与古老的纺织机一道，早已失去了原本的使用价值，只是老人家舍不得扔，就一直当装饰品一样仍旧放在家里。纺织机和红漆樟木箱子都是祖母的陪嫁，闲置不用这些年都用一块蓝粗布罩着，隔段时间取下来清洗。这会儿上头略有灰尘，又该换下来清洗了。一旁的石磨恰恰相反，天长日久地使用，使这座青石小磨的边缘光滑，上头只有薄薄的一点浮灰，看起来倒像是从未停止它的使命。

　　惟希走向石磨，弯腰侧头目测上下磨盘之间的距离，然后直起身，伸手抬了抬上头的磨盘。磨盘分量不轻，惟希要用些力气，才将之抬高两寸，果然看见下头压着两个信封。

　　"爸，在这里。"

　　徐父趋近取出信封，打开一看，一个里头装着两张存折，另一个里面则装着几千元现金，他从中拿出两千元来。"放得这么隐蔽，又不告诉我在哪里，我怎么能找得到啊！"

　　惟希笑起来，问："爸爸，你吃过晚饭了没有？"

　　徐爸爸摇头："一回来就开始找东西，还没来得及吃。"

　　"那您洗洗手歇息一会儿，我去做晚饭。"

　　"我去吧，你上班累了一天了。"徐父不舍得女儿下厨，这老房子没通天然气和自来水，至今还在用液化气钢瓶和井水，烧顿饭远没公寓房来得方便。

惟希笑一笑："我动了一天脑，现在做点不用动脑子的事情，放松放松呢。"

说罢自去院子里摘了一条丝瓜、两个番茄和一根西葫芦，又在冰箱里找出两个鸡蛋，一小包切片火腿。徐爸爸到底忍不住，还是往天井里去汲了一大桶井水回来。

"当心您的老腰。"惟希接过父亲手里的水桶。

"没事没事！"徐父摆摆手，拖了一条小板凳过来，陪女儿在厨房里，一边看她用电饭煲焖上饭，转而利落地为丝瓜、西葫芦削皮，一边闲聊。"大姑妈家的珮珮和她老公离婚了，你知不知道？"

惟希倒是一愣。大姑妈是父亲的表姐，家里有两个女儿，生得漂亮嫁得好，如今都在市区的大公司上班，两人全都买了车买了别墅，出了名的能干。每到过年走亲戚聚餐吃饭的时候，珮珮夫妻和他们的宝贝女儿都是餐桌上的焦点，为此祖母不晓得多少次在她面前嘀咕：我们囡囡长得又不比珮珮差，怎么到现在都还单身？她不得不每次都用傻笑搪塞过去。这时听见父亲说珮珮离婚了，惟希不是不意外的。

"怎么好好的，忽然就离婚了呢？"

"喏，珮珮不是只生了嘉嘉一个女儿么？正树想趁两个人年轻，再生一个，反正他们赚得动，养得起。可是珮珮不肯，她要强，你知道的。她现在三十岁不到，已经是公司的副总经理了，还差一步就能当总经理，这两年恰恰是最关键的时候，她哪里肯急流勇退回家生孩子，把辛辛苦苦打下来的江山拱手让人？两夫妻冷战了好长一段时间。"徐父叹息，看起来一对人人夸赞的模范夫妻，结果呢？"正树公司里有个小姑娘，老早就喜欢他了，慢慢轧出苗头来，趁虚而入。正树没能把持得住自己，结果那小姑娘就有了他的孩子……"

惟希听得冷笑一声："什么叫没能把持得住自己？珮珮不愿意再生一个，倒成了他出轨的借口了！"

"离婚后嘉嘉归珮珮，正树立即火速再婚，听说新娘已经肯定肚皮里是个儿子。"徐父知道得这么清楚详细，完全是因为表姐打长途电话和母亲哭诉了足足有两个小时。表姐这时正与表姐夫在欧洲旅行，珮珮两夫妻就选在他们不在国内的时间迅速果断地办理了离婚手续，根本没有给任何人进行调解的机会。

"嘉嘉归珮珮也好。"惟希把削好皮的丝瓜切滚刀块，刀刀利落，仿佛砧板上的不是丝瓜，而是沈正树的狗头，"有了后妈就有后爹，网上那么多新闻，都是继父继母虐待原配子女的，看着都让人怒不可遏。珮珮又漂亮又能干，嘉嘉还是跟着妈妈更有出息。"

"房子车子都是婚后财产，总算正树还有点良心，什么都没要，净身出户。"

"他好意思要？！"惟希继续握着精钢菜刀切西葫芦，"他要是好意思开口问前妻要车要房，我就分分钟能替珮珮搜集齐全所有他婚内出轨的证据，叫他什么也得不着。"

"他们两夫妻之间的事你别插手，免得落了埋怨。"徐父见女儿刀影闪着寒光，赶紧摆手制止。

惟希失笑，父亲一副怕她吃亏的样子。"知道了。"

惟希用自家院子里摘的果蔬，做了丝瓜蛋花汤、番茄炒西葫芦并一个火腿蛋卷，两父女边闲聊边吃了顿家常晚饭。

吃毕晚饭，徐父催女儿回市区去："太晚了路上开车不安全，快回去吧。"

"嗯，您也好好休息。"惟希听话。

临出门前，徐父叫住女儿，略微迟疑了一下，最终还是说起："你妈妈和弟弟，都进了医院，具体情况我也不是很清楚。昨天夜里她打电话来，哭得很惨……你要是有时间，还是去看看吧。"

他其实并不愿意女儿去看前妻的脸色，可是总不能叫惟希落下无视生母的话柄。以王超英的脾气，稍微有一点点不称她的心意，她就可以闹得人尽皆知。

"知道了。"惟希点点头，与父亲告别，走出老宅驱车回家。归程，她想，难怪徐惟宗被光头壮汉拖走回去卖房，王女士没有第一时间打电话骂她，原来竟是两个人齐齐进了医院。想必王女士也晓得现在找她是没有用的了，竟然知道打电话给父亲，让父亲出面对她说。惟希狠得了心不理睬王女士和徐惟宗，却没有办法对父亲说一个"不"字。

7

虾酱炖豆腐
XIA JIANG DUN DOU FU

　　周五公司里人心浮动，周六再上一天班就是国庆长假，有人已经提前调休，攒够一个十天的假期，飞往澳洲度假；也有人四下邀约，打算呼朋唤友一起吃饭看电影。唐心一个电话过来，说昨晚与朋友喝酒，喝得有些多了，今天就不进公司了。惟希晓得她的心思已经飞到外头去，也不强迫她回来上班。

　　"希姐最好，爱你！"唐心甜蜜的话不要钱。

　　惟希笑着摇摇头。她却没有假期将至的闲情，手边摊着女婴高坠的事故报告，连同现场照片，监控录像，她已反反复复地看了数遍。心头疑云重重，却找不到一个切入点。整件事当时只得老太太一人在场，女婴的母亲恰在午睡，父亲则根本不在家中，老太太的说辞并没有任何人证物证旁证。只是疑罪从无，在没有强有力的证据证明此事系人为造成之前，只能相信老太太实在是无心之失。

惟希气闷地推开文件夹。明明直觉告诉她，事情不像表面看起来这么简单，却苦于没有证据证明。这时手机提醒她有新消息。惟希摸过手机，打开应用程序。她的社交软件上好友不多，唐心是其中之一，还是唐心强行把手机拿去添加了她自己为好友。

惟希属于"我就看看，我不说话"类型，很少在朋友圈发照片评论互动。此时看见唐心发给她"主人不在家，宠物都在做什么？"的小视频，惟希点开来边看边笑。视频是一组外国主人用摄像头录下自己家的宠物趁家中无人时，都在做什么的小合集，有一只成年金毛寻回犬仿佛成精般，会自己打开冰箱门，取出主人做好的三明治大快朵颐；另有一只可爱的苏格兰折耳猫，则会蹿到主人家的婴儿摇床上，假装自己是主人家的小宝宝，玩悬挂在床头的太空船风铃。视频里精致可爱的太空船风铃发出悦耳的脆响，一声又一声，慢慢在惟希脑海中幻化成响彻天空的鸽哨……惟希蓦然如醍醐灌顶，一下子从座椅上弹身而起，把办公桌上的文件夹归拢塞进手提包，抓过扔在椅背上的外套就向外走。

在走廊上遇见师傅老白，老白扬手叫她："国庆节约你吃饭啊！"

惟希等不及多做停留，只扔下一句"知道了"，连电梯都没耐心等，推开应急通道的门，从楼梯飞奔而下。徒留老白在后头，扬着手做伟人状。

惟希一路驱车赶往本城信鸽协会。她脑海里只有一个念头：要快！

唐心发给她的宠物视频启发了她。昨天她看见的那一群戴鸽哨的鸽子，就应该想到的。现在城市里养鸽的人日渐减少，除了养殖场饲养的肉鸽，能在天空自由翱翔的鸽子，几乎都是价值不菲的信鸽。倘若参加比赛得过奖，一羽信鸽的身价甚至能达到几十万。信鸽的主人一般都会在鸽舍安装摄像头，以便对鸽舍和鸽群进行实时监控，有的甚至会在鸽子身上安装微型摄像头，和装有全球定位器的脚环一起记录信鸽的飞行过程。

小月亮高坠的小区里没有安装高空摄像头，但惟希依稀记得事发当天时间段里，儿童游乐区的一个监控设备的广角摄像头拍到一群鸽子的身影。也许，附近鸽舍的高清摄像头或者信鸽身上的摄像头，能捕捉到一些画面！

惟希抱着一线希望，赶到信鸽协会所在信鸽俱乐部。接待她的是协会的一位四十岁上下的女干事，女干事姓赵，生着一张冗长脸，眉心有深深的川字纹，眼角微耷，嘴角轻垂，很不好说话的样子。接过惟希的证件，听惟希说明来意，女干事态度倒很和气，却并不肯提供任何有用的线索。

"这则新闻我也看了，真是叫人痛心疾首。我也很想配合你的工作，协助你进行调查，不过我们没权利向外透露信鸽饲养者的信息。"赵干事并不寻找借口，"现在养信鸽的，都是富豪、有钱人，一羽在国际赛事获奖的赛鸽，最高能达到三十万欧元的身价，并且还可遇而不可求。相对而言，主人都比较注重自己的隐私，也避免因为个人信息的泄露导致饲养的信鸽遭窃。前段时间就有位养殖者价值两百多万元的信鸽被盗。"

赵干事将证件还给惟希："我建议你不妨去所在地居委会询问，毕竟养鸽是要在居委会进行登记备案的。"

惟希点点头，与赵干事握手道别。她能理解赵干事的顾虑，所以也并不与赵干事纠缠，看看时间，离午饭还有一个小时，她决定先去事发小区的街道办事处，看看能否了解到那片区域的养鸽人信息。

这一趟倒很顺利，街道办事处的一个年轻小姑娘一听是保险公司为婴儿高坠调查取证，立刻把信鸽养殖登记信息调出并打印一份交给惟希。

"我们私下都说这件事绝不是意外。现在人多宝贝自己的孩子啊？谁会轻易抱着孩子站在窗台上？"小姑娘义愤填膺，"这里面肯定有内情！"

一旁的办事员听得连连点头："我朋友家的女儿一岁大，他们家所有的家具都包着防撞边角，橱柜都装有安全门闩，窗户上都安装了防盗栏。我朋友说了，哪里是用来防小偷啊？根本就是防止孩子在大人没注意的时候爬上去坠楼的。就算这样，他们家里也二十四小时有人盯着孩子。像这家孩子抱在手里摔下来的，想想都没可能啊！"

惟希接过薄薄的一张打印纸，向年轻女郎表示了感谢，随后告辞出来。

打印纸上列印的地址信息是一处别墅区，以位于近市中心、交通便捷、环境闹中取静、周边配套设施齐全而著称。当年一经推出就大受欢迎，两天内就销售一空，里面的业主非富则贵。虽然这些年周边又陆陆续续地兴建了不少高层建筑，形成了一个中高档社区，但是这个别墅小区，仍然在其间地位超然。小区外建了一排连体小高层，下边是一溜车库，为后头的别墅区挡风隔音的同时，也杜绝了闲杂人等随意进出小区的可能。

惟希所寻找的养鸽人住在小区的别墅里，因为有钱任性爱好养殖信鸽，遂将外头连体小高层中的一幢楼的顶楼全部买了下来，在楼顶建了价值百万的鸽舍，鸽舍内外有全套监控设施，好让主人即使远在国外，也能随时掌握鸽舍的情况。

惟希看着纸上业主的名字，真是如雷贯耳。想不到这位中年富豪竟喜欢养信鸽，倒是与一众找三五线整容女明星小模特动辄上娱乐新闻的土豪大相径庭。

只是等她将车停在外头停车场，步行到小区的雕花大铁门前，才发现自己还是太想当然了。门卫表示如无业主发给探访者的二维码扫描门口的扫码器，他也不能擅自开门。如探访者有要事，需先与业主取得联系，由业主授权给他方可放行。

满怀希望的惟希顿时傻眼，她和这位大亨不熟啊。

恰巧惟希愣在当下，满脑子搜索自己的关系网想找一位可以直接联系到大亨的人时，一辆黑色本特利雅致驶上别墅车道，缓缓停在铁门前。当惟希觉得这辆车看起来颇眼熟时，驾驶室一侧的车窗无声降下，卫傀棱角分明的脸朝着惟希一笑："徐小姐，有事？一起进去吧。"

门卫松了一口气："原来是卫先生的朋友，失礼了。"

惟希趁卫傀扫手机二维码的时候，拉开车门坐进副驾驶室。汽车驶入别墅区后，惟希向卫傀道谢："麻烦你了。"

卫傀看一眼她的公文包："出来办事？"

惟希轻唔，将女婴高坠的事大致说了。"希望能与鸽舍的主人取得联系，获得鸽舍的监控视频，看看能否从中找到有用的线索。"

卫傀的食指敲了敲方向盘："那你恐怕是白跑一趟了。据我所知，他去比利时参加信鸽大赛，三五天内不会回国，你暂时联系不到他。"

惟希心底的一线火苗渐渐熄了下去。这件事影响巨大，家属提出理赔，虽然警方已经定性为意外，可公司还是要进行核定。只不过三十天的核定期，未必不会受到家属方面的施压。她希望能获得强有力的证据，以此来证明这究竟是意外还是人为。

卫傀见她神色凝重，收了玩笑的心情。"不过我也许可以帮忙。"

惟希转头，杏眼圆睁望向他。

"小区的监控系统，由我的公司负责安装维护并定期升级。"卫傀轻车熟路地将汽车停在连排小高层楼下的一个车库里，下车引惟希上电梯直奔顶楼。

"鸽舍所有的监控视频除了本地存储外，还上传了一份到云空间备份，等一会儿我为鸽舍加装两个监控摄像头以后，登陆云空间帮你调阅吧。"

“太感谢了！”惟希忍不住双手合十。

卫傆看着她一双漂亮的眼睛因为重新燃起希望而闪闪发亮，不由微笑起来。

大亨的顶楼公寓有专人照看，同时司职豢养赛鸽。惟希随卫傆步入公寓，顿时觉得自己仿佛踏进一座谷仓。顶层打通的公寓采光良好，里面堆满了各种成袋成袋的谷物和种子，既有常见的绿豆玉米，也有不太常见的火麻仁，分门别类地码得整整齐齐。

前来开门的中年妇女看见卫傆和惟希，忙取过一次性鞋套递给两人。

“卫先生，我等你一上午了，鸽子已经按照老板的要求放出去飞了，鸽舍也已经打扫冲洗过，就等你来安装摄像头了。”中年妇女有意无意地睃向惟希。

“这是我的助手，我带她出来熟悉一下业务。”卫傆朝她微笑，穿上鞋套走向装有显示屏的一面墙。巨大的显示屏被分割成十二格，下头连接的电脑实时记录下鸽舍内外二十四小时的情况。控温控湿通风系统的工作情况也显示在上头，一旦有读数超出或者低于合理范围，就要去鸽舍检查。

惟希跟在卫傆身后，目睹他坐在电脑桌前，宽厚的肩背挤进不算宽敞的电脑椅里，一股强有力的遒劲感扑面而来。难怪唐心吵着要他的联系方式，卫傆确实是充满了阳刚之美，通身散发着浓烈的男性荷尔蒙，惟希想。

卫傆无法忽视来自背后的两道注视的目光，她并没有刻意掩饰她的好奇与打量。她像一只身处弱肉强食的丛林中的灵巧小动物，有着机敏迅捷的反应能力和旺盛的好奇心，对事物充满了探索与求知的欲望，却又谨慎地提防着可能的危险，一旦有什么风吹草动，她就会如受惊的兔子般迅速地撤回到自己的安全地带。

卫傆看见擦得光可鉴人的显示器屏幕上倒映着他的脸，还有嘴角那一点点笑，耸肩，向后退滑开电脑椅，自上头站起身来，对一旁的阿姨轻声交代："不要动它，让它升级，我等一下再过来看。"

阿姨点头，卫傥则取过自己拎上来的工具包，侧侧头，示意惟希跟上他。惟希随他上了直达楼顶的电梯，不算小的空间因为卫傥劲硕的身材而显得有一点点逼仄。如此近的距离，惟希再一次感觉到让唐心为之尖叫不已的男性的力量感。惟希微微仰首："还未请教卫先生在哪里高就？"

"我说我是个农民，你信不信？"卫傥浓长英武的眉毛挑高，眼里掠过笑意。

惟希想一想，郑重颔首："信。"

卫傥这回真的笑了起来："我开了一间小小的保全公司，这是我的名片。"他从上衣口袋里摸出一张名片来，双手递给惟希。

惟希接过名片，只见简简单单一张白色卡片，正面以黑色楷体印着"雷霆"两字，反面则印着卫傥的名字与电话，并没有多余的介绍。然而"雷霆"两字，却如雷贯耳，教惟希肃然起敬。本埠的多少富豪宅邸与高端收藏品展览，所雇用的无一例外都是雷霆保全。作为保险公司理赔员，惟希也曾经参加过若干珠宝古董展览的保全评估，基本上安全措施缜密细致毫无死角的现场都是雷霆保全负责的。师傅老白有一次顺口提过一句，雷霆的保全员有不少是退役军人和有侦查技能从警经验的退职警察。想不到这样的雷霆，竟然是卫傥口中"一间小小的保全公司"。

"失敬。"惟希由衷地说，"久仰大名。"

"多得业界同行提点，也请徐小姐不吝赐教。"卫傥微笑自谦。

电梯升到楼顶，两人一前一后走出电梯。惟希一眼看见一片足有两米高的鸽舍，和她印象中老房子顶层自行搭建的简易鸽棚不同，这一片鸽舍完全是别墅级的，不锈钢结构的主体足够容纳好几个成年人在里面自如行走，鸽舍四角都有高清激光云台摄影机在进行二十四小时不间断监控。惟希注意到其中有一个摄影机正对着相隔大约五百米远处高层建筑小区前的小广场，从她所站的位置肉眼能看见高层建筑的窗户和阳台上晾晒的衣物。

惟希心间微动，一旁卫傀已经刷开电子门锁，招呼她一起进鸽舍。惟希记得自己是以他的助手身份上来的，连忙跟着卫傀走进豪华的鸽棚。鸽棚内的通风采光极佳，因事先已经打扫过，故而虽仍不免有禽类养殖场所特有的味道，但并不浓烈刺鼻。惟希还留意到无论投食还是喂水，抑或温度湿度，都已经采取全自动化操作，由电脑控制。惟希不由得感慨，富豪连养宠物的方式都与众不同。

卫傀在前带路，领着惟希在数量众多的鸽笼之间穿行，来到一处明显新添设的金属笼前。他停下脚步，卸下搭在肩膀上的工具包，拉开尼龙搭扣，取出两个摄像头，交在惟希手里。又慢条斯理地自包里搜出若干工具。

惟希睨了一眼已经到处都架有监控设备的鸽舍，到底忍不住，问："为什么这只鸽笼要格外装监控？"

卫傀挽高衬衫袖口，攀上金属鸽笼，一手抓住鸽笼的金属横梁，一手伸向惟希，勾勾手指，示意她递一个摄像头给他，一边解释："这次要从比利时引进一批詹森系种鸽，先在海关隔离检疫，通过检疫后在鸽舍内也要有一个适应过渡期，需要时刻关注。"

惟希点点头。她对信鸽所知有限，但从大亨如此细致对待多少可以看得出，这批将要到来的种鸽，恐怕价格不菲。

卫傀有条不紊地安装好摄像头，又将鸽笼一角已经事先预留出来的线路接入摄像头，这才自鸽笼轻轻跳到地面上，朝监控挥了挥手，摄像头随着他手部的动作来回转动了一下。卫傀收拾好工具，招呼惟希："走吧。"

惟希随他回到顶楼公寓，卫傀检查了一遍已完成系统升级的监控，确认没有什么疏漏之处，又仔细交代中年阿姨，如果监控设备出现异常，就拨打电话找人前来维修，便与惟希告辞出来。

走出公寓，卫傥看了一下手腕上的手表，征求惟希意见："吃过午饭了没有？没有的话，一起吧。"

惟希被他腕子上低调的德国表吸引了片刻的注意力。这是一只世界顶级的德国传统家族品牌的手表，一直坚持只使用自家当世罕见的德国银机芯，辅以极具德国古典特色的四分之三夹板配鹅颈式微调装置，并且只生产金与铂金两种表款，其品质完全可以与数只顶级瑞士牌子相抗衡。

至今还开着二手甲壳虫的惟希之所以对这款手表知之甚详，完全是因为不久之前她刚刚处理过一桩匪夷所思的保险索赔。投保人是本城一位人将古稀的富商，在长子年近四十岁，发妻故去将近二十年后，新娶了一位才二十二岁的娇俏车模。老夫少妻新婚自然是蜜里调油，不久小娇妻便怀有身孕，十个月后为他生下老来子。老爷子对这小儿子喜欢得不得了，像宝贝眼珠子似的。很快小儿子就能爬能摸，能跑能跳，家里的古董物件就开始遭殃了。有一回趁老爷子赏玩收藏的世界名表去接电话的间隙，小家伙爬上皮椅，将转表器里的若干块昂贵手表一一扔向不远处大理石面的茶几。老爷子听见响动已经来不及阻止，只能欲哭无泪地找保险公司索赔。接险后惟希按例到现场拍照存证，又走流程请钟表鉴定专家来一起定损，结果不看不知道，一看吓一跳。富商收藏的名表里有半数竟然是赝品，市值加起来不超过十万。

富商哪里肯相信啊？又专门从香江请来名表鉴定大师，得出的结果也与保险公司的鉴表师相同。富商大怒，他这些名表都是在原产地专卖店购买的，悉数附有鉴定证书，这下变成西贝货，肯定是家里出了小偷！后来经过缜密调查，逐一排除嫌疑，最终目标锁定在老爷子的长子身上。四十多岁的中年男人直认不讳，因为嫉妒父亲对幼弟的疼爱，嘴里总是说要把什么什么留给幼弟，而他从小就想得到的东西也包含在其中，他一时气愤，就陆续把并没有刻意上锁的转表器内的手表调包了。

后来的事就是富商的家事了，惟希隐约听说富商立了遗嘱，并将公司大权移交给长子，自己则带着娇妻幼子长住欧洲享清福去了。不过这都是后话，惟希当时被短期内灌输了不少关于顶级名表的知识，至今还为一块手表的价格能抵得上一辆豪车而咋舌。

惟希笑一笑收回自己的目光。这低调的品位，真是拉开本城若干以追求十八线小明星而出名的土豪一个太平洋的距离。

卫倪注意到她在他手表上停留片刻的视线："上个月傅老爷子家的名表案是你处理的？"

惟希点头："颇长了见识。"

卫倪看见她的黑发在正午的阳光下随着她的动作而漾出一圈柔和的金色光芒，心间柔软。稍早他在别墅小区门口看见她，大约是走得有些急，额上出了一层细细的汗，鼻尖上略微泛着油光，站在铁门前轻轻咬着下嘴唇，苦恼而无助的样子，他不由自主地就想替她解决一切烦恼。

"年末有一场世界名表会展，到时候一起去。"

惟希先是一愣，随即大力点头："好啊！"

卫倪驱车载惟希到十分钟路程远的一个小馆子吃饭。饭馆只有两开间门面大，装修也十分简单，门楣上挂着一块被烟熏久了的牌匾，写着"卓老头"三个字，与左右两间川湘菜馆的装潢一比，显得有些寒酸。

此时已过了饭点，临街的一排人行道却仍停满了各色车辆。惟希随卫倪走进"卓老头"，才发现这不大的小馆子里竟是食客盈门。店堂内支着六张老式的八仙桌，客人坐的都是最古朴的木制高脚条凳，空气中飘着饭菜的香味儿，让有些饥肠辘辘的惟希挪不动脚。

卫倪拉着她绕过门口的几桌客人，来到里头一张角落里的桌前落座。厨房里出来一个端着盘子传菜的小伙子，看见卫倪，用浓重的潮汕口音扬声朝厨房里喊："卫大哥来了！"

话音一落，后厨里火车头般冲出两个虎头虎脑的小孩儿，口中迭声叫着"卫伯伯！卫伯伯！"，像两颗小炮弹直直投进卫伲怀抱。

有老食客假意吃醋："大雄小雄对赵伯伯就没有这么热情，赵伯伯不开心！"

厨房里一位精干的白发老人家腰里系着的白围裙擦着手走出来，闻言朗声而笑："大雄去端一碟炸螺尾给赵伯伯下酒！"

说罢朝卫伲惟希这一桌走来。惟希注意到老人家行走间稍微有一点跛足，若不仔细看，并不容易察觉。老人来到跟前，笑声朗朗："卫先生很久不见，一向可好？今天想吃点什么？"

卫伲转而征求惟希意见。

惟希看了看简单的餐牌："来份招牌焗芋头饭，一例三菌汤。"

卫伲一边把坐在他腿上拧来拧去的小雄扶稳，一边又点了虾酱炖豆腐和清炒芥蓝。"时间匆忙，今天就吃得简单些。"

"好咧！"老人家应下来，"卫先生今天来得正好，我新做了一罐秘制虾酱，刚巧可以吃。"

那边厢老食客不甘寂寞："卓老爹藏私，有好东西不拿出来给大家吃！"

老人家笑呵呵："你没点虾酱炖豆腐，怎么给你吃？"

说罢快步回厨房去了。老人家一走得快，就跛得厉害，他倒是不介意，一旁传菜的小伙却十分小心，赶紧上前去扶住他的手臂："爸你慢点走。"

大雄小雄围在卫伲身边，四只小胖手扒着他的胳膊不放："卫伯伯，一起玩！"

卫伲艰难地腾出手自包里取出平板电脑，放动画片功夫熊猫给两个孩子看，瞬间就将他们的注意力全都吸引过去。两个小家伙坐在条凳上，肩并着肩，头挨着头，全神贯注地一人一手捧着平板电脑的一侧，目不转睛地看着动画片。

卫傥摸摸两个孩子头顶，另取出笔记本电脑打开，登陆云空间，调取惟希提供的时间段内的鸽棚监控录像出来，将笔记本电脑移到惟希手边："你慢慢看，应该有两个摄像头能拍到有用的画面。"

惟希的全副注意力立刻被吸引过去，心无旁骛地看起监控视频来。这些视频画面由最先进的高清激光云台一体摄像机录制，在光线良好日照充足的白天，其有效监视距离能达到令人咋舌的十公里之远，而五百米范围内的一切事物都清晰得无可遁形。她看见无人的午后，一只胖胖的虎斑肥猫匍匐在阳台的仿古窗棱上，虎视眈眈地盯着外头，一副蓄势待发的样子。一旦外头有鸽群飞过，虎斑猫便猛地伸出肥爪子，朝着玻璃窗就是一顿狂挠。

惟希在屏幕这头几乎能听见爪子挠在玻璃上的声音，忍不住露出微笑，她现在能理解唐心对宠物视频的情有独钟了。

卫傥也不打扰她，只在一旁轻声引两个孩子同他说话。

一段二十分钟左右的动画片放完，大雄扯着他的袖口来回摇晃："卫伯伯，再放一段，再放一段嘛！"

卫傥拿手指轻弹大雄脑门："再看眼睛要看坏了，休息半个小时才可以继续看。"

壮小子见撒娇无果，气哼哼地拽着弟弟跳下条凳，往后厨去，嘴里不住嘀咕："我生气了！我不和卫伯伯玩了！走，我们找姐姐玩去！"

埋头在监控录像里的惟希侧首，不经意看见卫傥脸上温柔的笑容，惟希像是发现了什么似的，赶紧低下头假装全神贯注地看监控录像，卫傥的一只手却伸过来，替她阖上笔记本电脑屏幕。

惟希的视线被他压在电脑上修长有力骨节分明的手吸引数秒，这是一双镇定而又坚持的手，从容温和中透出些许性感。惟希让自己脑海里闪过的这两个字惊得连忙抬眼，望向卫傥。他棱角分明线条刚毅的面庞上生着一双深邃好看的眼睛，带着一点点笑意的时候，顿时将冷峻的表情柔和成淡淡温暖。

"先吃饭，监控视频不会插翅飞走。"

这时卓老爹亲自用托盘端了焗芋头饭、三菌汤和虾酱炖豆腐送上来："清炒芥蓝马上就好，你们先趁热吃饭。"

托盘放在桌上，青瓷碗里盛着热腾腾的焗芋头饭，表面撒了一撮碧绿生青的芹菜粒，被饭的热气一蒸，发散出好闻的清香，顿时就勾起了惟希不算很强的食欲。软糯绵密的芋头与肥腴的香肠相得益彰，加上清脆的芹菜粒儿，每一口都教人欲罢不能。

"尝尝老爹做的虾酱炖豆腐，风味与众不同。"卫倪将盛着金灿灿炖豆腐的碗推到惟希跟前，"这可是老爹的独门绝技，在外头吃不到。"

惟希依言舀了一勺炖豆腐品尝，油煎过的豆腐表皮微微带些焦香，内里滑嫩，外头裹着一层咸鲜的虾酱，几乎不用细嚼已觉得满口生香。

恰好卓老爹送清炒芥蓝上桌，闻言热情地说："哪里有卫先生说的独门绝技，就是切了几片乌鱼子剁碎了煎出香味放进去，味道更鲜香些。前阵子刚从老家带回来一些乌鱼子，等下吃完饭给你们带回去，无论是酒烧还是油煎或是炙烤都好呷，直接切薄片放在饭上蒸熟了，蘸酱油吃，也一样香。"

见老人家如此热情好客，惟希却有些不好意思，她不过是随卫倪来吃一顿饭，怎么画风忽然一变，就连吃带拿了？

卫倪朝老人家微笑："少拿一点回去尝尝鲜，不用给我们带一大堆回去，您老也知道我基本上很少在家吃饭，带多了最后浪费反而辜负了您的美食。"

卓老爹连连点头："知道的，知道的。"一面说着，一面往后厨去。

最近颇有些心事的惟希，就着鲜美的虾酱炖豆腐和清爽的芥蓝，吃掉一整碗香喷喷的焗芋头饭，喝光一小碗清甜滋养的三菌汤，意犹未尽地放下筷子。卓老爹仿佛掐准了时间似的，又送了甜品来。

"糕烧番薯芋，老太婆的手艺，家常甜食，两位别嫌弃。"

切成滚刀块的番薯和芋头装在德化青瓷小碗里，上头撒着花生碎和白芝麻，甜蜜的焦糖色望着已让人垂涎，惟希吃在嘴里，化成一声满足的长叹，真是美味得让人忘却一切烦恼。

卫悦将她微笑着完全放松下来的样子看在眼里，眼里便透出些笑意来。这样才对，阳光抵好的午后，美食当前，就应该好好享受。工作上的事不是不要紧，可是将工作当中的情绪带进生活里，而无法感受面前的美好事物，就有些得不偿失了。

恰好这时有他的电话打进来，卫悦将属于自己的一份甜品推到惟希手边，然后接听电话。惟希也不同他客气，接过他的这一小碗糕烧番薯芋大快朵颐。

卫悦坐在她一侧，边接电话，边笑望着她，一张清爽素净的脸，全神贯注地对着一小碗甜品，浓长的睫毛半掩着眼里的光，可他就是能感觉到她此时此刻的喜悦，纯粹得容不下一星半点的杂质。

电话彼端说了几句，卫悦应下来："没问题，当扫榻相迎。"

结束通话，惟希也吃完了最后一块甜品，心满意足地放下调羹。卫悦这才把笔记本电脑重新放到她跟前："现在可以继续看了。"

趁惟希认真查看监控视频的工夫，卫悦结账，卓老爹自然是不肯收，卫悦假意板脸："您要是不收，我怎么好意思呢？以后再不敢来了。"

"卫先生太客气了……"卓老爹拗不过卫悦，最后打对折收了饭钱，又用拎袋装了两罐虾酱给他，"炒菜烧汤放一点，好吃！吃不掉就放在冰箱冷藏室里，不会坏。"

卫悦回身，看见坐在桌边的惟希脸上表情严肃，稍早的喜悦已经荡然无存，便来到她身后，一手越过她肩膀，撑在桌沿，与她一道观看视频。只看了一眼，卫傥便敛了表情，短暂的一分多钟静默过后，两个见惯世面的人彼此对望，满是沉重。

"我现在就给你复制这段视频，如果需要，还可以提供视频原件给你。"卫傥眸色微冷。

"谢谢。"惟希的喉咙仿佛被无形的手掐住，声音发涩。

8

绿豆百合汤
LV DOU BAI HE TANG

午后的派出所，窗口的小干警在冷气十足的办公室里闲聊，听到门口的响动，便站起身从里间办公室出来，向推门而入的短发女郎问询："有什么事？"

惟希与卫傀在别墅门口分手，取回自己的小甲壳虫，立刻驱车到最近的派出所，她没办法让自己耐心等待，不，她一刻也不能等！

年轻的小干警先是被她脸上肃杀的表情镇得一愣，随即脱口而出："徐学姐！"

惟希脸上沉肃的表情略褪，却并不认识防爆玻璃后满面热情的小干警。

小干警挠头，娃娃脸上有些不好意思："徐学姐大概不认识我，你毕业那年我才刚大一，你作为毕业生代表致辞的时候，我在台下听过你的演讲。"

惟希点点头："我是来报案的，稍后有时间再叙旧。"

"哦，好的、好的！"小干警立刻收起自己对学姐的敬仰表情，换上一副公事公办的颜色，取出做笔录的纸笔，询问姓名年龄职业户口所在地等信息。惟希配合地主动向他出示自己的身份证、工作证明和联系电话，然后说明自己的来意，并递上拷贝有监控录像片段的优盘。

小干警接过优盘，接入电脑播放，原先娃娃脸上的笑容慢慢冷却，取而代之的是凝重的表情，扬声朝后头办公室喊了一嗓子："张哥，你快来看！"

一个微微有些谢顶、身材魁梧的中年警察自办公室里走出来，往电脑屏幕上扫了一眼，随后用力一拍娃娃脸的肩膀："这还用叫我出来？马上立案啊！"

"是！"小干警做完笔录，固定惟希递交的证据，将受理案件回执与立案决定书交给惟希，"学姐请放心，此案本来就是我们派出所出警处理的，当时没有这么强有力的证据，受害人家属情绪又比较激动，又没能采集到可信的目击者证词，这下看看她还怎么狡辩！"

"如果需要，我司一定配合警方调查。"惟希将两张明明轻薄却又沉重的A4纸认真地放进公文包里，"我还有公事要办，今天就不耽搁了，我们以后还会再见，到时候再聊。"

年轻的娃娃脸小干警点点头，目送惟希的背影走出派出所，默默在心里说：学姐，你都没问我的名字……

惟希再次按响一六一室的门铃，良久才有人前来应门，听见是保险公司的，房门慢慢拉开，男主人行尸走肉般站在门口："是来落实赔付的吗？"

惟希看着这个蓬头垢面的男人，却生不出一点点同情可怜来。

"可以进去再说吗？"惟希淡声问。

男主人侧身让开一条缝，仅够惟希勉强进门，随即"嘭"一声阖上门。

屋内一如惟希上次来的时候那样昏暗，许是几天没开门开窗通风，也无人打扫，地上随处散落着各种生活垃圾，房间里充斥着一股腐烂颓败的气息，让人几欲掩鼻。

"方便的话，麻烦请尊夫人与令堂一起到客厅里，我们一次性将事情解释清楚才好。"惟希的职业素养让她强迫自己保持冷静。

男主人佝偻着脊梁先去主卧请妻子出来，又往客卧搀扶着中年妇女来到客厅。

惟希望着身穿一件皱巴巴睡袍、孤零零站在客厅里的女主人，微微颔首。女主人不过几天工夫，整个人已经瘦得脱了形，头发蓬乱地披散着，两眼深深凹陷下去，颧骨突兀，嘴唇干裂，仿佛一具人形骷髅。反观由男主人搀扶着的中年妇女，虽然皮肤黝黑粗糙，然而面皮紧绷，嘴角还沾着没来得及擦干净的饼干渣，脚步全然不像她装出来的那样虚浮。

惟希要闭一闭眼睛，才能让自己不露出冷笑来。

"是来给我们送钱的吗？"中年妇女用力抓着男主人的手腕，上扬的嗓音透露出她此时此刻的兴奋，眼里流露出对将要到手的财富的热切渴望。要不是碍于儿媳妇在场，她大约会笑出声来。

"让我们先看一段监控录像，再接着谈赔付问题。"惟希对男女主人说，直接略过中年妇女满是期盼的脸。

"监控录、录像？什么监控录像？！"中年妇女慌张起来，大着嗓门问，"看什么录像？你们就是想赖着不给钱！"

说罢一拍大腿，蓦地两腿一弯，在散落着各种生活垃圾的地板上盘腿而坐，前仰后合地哭诉起来，反反复复地念叨着"老头子你走得早啊！留下我们孤儿寡母被城里人欺负啊！"、"小姑娘看着斯斯文文的，怎么这么心狠手辣啊！"、"给孩子的钱他们也赖着不给啊！天打雷劈啊！"

惟希和女主人在一旁冷眼看了数秒，行尸走肉般的男主人已经麻木得连尴尬的表情都无力流露，只漠然地站在她身边。

"有电脑吗？"惟希淡声问。

女主人伸出枯瘦的手指，朝电视机指了指。

惟希跨过地上的垃圾，走到电视机柜边上，注意到五十寸的多媒体电视机侧边的优盘接口。见一家三个主人没有一个打算帮忙的意思，她只好自己在电视机柜上一堆乱糟糟的杂物中间找到遥控器，打开电视，接入优盘，切换频道，播放卫悦拷贝给她的监控录像片段。

视频的背景里是风声和鸽子的"咕咕"叫声，偶尔还有汽车鸣笛声，镜头稳定清晰地对准了一排前有广场的高层楼房。中午的阳光垂直洒在一排排阳台的遮阳棚上，没有阳光反射的封闭式阳台玻璃窗内的情形看得一清二楚。有老人抱着婴儿在阳台里晒太阳，就在这层封闭阳台楼上，斜上方的窗口，一个穿着蓝底碎花衫的中年妇女，一手接打电话，一手抱着一个白白胖胖的女婴靠在窗台边上。

女主人抽噎一声，干瘦的双手不由自主地捂住嘴唇，盘腿坐在地板上干号的中年妇女猛地收了嗓，仿佛被人紧紧勒住咽喉，再发不出一点声音。

电视里传出呼喇喇的风响，画面里的婴儿趴在窗台上，一双小手扒着玻璃窗，努力地蹬着藕节似的胖腿想站起来。打电话的中年妇女原本一手搂着婴儿的腰腹，以防止她撞上玻璃窗，忽然，她的动作似着了魔停滞片刻，随后，她慢慢地放开了护着婴儿的手，缓缓将原本只推开一条小缝的玻璃窗开得更大。女婴的身体随着玻璃窗的推开，一下就扑了出去，一双小胖腿还趴跪在窗台上。小小婴儿不明所以地回头望了望，仿佛想弄明白怎么没站起来，反倒趴下了呢？

"月亮……"一室死寂中女主人终于喊着女儿的乳名，泪流满面。

　　"关了它！关了它！"中年女人也明白过来，拼命从地上一蹦而起，张牙舞爪地扑向惟希，想抢走她手里的电视机遥控器。

　　惟希哪里能让她得逞，只一个侧身便避开了她，而她则被地上凌乱堆放的垃圾绊得一个趔趄，轰然摔倒在地。

　　在场的人全都看着她出丑，没有一个人上前去扶她。见势不妙，她眨巴了几下眼睛，再一次号哭起来。

　　男主人不忍地撇过头去。

　　"陈家梁你要是个男人，你就别闭上眼睛，你看着，你睁大眼睛看着！"女主人嘶声对丈夫吼道。

　　监控录像画面里的中年妇女，由最初的迟疑犹豫，到最后的凶恶狠毒，中间只隔了短短几秒时间，她上前去顶住女婴的双脚，手一用力，就将原本还只是半身扑在窗外的小身体，整个推到了转轴窗的外头。婴儿没有一丝生还机会，从窄窄的窗台上跌落……

　　小小婴儿下坠的速度太快，甚至来不及发出啼哭，就已经砸在地面。

　　男主人的表情由麻木而愕然，继而痛苦绝望地慢慢将视线落在徒劳地站起身来试图挡在电视机前不让他看视频的母亲身上。

　　"妈……那是我的妞妞，你的……你的孙女，你怎么……"你怎么能下得了手？

　　"家梁你听妈说，妈不是有意的，"中年妇女上前去试图拉住儿子的手，却被男主人避开了，她看看面无表情的惟希和眼里充满刻骨仇恨的儿媳妇，终于慌了，"家梁，妈没想到妞妞会摔下去，你相信妈！我当时和你姑打电话，她说她刚抱上了孙子，八斤八两重，等满月的时候请咱们一起去吃满月酒。妈一个没注意……"

　　男主人在丧女之痛和发现亲母竟然是杀女凶手的巨大打击面

前，终至崩溃，双手狠命地捶打自己的脑袋："为什么？！为什么？！"

女主人鄙弃地看着他，看着这个曾经和自己同床共枕的男人："陈家梁，别演了，你心里早就知道是你妈干的，你就是不愿意承认，想从中和稀泥，把这事儿给遮掩过去罢了。都到这个时候了，你还演什么演？演给谁看？！"

"可那是我妈啊！"男主人痛哭流涕。

"可那是你女儿啊！"女主人干瘦的身体里发出冷硬的咆哮。

惟希见场面濒临失控，上前一步，轻轻扶住女主人的手肘："我已经报警，警察应该快到了。"

男主人错愕地抬头："这是我们的家事，你怎么……"

看着他一副家丑不可外扬，打算就家庭内部解决的模样，惟希忍不住嗤之以鼻。

"这不是普通的民事纠纷，而是性质恶劣的刑事案件，作为保险理赔调查员，我有责任有义务报警处理。令堂的所作所为，也不是你一句轻巧的'家事'就能草草了事的。"

中年妇女这时仿佛也醒悟过来，一个箭步蹿上来，拽住他的胳膊，兜头盖脸连拍带打："妈孤儿寡母地一把屎一把尿把你拉扯大，辛辛苦苦赚钱供你读大学，我图个啥？不就是要对得起你们老陈家的列祖列宗？我不能让老陈家在你这一辈断了香火啊！家梁，妈没别的意思啊！就想让你再生个儿子，可你老婆偏偏不肯，说有妞妞一个就够了！这能一样吗？！家梁，妈不能坐牢，妈要是坐了牢，一大把年纪也就算了，你以后还怎么见人啊？！"

她正哭诉的时候，警察上门来出具逮捕令实施逮捕。

中年妇女死死扒着男主人的手不肯放，双腿连踢带蹬，竟然把两名警察弄得狼狈不堪。

男主人一边试图安抚母亲的情绪，一边哀求女主人："老婆……你快和警察同志说说，这只是……只是家务事……"

他的声音在女主人冰冷如锥的视线下渐渐低了下去。

"和你的母亲，从我的家里滚出去！"女主人的声音冰冷又愤怒，疏离而决绝。

最终警察制服了撒泼打滚几近疯狂的中年妇女，铐上手铐将之押走。男主人在妻子极致愤怒却又冷漠的脸上看不到他想要的软化迹象，犹豫了片刻，还是取了钱包钥匙，追在警察后面跟了上去。

大抵是动静闹得太大，楼道里围了不少人，朝这一对母子指指点点并向屋内探头探脑地觑视。惟希走过去轻轻关上门，隔绝外头形形色色的目光，返身问女主人：

"有没有亲戚朋友可以过来陪你几天？"

女主人环顾乱糟糟的客厅，露出一线比哭还难看的苦笑："亲戚？朋友？当年我要嫁给这个人的时候，就成了孤家寡人。鬼迷心窍了一样，不顾父母苦口婆心的劝阻，也不听朋友委婉善意的劝告，非要和他在一起，觉得他有上进心，待人温柔，谈恋爱的时候从来没同我红过脸，永远都以我的需要为先……父母常住到国外我姐姐家去了，朋友们渐渐与我疏远，我都无所谓，因为我觉得能和自己爱的人在一起是最幸福的事，结果呢？"

惟希不晓得该怎样劝解。

女主人轻笑一声："徐小姐不用担心我，我会请最好的律师来，务必令她在监狱度过余生，我会好好地活着，看他们母子接受应有的惩罚。"

惟希点点头，有时候，恨也能支撑一个人勇敢地活下去。

"我就不送你了。"女主人喃喃自语，"有太多事要做。"

惟希自一六一室出来，走廊上围观的人群还没有散尽，有两个老阿姨朝着惟希指指点点，想上前来打听又不敢的样子。惟希没有停留，面无表情地乘电梯下楼。午后的阳光斜斜地洒在身上，可是她却感受不到一点点暖意，只有深深的疲惫。

惟希打电话给唐心："我下午就不进办公室了，有什么事你酌情处理，不用向我汇报。"

唐心在电话那头欢快地应了一声："保证完成任务！希姐你就放心地翘班去吧！"

心情沉重如惟希，闻言也不由得轻哂："别喊这么大声，当心被大当家听见。"

那头的唐心嘻嘻哈哈地搪塞两句，率先挂断电话。

惟希取了自己的小甲壳虫，坐在车里，趴在方向盘上茫然四顾，有那么一瞬间觉得这偌大一座城市她竟无处可去。呆坐在驾驶室良久，她才想起自己答应了父亲要去医院探望"生病"的母亲，酝酿了片刻，惟希将满身疲惫、满腹惆怅收拾妥当，驱车前往医院。

惟希拎着在医院前的超市买的中老年营养核桃乳礼盒与几样点心找到内科住院部，先向住院部的护士问明了王女士的楼层床号，这才往王女士的病房去。

内科住院病房六人一间，王女士的病床靠窗，惟希在走廊上一眼就看见了她。正午已过，阳光斜射，王女士将窗帘拉得密密实实的，把床摇得半高，正穿着病号服斜躺在床上看电视。

王女士并未注意到走廊上的惟希，直至惟希走进病房，来到她的床边。她先是一愣，打算撇过头去不理睬惟希，倏忽又想起来儿子和她的遭遇，猛地从床上弹起身来，伸长手臂，不管不顾地往惟希身上乱拍，嘴里不分青红皂白地骂起来。

"你还知道来？！你阿弟因为你脚骨都被人敲断了，我拦都拦不住那些人，你倒像没事人一样，过了这么多天才知道来？！"

惟希哪容得王女士的巴掌招呼到自己身上，退开半步距离，将手里的核桃乳礼盒朝王女士手里一塞。王女士下意识想推开，然而一看是精美的礼盒，手势立刻由推改抓，一把将核桃乳礼盒拽过去，嘴里仍不住地责骂："现在来献殷勤有什么用？！"

王女士嗓音之洪亮，完全不似一个病人。病房里其他病人和家属的视线全都被她这一嗓子吸引了过来。王女士仿佛占据了道德的制高点，手朝着病房里划了一圈："你让大家评评理！有没有你这样的女儿？！对自己的妈妈弟弟这么凉薄！"

隔壁床的病友家属不了解内情，只当她是被女儿给气着了，在一旁帮起腔来。

"你这个小姑娘做的是不对，你妈妈生病住院这么多天，你才来看她。她自己生着病呢，还要每天去外科住院部照顾你弟弟，辛苦得不得了。"

其他床的病人家属也应声附和，并一致谴责惟希。

惟希并不辩解，反正她只是答应了父亲走这一趟，要按她的本心，连这一趟都不必走。观众们见她打不还手骂不还口，很是无趣，也就失去继续围观的兴致。

王女士还在絮絮叨叨地嘀咕女儿小时候她对她有多好，买最时髦的料子给她做外套，过年过节带她到南京路四川路吃好吃的。惟希拉过椅子坐在病床边上默默听了一会儿，仿佛这一切确实曾经发生过，却又在记忆中遥远得无迹可寻，而她的脑海里，只有被中午处置的事情勾起的深沉而黑暗的回忆。

惟希伸手，为王女士把踢在床尾的被子拉上来，轻轻盖到她的腰腹处，用手压紧了，以只有两个人才能听得清楚的声音淡淡问："如果我当年索性如了妈妈的愿，掉进水井里淹死了，妈妈今朝是不是就没有这些烦恼了？"

王女士原本气势如虹，恨不能整个住院部的人都知道她的这个女儿有多不孝，闻得惟希的话，先是一愣，望向惟希暗沉无边的眼，猛地脸色一变，整个人几不可察地一抖，更多的埋怨责骂悉数卡在喉头，彻底老实了。

惟希微笑："生病的人不要想太多，生气对身体不好。"

王女士如同被掐住喉咙的鹌鹑，既无法说什么，又不能动弹，只得大力点头。

惟希这才拍拍被子，站起身来："妈妈好好休息，我再去看看阿弟。"

王女士神色略显惊惶，翕动嘴唇，想说什么却什么也说不出来，就眼睁睁地看着惟希走出病房，然后发现她已经汗透衣衫。

惟希来到走廊，恰好碰见前来查房的医生，犹豫了一下，还是上前去询问。

中年女医生看了惟希一眼，不赞同地摇摇头："你们年轻人不要光顾着自己的事业自己的生活，也要关心一下父母长辈。令堂这次还算幸运，在医院里晕倒，得到了及时的治疗，万一是在家里无人的情况下晕倒昏迷，后果不堪设想。令堂心血管的健康状况不容乐观，以后要定时定量服药控制血压，还要定期到医院复查。血糖也偏高……"

医生瞥见病房里王女士床上的核桃乳礼盒说："这些含糖的饮料、点心尽量要少吃不吃。要能管住嘴迈开腿，不要总待在家里看电视或者总是坐着搓麻将。"

惟希点头，医生这才放过她，进病房去了。

惟希越过医生的肩膀，遥遥回望在病床上装可怜的王女士，心里却如何都升不起一丝丝的同情。

她永远都不会忘记五岁那年的夏天，王女士肚子里怀着还未出生的徐惟宗，把她视作累赘，为了能生下肚子里的孩子，家里不是处于冷战状态，就是处于争吵当中。王女士甚至为了能不算肚子里的是二胎，升起过要把惟希送走的念头。父亲当然是不同意的，哪怕为此失去了升职的机会，他也没有松口答应这荒唐的提议。

惟希想，王女士大抵从那个时候开始就恨她吧？恨不得从来没生过她，恨她怎么就不生一场大病干脆死了算了呢？这样的念头日夜吞噬着她作为一个母亲最后的一点良知，最终趁一个静寂的午后，阿爷阿娘在屋里午睡，她一个人在院子里玩，玩得热了想从井里汲一点水上来喝的时候，在一旁伺机良久的王女士在她背后推了一把，小小的她一头栽进井里。

王女士还是害怕的，所以并没有留在现场确认她是不是真的淹死了，而是匆匆离开了院子，将她一个人留在幽深的水井里，两只手紧紧地攥着吊水桶的麻绳，死死地咬着牙，用尽全身力气慢慢向上爬。

惟希不记得自己用了多久才从井里爬出来，她只记得从井底到井口，那漫长得仿佛毫无尽头的一段距离，中午垂直照进井里的阳光，如何也温暖不了她惊恐又哀凉的内心，以及她爬上来后麻木到失去痛觉的血淋淋的手掌。父亲下班回来后，看到她皮开肉绽的手心，什么也没说，默默替她上药包扎，将她带在身边好几天。王女士也就是从那个时候开始，彻底地无视了她，不关心她，也不关心父亲，最终和他们父女渐成陌路，无事不登门，有事就无理取闹。

惟希转身离开。她对王女士母爱的最后一点希冀，早就在五岁时被她亲手扼杀，她不在乎王女士的感受，一如王女士也并不在乎她的。

她离开内科住院部，根据医院楼层示意图，找到骨科住院部，很快就查到徐惟宗住的病房。惟希还未走进病房，在走廊上已听见徐惟宗的大嗓门，在和同病房的病友吹嘘自己的"光荣"事迹。

"我当时以一敌三，真是要多惊险有多惊险……"

惟希走入病房，刚才还精神得不得了的徐惟宗一见，话音戛然而止，老鼠见了猫似的，立刻老实了。

"姐……"

惟希垂头看着躺在病床上左腿打着石膏固定在牵引架上的青年，伸出左手，在石膏上敲了敲，引得徐惟宗"嗷"一嗓子，活跳虾般弹起来："姐，轻点！轻点！"

"你现在知道痛了？！那你决定借高利贷的时候，有没有想过会产生这种结果？"惟希淡淡地问惟宗。

惟宗见姐姐脸色不善，只把一句"我当时肯定投资回报率很高才去借的"含在嘴里，没敢大声说出来。他已见识过亲姐发威，再不想凭自己战五渣的三脚猫本事撩拨她发火。

惟希微笑，伸手替青年将没拉好的病号服领子扯平整，然后用手压在他肩膀上，用力扣住他的锁骨："你乖乖养伤，也趁机和那些狐朋狗友断绝往来吧。等你伤养好了，看看街道里安排刑满释放人员就业的定点单位培训计划里有没有适合你的工作，你老老实实地上班去！"

徐惟宗只觉得肩膀上的手重逾千钧，锁骨都快要被捏碎了，疼得龇牙咧嘴，却唯唯诺诺地，不敢说一个"不"字。

惟希这才满意地放开手，一拍青年养得白白胖胖的脸："乖。"

她离开病房的时候，听见身后有人问徐惟宗："那是你姐姐？长得蛮漂亮嘛，有没有男朋友啊？"而徐惟宗只是干笑，没有回答这个问题。

卫侻走出电梯，眼角余光扫见一抹熟悉的身影和黑色短发走进隔壁电梯，电梯门缓缓阖拢，电梯下行。他笑一笑，真是有缘，走到哪里都碰得到。旋即把这点意外抛开，走向病房。

病房里与徐惟宗的病床相隔一个病友的床位上，一位七旬老者正在和对面的病友家属聊天，上至天文、下至地理，无所不包。见卫侻走进病房，老者颇惊喜："卫先生！您怎么来了？"

卫侻大步走到病床跟前，与老者握手："听说您病了，来看看。"

老人是他公司资深员工的父亲，稍早诊断出关节问题，因为到底还不算老迈，还想和老妻出门游山玩水，再三考虑，决定到医院做关节置换手术。现在正住院进行术前的一系列检查。卫侻得知此事，决定过来探望。一方面好让员工能安心工作，一方面也看看有没有什么他能帮得上忙的。

老人哈哈笑："就是年轻的时候仗着自己身强力壮，结果下田伤了筋骨，到老就开始还以颜色，没什么大碍。医生检查下来，说我的内脏器官比很多小伙子都健康！"

"您安心手术，一切费用由公司负责。"卫悦闻言微笑。

"这怎么可以？我有医保的，哪里好叫您破费？"老人连连摆手，"不可以的！"

卫悦安抚老人："这是公司的老员工福利，蔡大哥在公司里任职七年了，为公司创造了财富，公司才有能力照顾他的家人。您不用担心。"

"是这样啊……那我不和你客气了！节省下来的费用等我病好了和老太婆去旅游！"老先生大声说。

卫悦又与老先生寒暄两句，叮嘱他别吝惜补充必要的营养，也不用担心护工的护理费用，好好休养为重，这才告辞。他并不打算告诉老先生，这家医院的保安正好由他的公司负责，院长已与骨科主任打过招呼，务必由顶尖的外科大夫为蔡老先生做关节置换手术，人工关节也选择材质最先进的进口关节，使用寿命能达到二十年，以保证老先生术后的生活质量。

病房里的病友和家属纷纷对老先生报以羡慕的注视。

"老蔡你有福气的，儿子在这么好的公司上班，老板真体贴。"

"蔡伯伯你儿子在哪家公司上班，我也想去！"徐惟宗嘻嘻哈哈地扬声说。

卫悦恰好经过他的病床，扫了一眼床尾挂着的名牌：徐惟宗。

徐惟宗？卫悦锐眼往他脸上望去，徐惟宗觉得自己好像被猎豹盯上的羊羔，无处遁形，吓得一缩脖子。

卫悦微微眯眼，试图在这白胖圆脸青年的五官中找到熟悉的特征，却只看到一脸的瑟缩。他大步流星地走出病房，脑海里却浮现出在钟放的新百乐门夜总会走廊里遇见惟希的事。断了腿的徐姓青年，和徐惟希……

卫侻若有所思。

惟希驱车回家途经菜场，却实在提不起一点精神停下来买菜，只想快点进门鞋脱袜甩一头倒在床上，昏天黑地不知日月长睡不醒。也无怪乎保险从业人员以高达百分之三十的离职率位列高离职率职能领域前茅，任何一个从业者，总是面对她今天面对的类似情形，天长日久，内心不够强大的，难免萌生退意。

惟希在楼下停了车，慢吞吞上楼。楼道里飘来不知谁家的饭菜香，等待归人。惟希有少少的向往，向往推开门的时候，有一桌香喷喷热腾腾的饭菜和一个人等着她。这样的念头转瞬即逝，惟希摸出钥匙，推门而入。

夏日傍晚，关了一天的房间里有一股蒸腾的热气，挟裹着空气中飘浮的颗粒，扑面而来，考验着她的意志力。惟希的脑海里，那间不见阳光、暗无天日、比死亡还叫人绝望的客厅挥之不去，她倏忽失去力气，在玄关缓缓坐下来，背靠墙壁，双手环膝，将头脸一股脑儿埋进臂弯里。

"小徐，晚饭吃过了吗？要是没吃，先喝一碗我烧的……"蓦地，一个温柔祥和的声音响起，"哎呀，小徐，你怎么啦？是不是中暑啦？"

一只温热的手搭在惟希的手臂上，试图把她从地上扶起来："不要坐在地上，地上凉，来，阿婆搀你到矮凳上坐。"

惟希从臂弯里抬起头，看见一楼楼组长家的曹阿婆正担心地望着她，忙对眼前的银发老人勉力一笑："阿婆，我没事，就是有点累了。"

说罢趁势站起身来："阿婆进来坐，我先去洗个手。"

老人挥手："你去，你去！"又自管自替惟希把空调打开，"这么热的天，不开空调吃不消的。"

等惟希洗完手出来，室内已是凉意习习，老人从自带的保温壶里倒出一碗冰镇绿豆百合汤，放在桌上，笑眯眯地示意惟希："来尝尝阿婆自己做的绿豆百合汤，下午刚烧好，放了梨汁冰糖和桂花，消暑解渴，味道很好的！"

惟希在曹阿婆的注视下，喝了一大口绿豆百合汤，冰镇过又稍稍回温的甜汤，沁凉又不至于太寒凉，清甜中带着一缕甜丝丝的桂花香，顺着喉咙滑下肚去，顿时将身上残留的暑意消解了大半。惟希朝阿婆挑起大拇指："好喝！"

曹阿婆闻言，笑得合不拢嘴，满意地点头："看你辛苦了一天，干脆不要烧饭了，走，到阿婆家吃晚饭！"

惟希倒有些不好意思打扰老人家。她刚搬进来不久时，恰遇见曹阿婆在小花园里被一伙所谓卖"地虫草"的骗子纠缠，几个本市口音的托儿哄骗阿婆一个，让她买几十元一两的"地虫草"，说什么强身补肾，搓一天麻将都不觉得累。

惟希正好自一旁路过瞥了一眼。她从来没听说过什么"地虫草"，冷眼看过去，小贩竭力推销的白花花的东西，也不像虫草，赶紧上前去在阿婆付款前的刹那握住她的手腕，叫了声"外婆"。

当时阿婆的眼神有一点点意外，惟希只管朝老人家笑："外婆，该回家吃饭了。"说着将老人慢慢带离几个托儿。那群人眼看惟希挽着老太太越走越远，知道生意做不成，瞬间散了个干净。

事后曹阿婆回过神来，连连感谢惟希，说自己当时像着了魔一样，就是特别想买"地虫草"，几百元钱都已经拿在手里要付款了，要不是惟希及时阻止她，很可能就上当受骗了。惟希以为只是举手之劳，可曹阿婆却从此就当她是自家人了，有什么好吃的总惦记着给独居的惟希送一份来。

"今天就不去打扰您了……"惟希婉拒，"再说阿姨爷叔忙了一天……"

惟希与老人家熟起来后，断断续续从与阿婆的交谈中得知她老人家有一儿一女，女儿年轻时上山下乡去了云南，在当地结婚生子，"文革"结束后也没有像其他人那样想方设法地返城，而是在云南当地落户扎根，生了两个孩子，现在女儿都已经当上外婆了。退休后也不打算回来，就在云南景区经营一家民宿，生意好得脚不点地。虽然女儿几次提出接阿婆去云南，但曹阿婆舍不得儿子孙子。阿婆的儿子媳妇与阿婆同住，两人都在居委会工作，孙子是学霸一个，先是保送进了本城最好的大学，后来到美国留学。用阿婆的话说，"正在美国读什么爬山虎名校"。

惟希当时听了笑得半死："阿婆，是常春藤名校。"

楼组长夫妻很以这个儿子为荣，言语中常常带出一种优越感，惟希虽然搬进来两年从未见过这个常春藤学霸，但对他的事迹却略有耳闻：法国女同学寒假请他到瑞士滑雪，英国校友暑假请他去希腊游船……

曹阿婆总想将惟希介绍给她的孙子，奈何楼组长两夫妻很是看不上动辄就闹上门来的王超英女士，连带着对惟希也仅仅保持面子上的客气，内心里大抵是颇有点嫌弃的。

惟希哪里会看不出呢？

"不打扰，不打扰！大弟一家出去旅游了，就我一个人在家。走走走，阿婆请你吃晚饭，你陪阿婆说说话！"曹阿婆说完，拖了惟希的手出门。盛情难却，惟希只好顺手关上门，随她下楼。

"今朝做了洋葱油拌面，番茄冬瓜汤，等下再给你煎一块大排，年轻人还是吃得胖一点好，太瘦了没力气上班……"

白发苍苍的曹阿婆微微伛偻着背走在前头唠叨，小小的个子却精力旺盛，手心温暖又温柔，令惟希想起自己的祖母。纵然发生了那么多事，祖母却始终是最疼爱她的人。过年的时候在以示公平地给她和徐惟宗一人一个五百元的红包后，每次都会偷偷再给她一个厚厚的大红包，悄悄示意她不要声张："给你买点心吃。"

惟希随着曹阿婆走进门，身后的万丈红尘都被隔绝在飘着饭菜香的客厅之外，连同内心寒冷黑暗的冰封也渐渐消融。

9

蟹粉狮子头
XIE FEN SHI ZI TOU

　　国庆长假，惟希睡了个舒服的懒觉，醒来神清气爽，那一点点不愉快也随之烟消云散。洗漱完毕，一边吃曹阿婆给她带回来的麻酱冷馄饨，一边摸过手机，果见社交软件上有数个信息提醒，多数是唐心发的动态，也有师傅老白提醒她中午到他家集合一起出发参加自驾活动的私信。

　　惟希吃罢早午餐，将厨房收拾干净，依次关好所有窗户，最后拎着自己的双肩包出门落锁，驱车去师傅老白住的小区集合。

　　老白住在市中心一处老式公房里，周围有不少被列为历史保护建筑的老洋房，该区块的房价已经涨到让人咋舌的程度，惟希笑称这里的一套公寓，脱手后能在中环、外环买别墅了。师傅闻言送她呵呵一笑："教育资源天差地别！这边能被市重点录取的中考成绩在那一区，只能上普通高中。"

惟希汗笑不已，事关教育，从容淡定如师傅老白这样的人物，也无法免俗地计较起来。

惟希远远望见老白的迷彩吉普车停在小区门口，老白和师母大抵坐在驾驶座上，只有两人的儿子身高腿长的少年戴一顶压得低低的棒球帽，穿一件臂侧两条黑色袖缝的白色棒球夹克，下着蓝色牛仔裤，脚踩一双限量款自带灯光效果的跑鞋，单手勾着背包靠在吉普车车身上。

待她的车驶到吉普车旁，老白自车窗里朝惟希苦笑："麻烦你载白琨一程。"

惟希挑眉：为什么？

老白做口型：他嫌我们啰嗦。

惟希摇头失笑，解除中控，示意身高已经超过自己的少年上车。

白琨长腿一跨一缩身，坐进甲壳虫里，大力关上门。

"委屈你这大长腿坐我的小甲壳虫了，可是也别拿我的车门撒气呀！"惟希笑着调侃看起来有点气哼哼的少年。

少年从帽檐下头看了她一眼，不吭声。

惟希发动引擎跟上前头带路的吉普车："和师傅师母闹别扭了？"

少年艰难地移动了一下蜷在小车里的腿："烦！"

惟希瞥一眼少年通身的名牌，从鼻子里轻哼："我这里就不烦了？"

少年张了张嘴，又抿紧嘴唇，有心置气，却终于还是憋不住，闷闷不乐地诉苦："我们几个同学约好了，假期一起去现场支持电子竞技大赛……"

惟希略微回忆了一下近期的电子竞技比赛新闻。"北美电竞联赛？"

"嗯。"白琨意外她竟然知道，"机会难得，还可以顺便参观心仪的大学……"

"但主要是玩。"

少年一噎，无法反驳。

"师傅已经在攒年假了，估计到时候会和师母一起带你去玩，顺便参观常春藤名校。"惟希扫了白琨胡髭初生的侧脸一眼。少年们总是无法体会家长的良苦用心，觉得烦，觉得难以沟通，索性放弃交流。

白琨抱紧了背包，不吱声。

惟希打开车载音响，任米茜埃利奥特的节奏强劲的饶舌歌曲瞬间充斥着小小的车厢，她不再同少年啰嗦。没过多久，少年伸出手，关上劲爆的音乐，略烦躁地摘下棒球帽，抓头："我知道了！知道了！惟希姐你和我说说话吧！"

"在乎你的人才愿意同你浪费唇舌，等下到了吃饭的地方态度好一点，知道了吗？！"

白琨大力点头，他清楚地明白，朝惟希任性抱怨，未必能得到回应，反而可能遭她鄙视。少年心中有一点点不为外人道的小秘密，最怕被这个又酷又帅的姐姐看不起。

白成潘先到本埠最大的自由贸易区进口超市采购了大量进口牛排与海鲜，又买足两箱葡萄酒与啤酒，这才满载着大量食材驱车前往约好的农庄。

惟希的小车跟在吉普车后面，在市区尚好，驶上高架，很快就被甩开若干辆车的距离。

"你该换一辆好一些的车了。"白琨并不是嫌弃，只是觉得徐惟希如果开一辆酷酷的车就更完美了。

惟希笑问："然后喝西北风去？"

白琨微微涨红了脸，连耳尖都泛着红："你来我家吃饭好了……"

"我才不要白天在公司里被师傅盯，下班以后还要在饭桌上继续被他盯呢！"惟希哈哈笑，眉眼里全是毫不在意的飞扬神采，"我不和你抢这项待遇。"

她的车在高架路跟不上师傅老白的吉普，索性找到最近的匝道出口开下高架，打开导航，定位老白说的地址，重新规划路线。

白琨凝视她认真的侧颜，忽然出声问："如果我出国读书，惟希姐你会想我吗？"

"会啊！"惟希笑着转头伸手在大男孩的肩头大力一拍，"你出国读书去了，师傅师母只怕要将满腔热情都倾注在我身上，努力助我脱单，那时候我会尤其想念你的。"

少年颓然地转开头，望向车外，努力不去看徐惟希灿烂的笑脸。

这是否就是代沟？白琨无力地想。

惟希悠哉地驾车行驶在地面道路的车流里，不疾不徐地出了闹市区。车开进郊县，车窗外的道路两旁便渐渐是绿意盎然的田园风光，鲜少能看见钢筋水泥的建筑物。缓缓弥漫开来的暮色之中，偶尔能看见农人戴着草帽扛着锄头走在田埂上，步履悠然，仿佛从时光深处缓缓而来。

在这样安然静谧似望不到头的乡路上行驶了大约二十分钟，导航软件里的男声引导惟希向右一转，开上一条仅可供两辆汽车堪堪擦身而行的小水泥马路。小马路两旁种满了高大笔直的水杉，茂密的羽状复叶在夏日傍晚晚风中轻轻摇曳，发出细细的沙沙声，使人的心绪一瞬间就宁静下来。小马路的路基两侧，是大片大片郁郁葱葱的植被，多数惟希都叫不出名字来，只是看着就让人觉得很舒服。连犟头倔脑的白琨都忍不住扒着车窗远眺前方。

在这样的小路上开了数分钟，猛然就见前面竖着一个青竹牌楼，悬山式，柱子上端微微耸出脊外，柱顶覆着毗卢帽以防风雨侵蚀，正中间横楣上，挂着一张题有"缓归园"三个红字的黑底匾额。

惟希乍见匾额，先是一愣，随即微笑。

陌上花开，可缓缓归矣。

忽然就对将要去吃饭的地方，心生无限向往。

汽车沿着乡间小路越向里开，乡村野趣就越发鲜明起来。池塘里白鹅与麻鸭在悠然自得地游来游去，暮色中传来忽高忽低的狗叫声，远处的农舍里炊烟渐起。

随着导航中醇厚的男声重复"您的目的地就在附近"，惟希的小车在水泥路的尽头向左转，眼前豁然开朗，一大片晒谷场出现在她面前。晒谷场上已然停了好几辆汽车，包括师傅老白的吉普车，看样子都是趁假期到此地来感受田园风光的。

白琨退门下车，惟希让他先进去："我把车停好。"

"我就在这里等你。"少年倔强地坚持。

晒谷场场地有限，惟希倒了两次车才将甲壳虫停得当当正正的，免得影响其他车辆出入。熄掉引擎，她推开车门跳下车来，恰好听见晒谷场另一头有篮球砸在篮板上又弹到地面上的声音。说好了要等她的少年已经不由自主循声而去，跃跃欲试。

惟希也被小狗欢快的叫声吸引，走了过去。

斜阳下一个身材健硕的高大男子在同一名颀长矫健的男子打一对一篮球。健硕男子穿着一件再普通不过的灰色圆领汗衫，一条薄款运动裤，夕阳余晖在他汗湿的橄榄色皮肤上镀上一层动人的金光。与他对抗的人则同他形成鲜明对比，白衬衫，牛仔裤，名牌跑步鞋，皮肤白皙让身为女性的惟希自愧弗如。

惟希一眼认出在夏天的傍晚挥汗如雨，一只黄黑相间的小土狗跟随着他奔跑跳跃，欢快地摇着尾巴，围着他嗷嗷直叫的男人。

卫倪一手控球，一手伸展格开欺身上来的对手，肩膀向后一顶，返身，投篮！

篮球在空中划出一道优美的弧线，空心入篮。

白琨将背包往晒谷场的地上一扔，大力鼓掌："好球！"

另一个坐在原木条凳上的女郎也笑起来："Lance你不是卫的对手。"

袖口卷到手肘的蒲良森接住落地后弹上来的篮球，夹在腰侧："运动上我一向不如卫悦，这点自知之明我还是有的。"

卫悦伸手拍一拍蒲生背脊："能保持现在的水准，已经很不错了，只要不疏于练习，想和我打个平手，也不是不可能。"

蒲良森朝惟希所站的方向扬一扬下颌："卫，女朋友来了。"

卫悦反身，还没出声，跟在他脚边转来跳去的小土狗却先他一步，撇开四条腿，微微弓起后背，很有地盘意识地朝着惟希和白琨"汪汪汪"吠了起来。

卫悦弯腰摸了摸小土狗的脑袋："来福，别叫。"

小土狗一脸享受地在他手心里蹭了蹭脑袋，然后不是很情愿地在喉咙里又呼噜了一声，终于安静下来。

卫悦这才直起身来，望向惟希，一双深棕色眼睛沉浸在傍晚的金晖里，似带着千言万语。

"嗨！"惟希嘴角泛起一抹微笑，朝他挥手。

"你来了。"卫悦走向她，小狗来福在他身后亦步亦趋。

惟希还没来得及答复他，站在一旁的白琨却先一步半挡在她跟前，略带敌意地微侧头问："惟希姐，你认识他？"

少年心里本能地升起危机意识。眼前的男人太过高大健硕，运动过后发梢上带着汗，有汗珠顺着喉结滑落，圆领汗衫被汗水洇湿，显出胸膛结实的轮廓，透出一种压迫的气势。他和他完全不在同一个层次上。大男孩儿心里有点失落，原来惟希姐喜欢这样的类型……

惟希一把薅住白琨的领子，顺势把他带到自己的身边，随后对卫悦浅笑："你也来了。"随后捏住意图挣脱她的少年的脖颈，"这是老白的儿子，白琨。白琨，这是卫悦。"

白琨一梗脖子，使劲挣脱惟希的手，抄起扔在地上的背包，大步跑向不远处的建筑。余下两个大人望着他一骑绝尘的方向。

"少年维特之烦恼？"一个问。

"终将过去，不留痕迹。"另一个答。

两人并一条小狗慢慢走向农庄里的农舍，另一头的未婚夫妻已经挽肩把臂在他们前面不远处喁喁私语。

农舍门口支了张桌子，离得老远已经能闻见清蒸大闸蟹特有的香味儿，随着晚风掠过鼻端。有两个大嫂正围着桌边在拆蟹粉，桌子正中一盘蒸熟的大闸蟹，两人面前各有一只白瓷圆碗，中年阿姨一手执蟹，一手持扁尖头竹签，顺着蟹身长势剔出蟹肉。其手势纯熟老练，丝毫不影响两人聊天。

看到卫傥惟希并肩走近，盘着头发的大嫂笑着打趣："老板回来了，不要偷懒了。"

坐在她对面圆脸微胖的大嫂笑眯了眼："小卫才不是这么苛刻的老板呢，小卫最和气了。"

"听说老板今晚要亲自下厨做蟹粉狮子头，哎呀呀，有口福喽！"

惟希抬头看向卫傥，他微笑，柔和了脸上刀削斧凿的棱角："欢迎光临在下的农庄。"

惟希忽然觉得卫傥是个妙人。经营着一间本城最大的保全公司，大到各类型国际会议和展出，小到公司与住宅小区，都有雷霆保全公司承接的业务，行事低调又出人意料，就像她想不到他会拥有这样一座和他本人风格截然不同、叫人生出无限好感的农庄，并且会亲自下厨做菜。

缓归园里的农舍是一处典型的江南农居，傍水而建，黛瓦青砖，雕梁翘角。底楼进门是宽敞的客堂间，桌明几净，先惟希一步进门的老白夫妻已经坐在一面临水的轩窗前，倚水品茶，见卫傥引惟希进门，两夫妻交换一下眼神，老白心领神会，不等惟希再往里走，便遥遥朝她举一举茶杯："这块风水宝地我们先占了，卫傀你带惟希另找一个好位置看风景吧！"

同来的公司同事起哄："老白要和嫂夫人单独约会啊？早知如此，我们就不来当这个电灯泡啦！"

"就是就是！连爱徒都这么毫不留情地赶走，哪里还有我们的立足之处哦！"

老白听了，抓一把花生朝起哄的两人掷去："再啰嗦就赶你们出去喂蚊子！"

众人哄笑，室内顿时热闹起来。

惟希暗暗瞪了师傅一眼，你敢不敢做得更明显一点？！

老白只管拿后脑勺对她。

客堂间另一边与未婚夫同坐的邵明明朝惟希招手："惟希！"

卫傀笑问惟希："一起坐？"

惟希点点头，虽然她内心深处是很想离这对未婚夫妻远一些，但是看到邵明明与蒲良森相偕而笑，又并不想为他们平添什么变数。毕竟男才女貌，真真是一对璧人。

才一迈步，惟希手心倏忽一热，垂眼望去，卫傀指节分明的手轻轻握住了她的，自然得如此天经地义，仿佛曾这样携着她的手走过每一段路。

卫傀牵着惟希走到未婚夫妻坐的八仙桌旁，替惟希拉开四腿八拴束腰直背雕转珠的鸡翅木八仙椅，等她落座，自己才坐到她身边，取过桌上的茶壶茶盏，为她斟茶倒水。

邵明明半支香腮，眨着一双明媚大眼注视卫傀将倒得八分满的茶杯搁在盏托上递给惟希，半真半假地冲蒲良森叹息："原来卫大哥是这么细致体贴的人啊，和你形容得截然不同……"

原本展臂搭在未婚妻八仙椅椅背上的蒲良森闻言，似笑非笑地收手摸一摸她的头顶，然后为她在茶盏里续上半杯热气缭绕的茶水，又向卫傀传授经验："老婆永远是对的，只要她使眼色，哪怕她根本不喜欢喝茶，你也要立刻看眼色替她斟上。"

“我有这么不讲理么？”邵明明侧头，嘟嘴问。

她今天穿一件藕粉色小尖领真丝衬衫，搭配一件淡淡薄荷绿丝光羊绒针织开衫，颈上戴一串镶淡金色珍珠项链，褪去了坚硬干练的一面，通身都是柔软娇俏的味道。

蒲生执起她戴着订婚戒指的手，在手背落下轻轻一吻：“不，因为我爱你之故。”

两人四目相对，胶缠在一处，慢慢靠近彼此，勾颈亲吻。

惟希几乎没地方落眼，心里大是感叹，蒲生此人真是情话技能满点。

卫傥在她耳边徐声问：“我打算进厨房看看，要不要一起去？”

惟希大力点头，要要要！

惟希跟在卫傥身后走进厨房，顿时大感亲切。

农舍的厨房和她家老房子里的厨房是一样的，青砖砌成半人高的炉灶，灶台上铺着白瓷砖，两处灶眼里各坐着一口黑黝黝朴实无华的生铁大锅，眼下木质锅盖严严实实地盖在大铁锅上，有丝丝缕缕的热气从锅沿逸出，带着诱人的香气。下头灶膛里烧着柴火，偶尔发出哔哔啵啵的爆裂声，灶台一边的四层红漆嵌螺钿花鸟开门的碗柜里整整齐齐地摆放着一应餐具。另一头的木质长案上则堆满各种各样当季的食材等待处理，师傅老白采购的整扇小牛肋和海鲜也在其中。

卫傥从门边的挂钩上取下白围裙系在腰上，指一指长案边的架子，对惟希道：“上头有刚摘下来的石榴，最初开始筹建农庄的时候，栽下去的石榴树，今年头一次结果。正宗的突尼斯软籽石榴，你尝尝看，不甜不要钱！”

说完，他自己都忍不住微笑起来。

惟希踱过去，果然看见架子上头搁着好几个竹匾，盛装着各色鱼干菜干，其中一只竹匾里是几只滴溜滚圆、饱胀得好像要裂开来的大石榴。

卫傥执水果刀刀背，将刀柄递向她。惟希接过两个做埃及人姿势的小人标志的水果刀，轻轻剖开石榴，随着刀尖切入到光滑的果皮，她几乎能听见空气中"哼"的一声，红色的石榴皮顺势就崩裂开，露出里头鲜红饱满如同红宝石般的石榴果粒来，被刀尖戳破的果粒里浓甜的红色果汁流到惟希的指尖上。

惟希下意识地将手指上的果汁吮了吮，甜蜜的味道令她忍不住叹息。

卫傥掇条板凳给她："坐着慢慢吃。"

她有些不好意思地呢喃了一句"谢谢"，坐在木凳上，一面剥石榴吃，一面观察卫傥。

他像是行走在厨房之中的国王，慢条斯理地悠然，却又井井有条地从容，一切都臣服在他的脚下，秩序井然。他不费吹灰之力地拿起整扇小牛肋排，用厨房纸吸去表面的血水，在牛肋排表面撒上一点盐，稍微用手抹开后放在一边，随即取过一个双耳大铸铁盘子，往里倒满粗粒海盐，铺满整个盘底，之后将老白带来的海鲜用水冲洗一下同样吸干表面的水分，一股脑将虾和贝类堆叠在海盐上，信手切半个柠檬与迷迭香、罗勒一起塞在食材的缝隙里，以粗粒海盐将所有的海鲜埋起来，拿烧烤用的锡纸将整个铸铁盘团团包裹，端起来阔步走到灶台跟前，弯腰，徒手塞进其中一个柴火烧得旺旺的灶台里去，起身抬腕看表。

"八分钟。"

惟希吹一声响亮的口哨表达自己的敬佩。

厨房侧门两个大嫂捧着拆好了的蟹粉碗进来，听见口哨声，圆脸大嫂乐了："哎呀！原来老板喜欢会吹口哨的姑娘！"

盘发大嫂眨眼睛："不是随便哪一个会吹口哨的姑娘都行，村口烟纸店金带娣也会吹……"

大嫂们心领神会地相视哈哈哈笑起来，不过见惟希并不害羞局促，两人遂将蟹粉放在条案上，挤眉弄眼地离开厨房，走得老远了还能听见她们的笑声。

卫傀恍似未觉，自去大冷藏柜里拿出一爿猪前腿，拎起来"啪"一声放在条案上，惟希听声音就知道这爿猪肉分量不轻。只见他将猪腿前后左右细细端详数秒，便抄过刀具架上的中式片刀，斩件去骨，将其中最好的一块肉脂均匀的肉皮一面朝下，拎起一点点猪肉，将刀刃斜切进肉与肉皮之间，扯住下面的猪皮，往自己身体方向微拉，刀刃轻易地在肉皮与白色脂肪间前行，不过是一个喘息的工夫，一块完整的猪皮就取了下来。

卫傀将猪皮放在一旁："这是好东西，做成皮冻最好吃。"

惟希大力点头："我小时候，冬天祖母常向肉摊老板索客人弃之不要的猪皮回来，用烧热的铁锅把猪皮表面的猪毛烫去，焯水后切成细细的丝，放两片生姜进去，熬一锅浓浓的猪皮汤，整锅搁在室外半天就变成一锅皮冻。吃饭的时候切一块改刀成片，蘸着蒜蓉酱麻油，那味道！"

卫傀听得微笑连连，他懂得她一字一句里关于味道的回忆的每个微小的细节。他把去了皮的猪肉捧至水斗边稍微冲洗，以厨房纸将表面的水吸干，重新放在砧板上，取另一把厨刀，先切小块，随后左右开弓，手工剁起肉来。

惟希为他丝毫不逊于专业厨师的手法所折服："你是怎么做到的？"她也下厨，但充其量是家常菜初级厨艺，再复杂一点的，不是不能尝试，只是一方面嫌麻烦，一方面她一个人烧饭，懒得弄步骤繁复的菜式。手工剁肉馅更是从没尝试过。

卫傀的刀在砧板上剁得"哚哚"有声："熟能生巧。"

惟希很好奇以他的年纪和从事的职业，有什么机会熟能生巧，可是又深深觉得自己再问下去或恐有探人隐私之嫌，遂将吃了一小半的石榴放下："这是做狮子头用的？可需要我帮忙？"

卫傀看一眼她跃跃欲试的面庞，将两柄厨刀让给她："你帮我剁两下，我去给烤盘转个方向。"

惟希走过去接过两把中式厨房刀，猛地觉得手腕一沉，不由得暗暗咋舌。她平时在家用惯西式厨刀，几乎没摸过中式片刀，想不到竟然如此之重，真要想将两把都抡起来刀肉，没有一点臂力和腕力，还真做不到。不过是卫傥走到灶膛跟前弯腰将铸铁盘用通炉灶用的铁钎勾出来转一百八十度再推回去的时间，她剁了十几下，已觉得手臂有点酸。

卫傥从灶台边返回条案前，站定看着惟希两秒，伸手稳住她的胳膊："肩膀和上臂不要动，手肘稍微夹住身体两侧，用小臂带同手腕，挥刀幅度不要太大，这样既节省体力，也能很好地使力。"

惟希按照他教的方法，虽然觉得姿势有点别扭，但果然比刚才省力得多。

卫傥默默看了片刻，觉得她已经掌握了要领，才上前接手："这里交给我处理，得麻烦你帮我把那筐青菜摘一摘，每颗青菜只留菜心和外面的三片嫩叶。"

惟希鞋跟一磕："是！保证完成任务！"

当晚的晚餐摆在客堂间后头临水的檐廊上，连主人家同八位客人，支了两张八仙桌。众人仿佛约好一般，将惟希赶到主桌和卫傥与薄邵二人同坐。

"去去去，你们年轻人坐一桌，有共同语言，不要来和我们中年人凑热闹！"老白赶小鸡似的摆摆手，又一把拽住想要跟过去的儿子，眨眼睛，"你过去凑什么热闹？给我老老实实坐在这里吃饭！"

白琨恼怒非常，几乎想踢了凳子走人，可是却又想起自己答应了徐惟希吃饭的时候态度要好一点，只能闷闷不乐地将脸一撇。

惟希从善如流，到主桌落座。

卫傥和留下来帮厨的大嫂从厨房上菜的时候，见惟希坐在邵明明下首，背对客堂间的槅扇门，微微侧头，似在倾听。晚间水面上的风吹过檐廊，带起她颊边的短发，她伸出手将调皮的发丝挽至耳后。看得出她的肢体惬意而放松，那点她在蒲良森未婚夫妻身边会觉得不自在的担心退去，卫傥扬声说："开饭了开饭了，让大家久等了！"

两位大嫂先后送上凉拌鱼皮、糟卤毛豆和酒香醉虾等六色凉菜，随后推上一辆餐车，待餐车推到檐廊，揭开椭圆形大餐罩，瞬间香气扑鼻而来，餐盘上盛着一只脆皮烤乳猪。

卫傥亲自戴了手套，执刀将烤乳猪片成大小厚薄均匀的薄片，趁热端至桌上。

"特地从广西运来的巴马香猪，肉质细嫩，大家尝尝看。"卫傥介绍。

"南北朝贾思勰在《齐民要术》中称烤乳猪'色同琥珀，又类真金，入口则消，壮若凌雪，含浆膏润，特异凡常'，卫傥你做的这只烤乳猪色香形已具，就看味道如何了。"蒲良森像是没想到卫傥竟有如此厨艺，他笑着打趣，"我以为你说亲自下厨，无非就是做两道家常菜招待我们。"

"家常菜怎么入得了你的眼？"卫傥微挑浓眉，"我还指望你蒲公子替我这农庄打广告做宣传呢！"

说完准备返回厨房，蒲生忙招呼他："别忙，先坐下来边吃边聊，菜可以慢慢上，酒却是不能不喝的。"

帮厨的阿姨赶他入座："老板忙了一下午，快歇歇吧，厨房里有我们看着。"

卫傥并不推辞，顺势坐在惟希对面。

惟希早在大家客套时候取了筷子，夹一片烤乳猪，不蘸任何调料，送进嘴里，轻轻一咬，唇齿间先是酥脆的"咔嚓"声，随后鲜嫩的肉汁在齿颊内迸开来，酥嫩鲜香，回味无穷。

惟希点点头，卫傥所言非虚，肉质确实和市面上普通的猪肉不同，细而不柴，肥而不腻，让人更加期待他做的蟹粉狮子头了。

席间众人相谈甚欢，老白趁着酒意诗兴大发，一边举着酒杯，一边拍着儿子白琨的肩膀："雄关漫道真如铁，而今迈步从头越！儿子你好好读书，爸爸妈妈攒钱送你出国！"

少年略显单薄的后背被他拍得"空空"响，略微涨红了脸，想发脾气又强忍着。

惟希看见师母在师傅腰侧狠狠拧了两把："老白你喝多了，快坐下！"

平日里稳重如山的老白晃一晃身，到底还没醉，顺势坐回八仙椅。

蒲良森闻言先对卫侥一笑，随后隔着桌子对老白说："白老师打算送令郎出国求学，哪里用得着您与嫂夫人攒钱这么辛苦？我们公司设有教育奖学金，令郎可以提出申请，符合条件便可获得，我公司不要求任何的后期回报。"

老白微愣，还没做出反应，白夫人却已经双目如炬直望过来。

"真的？要怎么申请？"

蒲生笑眯眯的："今天出来聚会，意在吃喝玩乐，谈升学太煞风景。嫂夫人要是确实感兴趣，不妨假期结束后与令郎来我公司面谈，做个详细的规划。"又笑吟吟地一指刚送上来每人一盅的蟹粉狮子头，转开话题，"这可是卫侥的拿手绝活，平时轻易不肯亲自下厨做的，我们今天有口福了。来来来，一定要趁热品尝！"

惟希看向卫侥，他朝她点点头，示意她少安勿躁，惟希遂安心揭开甜白瓷炖盅盖，清澈澄黄的汤里一枚婴儿拳头大小的狮子头载沉载浮，碧绿生青的青菜心点缀一旁，揭盅的一刹那诱人的鲜香味道扑鼻而来。取调羹先舀一匙汤品味，清甜鲜美，小火清炖的蟹粉狮子头咸鲜腴嫩，又丝毫不掩明李贽人对大闸蟹"蟹之鲜而肥，甘而腻，白似玉而黄似金，已造色香味三者至极，更无一物可以上之"的赞美，舌尖上仿佛清新的湖风掠过。

"想不到卫你的厨艺如此之高超，将来的卫夫人真有福气。"邵明明朝未婚夫眨眼睛，"我们应该常来吃饭。"

蒲良森宠溺地微笑："好，没问题。"

惟希在心里很是附和邵明明的提议，不过也知道自己和卫饶远没熟悉到可以常来蹭饭的程度，因而只是举起手边的桂花酿，致意卫饶，卫饶笑着举杯回敬。

酒过三巡，菜过五味，不胜酒力的白夫人起身回房间，惟希见师母脚步虚浮，忙上前搀扶。师母靠在她身上，仿佛自语，又似呢喃："惟希，你师傅在单位的时间比在家多，和你相处的时间比和我多，他更听你的……他是死脑筋，从来不肯变通。换作平时，我也就随他去了，可是事关小琨的将来……你劝劝他，这么好的机会，不能错过。"

惟希转头，只能看见师母微醺的侧脸，半垂的眼帘遮挡住她的眼瞳，无法窥见她此刻的内心。惟希无声叹息，扶正了半倚半靠的师母，将她送到楼上的客房里。

安置好师母下楼，楼下客堂间的夜宴已经散了，唯有两位帮厨在收拾餐桌。惟希有心上前帮忙，胖圆脸大嫂挥着手，嗓门洪亮："这里有我们就行了，小姑娘出去走走，消化消化！"

盘发大嫂笑哈哈地点头附和，还不忘指点惟希："绕过房子，后面有一个靠水的小亭子，风景赞得不得了，可以去看看。"

惟希依言走出客堂间，外头夜色沉沉，乡间没有什么灯红酒绿的夜生活，周遭早早地陷入到一片幽静里，偶有蛙声从远处传来，风中若有似无的桂花香气缭绕在鼻端，细细分辨却又无迹可寻。她按着大嫂所指，绕过两层楼的农舍，顺着鹅卵石拼花小径，穿过一丛茂密的阿拉伯婆婆纳，来到农舍后头。

屋舍后有一条仅可供一人勉强通过的青石沿，通往屋后的水埠，旁边就是自客堂间轩窗望出来的清澈小河。河水蜿蜒曲折，顺着地势流往另一头的大池塘。不远的上游处，正静静矗立着大

130

嫂说的"小亭子"——一间半凌于河面上的水榭。

惟希信步走向水榭，青砖小路两侧的草丛里间或有秋蛩轻鸣，与蛙声相映成趣。桂花的香气渐渐浓郁起来，在青砖路尽头，惟希借着星月天光，发现两株桂花树，树干以一种扭曲的方式合抱在一起，一树枝头开满金桂，另一树则满是银桂，彼此的香气交织，浓郁却又冷清。

难怪两个大嫂力推此处，惟希暗想。走过桂树，夜风轻拂，一阵花雨扑簌簌落下，沾染得她一肩冷香。惟希漫步来到水榭前，踏上连接水榭与河岸的几乎贴水而建的木桥。中秋已过，天空一弯下弦月倒映在水中，走在桥上，仿佛御水而行，有种不可思议的幽谧。

惟希走近水榭，蓦然借着淡淡的月光，看见卧在木桥尽头的小土狗来福，想转身离去已是不能，来福机警地支起上半身，短促地"嗷嗷"叫了两声。水榭里传来卫倪低沉的声音："来福，这么晚了，不许叫。"

小狗也许觉得委屈，喉咙里低低呜呜着，把头埋在两只前爪下面。

惟希好笑地经过来福，伸手挠一挠它的后脖颈，它想躲开，却又舒服得难以抗拒，直打小呼噜。

"它喜欢你。"卫倪背对着惟希，坐在水榭面水的敞门门槛上，宽厚的背影有种说不出的寂寥意味。

惟希走到他身旁，拉一拉牛仔裤的裤脚，学着他的样子在门槛上坐下。水榭外是静静流淌的小河，意外地有一片荷花，开在十月的桂香中。虽然开得并不如何蓬勃，然而当河面上的晚风如顽皮的孩童抚过将谢未谢的荷瓣，花瓣缀在花托上摇摇欲坠，留恋不去，并着丝丝缕缕的冷冷桂香，让人平生三秋桂子，十里荷花的感慨。

惟希想，如此美景，真是让人只愿沉醉不愿醒。

小狗来福终于忍不住跑过来，绕着两人的腿边打转，打破宁静。惟希伸手摸一摸它的耳朵，它就愉快地直蹭她的手心。

"今晚的菜肴可口极了，完全不输给外面五星级酒店的行政总厨的手艺，我吃得很开心。"惟希诚心诚意地向卫俍表示谢意。她原本以为就是普通的农家乐口味，没想到会享受到顶级餐厅才有的美食。

卫俍闻言侧头，捞过在惟希手心里撒欢的来福，捧着它的脸用力揉了揉："我的厨艺和外面的餐厅还能比，不过比我师傅还差得很远。我师傅他……即使用信手从山野树林里采的野菜，也能做出回味无穷的美味来。"

他语气中的怀念与感伤令惟希不敢贸然追问，可是又禁不住心中好奇，卫俍怎么会跑去山野里吃饭？

卫俍一叹，伸出揉过来福的手，在她头顶也大力一揉："真是个不会聊天的姑娘……这时候你该睁着一双大眼睛好奇地问我'你师傅真这么厉害？'话题才能继续，我就可以接着说一个煽情的感人故事。"

惟希老脸一红，完全没注意他的话，只觉得头顶上他的手又大又温暖，脑海里乱七八糟地想，武侠小说里描写"一股热流注入头顶百会穴"，大概就是这个感觉吧？

卫俍收回手，抱着来福站起身来："走吧，挺晚了。入秋天凉，不宜在水榭坐太久。早点睡，明天带你们去钓鱼抓螃蟹。"

惟希站起来，微凉的夜风将她脸上的热意吹散，她暗暗唾弃自己，果然和唐心相处得久了，近朱者赤，近墨者黑，也变得对男色失去抵抗能力，被摸个头就脸红心跳，真是太没出息了！

10

桂花甜酒酿
GUI HUA TIAN JIU NIANG

次日清晨，惟希还没睡醒，外头熊孩子白琨已经在大力敲门。

"惟希！惟希！你起床了没有？我们一起去看日出！"

惟希做了一夜光怪陆离的梦，好不容易才睡踏实，就被吵醒，迷迷糊糊抬头一看，客房里的挂钟才指向六点，不由得呻吟一声把头用枕头蒙起来，企图抵挡门外不断传来的魔音，寄希望于得不到她的回应的白琨能失去耐心放弃拉她一起去欣赏日出的念头。

很快门外少年的声音就消失了，然而惟希也彻底地失去睡意，只好爬起来刷牙洗脸。对着镜子里睡眼惺忪，满脸床单纹路印子的自己，惟希怔忪失神。昨晚的梦荒诞离奇，梦里陆骥踩着七彩祥云来向她求婚，求婚戒指上的钻石足有鹌鹑蛋那么大，周围镶满瑰丽的粉红色碎钻，火彩闪瞎她的眼。就在她犹豫是否接受这突如其来的求婚时，忽然路边一个魁梧的男子搭起大排档，用低沉浑厚的声音吆喝着："消夜每种十块，肉串十块钱，海鲜十块钱，统统十块钱，买不了吃亏，买不了上当！"她在昂贵的钻石和路边摊消夜之间犹豫了一秒，果断转身投奔香气诱人的大排档……

惟希朝镜子里的女郎做一个鬼脸，女郎还她以相同的表情。惟希失笑，伸手接一捧沁凉的水泼在脸上，整个人顿时彻底清醒。换下睡衣，穿上衬衫牛仔裤，惟希拉开客房的窗帘，晨光透过雕花窗棂照进来。

惟希下楼与师傅一家和同事吃早点。熬得浓而不稠的白米粥，刚出笼的蟹粉小笼，白胖暄软的小馒头，佐以农家自制的脆酱瓜，六月黄做的蟹糊，挑剔如白珉也坐下来安心埋头在这地道而纯粹的美食里，被新蒸出来的蟹粉小笼烫得嘶哈咧嘴也不放。

老白看了老怀大慰，一边掰开婴儿拳头大小的馒头，用筷子挑一点咸鲜的蟹糊，像黄油似的抹在上面，一夹，咬一大口，再就着热乎乎的白粥送下肚去，然后忍不住对在座诸人笑道："多亏了我选的好地方吧？要不是小卫特意给我们留了一晚出来，想订他这里的桌位根本定不到！谢谢小卫！"

卫傀闻言抬头朝老白微笑："白大哥要来，自当随时欢迎！"又向大家介绍上午的活动安排，"喜欢泛舟湖上可以乘船享受鱼塘垂钓的悠闲，要是想体验一下务农的乐趣，等一会儿就和我一起下田吧。"

别扭少年白珉扫光一屉小笼，嘟囔："谁要和你下田！"

老白在桌子下头轻踹儿子："吃饱了？吃饱了和我钓鱼去！"

白珉还想犟头倔脑，被老妈在背上拍了一把，拖起来与众人打招呼："我们吃完了，你们慢慢吃。"然后拽着他和老白向外走。

惟希埋头忍笑，所有惨绿的少年时光，都少不了这样的画面吧？

吃过早饭，外头不意竟下起了蒙蒙细雨，几个同事索性留在室内搓麻将。邵明明蒲生两人很有情调地共撑一把油纸伞，雨中散步去了。卫傥取过门旁的斗笠，换上一双黑胶高筒水靴，问站在门边看雨的惟希：

"一起去？"

惟希点点头，她三岁以前随祖父祖母下过地，二老在田里干活，把她搁在竹背篓里，往田埂上一放，背篓里还装着她的绒布玩具和自家地里结的甜芦粟。甜芦粟青绿色的外皮已经被祖父细心地剥去，只留里头浅绿色甜嫩的芯子，截成一段段手指长短，她坐在背篓里，自己玩一会儿玩具，无聊了就啃啃甜芦粟，嚼一嚼把渣吐在田埂上。时光散淡得不可思议。

后来上了幼儿园，渐渐就很少再随祖父母到自家田里去玩，再后来……祖父去世，田地被国家征收，一切都不复从前。

卫傥将自己手上的斗笠戴在惟希头上，问："你穿多大的鞋？"

"三十八码。"

"稍等。"卫傥转身往厨房方向去，等他去而复返，手里已多一双全新的柠檬黄雨靴，"试试看大小。"

惟希接了鞋换上，跺跺脚："正合适。"

卫傥也戴上斗笠，摘下挂在门边的竹篓，两人一起步入细雨中。初秋的晨雨来得十分突然，下得细且密，不过是一会儿工夫，地面已被打湿，空中一股江南特有的迷离水气，呼吸间都觉得湿哒哒的。

惟希跟着卫傥走过门前停着汽车的晒谷场，沿着水泥车道步行了六、七分钟后转弯下了路基，两旁就是大片稻田。水稻已近成熟，金黄的稻穗沉甸甸的，半垂着头，雨水凝结在穗尖上，将落未落，仿佛害羞。

卫傀先一步踏上可供一人行走的田埂，伸手搀扶惟希从路基上跨下来，防止她在雨中略显泥泞湿滑的田埂上摔倒。待他们踩进垄沟里，隔着雨靴惟希都能感受到稻田淤泥的湿冷，一陷进里头，很有点寸步难行的意味。

他们的到来惊动水田里憩息的生物们，"哗啦啦"水声响动，稻叶轻摇。惟希眼尖，指着眼前稻秸间隙："有鱼。"

卫傀伸手微微拨开一丛水稻："养蟹的时候，蟹苗长到一定大小后，放了一批鱼苗进去，作为它们的动物性饵料，大部分鱼苗被吃掉，少数幸存下来。"

卫傀的描述十分简洁平淡，惟希却从中听出惊心动魄来。她没有真正务过农，乡间生活最接地气的也不过是挖挖野菜、摘摘野果，偶尔捉捉蜻蜓、扑扑蚂蚱，长大后倒是帮祖母伺候过院子里的瓜果蔬菜，但也仅仅是在祖母指挥下浇水施肥而已。种地养鱼之于她，是完全陌生的领域，但卫傀谈及这个话题，却是信手拈来，毫不生疏。

"一定很好吃！"惟希对着游鱼远去的影迹，感慨。

"其实一般，因为养在稻田里，鱼的肉质难免会有土腥气，不宜清蒸炖汤，只适合做红烧鱼块。"卫傀好笑地看着惟希垂涎三尺的样子，"喜欢吃鱼的话，等一会儿去鱼塘里捞两条鲜活的，中午一鱼三吃。"

"好好好！"惟希大力点头，有好吃的她才不同他客气。

卫傀笑起来，眼角有两条笑纹："现在先抓螃蟹。"

惟希在水田里举步维艰，稍一抬腿，脚倒是拔出来了，水靴却陷在湿滑的泥地里，惟希保持着金鸡独立的姿势进退两难，觉得甚是滑稽，忍不住笑起来。

"要像这样走。"卫傀见她脸上笑容灿烂，也不由得微笑，一边走向她一边示意，"不能拔腿，两只脚要像推土机一样，蹬着走。"他走到她身边，将陷在淤泥里的雨靴拎出来，小心翼翼地避免泥水蹭到她裤子上，然后替她穿回脚上。

路基上传来响亮的口哨声。惟希循声望去，只见两个黑衫麻裤的青年肩扛手拎着工具站在路边，满面戏谑地望着她和卫傥。两人年纪相仿，身高也差不多，皮肤都晒得黝黑发亮，肌肉结实，体型健硕，一看就是长期在阳光下劳动的样子。惟希觉得其中一个青年十分眼熟，惟希微眯被雨雾润湿了睫毛的眼睛，在记忆里寻找相关的信息，青年却先一步认出他来，慢慢收敛了脸上大咧咧的笑意。

"徐警官。"他淡声打招呼。

另一个青年听得这一声，脸上的戏谑淡去，略带防备地瞪着他。

惟希几乎立刻回忆起与她打招呼的青年是谁。那时候她才毕业，通过职位竞争考试被录用，分配到陆骥所在的刑侦队。她刚入职时，恰逢金融区有抢劫团伙连续作案，上级安排她和陆骥假装成一对情侣，和另一对公安干警假扮的夫妻，与两队便衣警察持续数天在金融区卧底。两对假情侣每天交换卧底区域，开高档轿车，背名包戴名表，携带大量现金，出入金店和珠宝行，假装选购珠宝首饰。终于在第八天成功抓捕一个抢劫团伙，该团伙有组织有分工，两人负责挑选目标，两人专司跟踪，三人实施抢劫，一人接应，一人望风。他们专门挑晚上，在车库对在金店和珠宝行购买金饰和金条后准备离开的情侣下手，整个实施抢劫的过程十分迅速，前后不超过两分钟，随后由负责接应的人开车将负责抢劫的三人载离车库。

眼前这个看起来十分面熟的青年，正是当年负责望风的人。整个团伙被抓获时平均年龄不足十九岁，年龄最大的才刚二十三岁，他则是其中年龄最小的，尚不满十六周岁。因为当时案件影响恶劣，所抢财物金额巨大，所有嫌犯都克以重刑，他虽是未成年人，也被判处有期徒刑三年。

惟希记得他被捕时十分淡然，到案后对自己的罪行供认不讳，说父母只顾做生意没人管他，他又不爱读书，整日无所事事闲极无聊，结识了几个学校里的混混，又通过他们结交了社会上的闲杂人员。男男女女聚在一起看美国大片的时候，觉得抢劫又酷又容易，干脆模仿起警匪片里的情节手段，实施起来。

这些整日无所事事的小混混从摸底跟踪，通风报信，到动手强抢，接应逃离，计划周密详细，手法老到，完全不像是新手，要不是他们太相信自己，没有变换惯常的犯案区域，而是流窜作案，抓捕起来恐怕难度会大大增加。

惟希想起这些事来恍如隔世，朝青年微微点头。她不清楚卫傀是否了解青年的底细，不过以卫傀的工作性质，这些恐怕早已调查得清清楚楚，所以她无意多嘴。

卫傀对两名青年挥手："今天的鱼塘交给你们承包了，带我们的客人多钓几条鱼上来！"

两个年轻小伙应了一声，临走前看了看惟希，仿佛不安，又像如释重负，一个拉着另一个跑远了。

卫傀等两人跑出他们的视线，才笑着问惟希："认识乔司令？"

惟希点头："印象深刻，不过那会儿他还是个白白净净，看起来很斯文的孩子。"

父母为孩子起名"司令"，其野心显而易见，必然是希望他将来大有作为的，断然不会想到他们的宝贝儿子在他们拼命工作赚钱无暇他顾的当口，成为了江洋大盗中的一员。

卫傀笑一笑，一边在稻田旁的垄沟里寻找蟹洞，一边闲聊："我和相关机构有合作关系，农庄每年会录用一些重新踏上社会的少年犯，为他们提供食宿和工作。做五休二，交五金，有年终奖，待遇并不比外面公司差。他们两个是同一批来农庄的，一直互相扶持帮助，干活也卖力，是两个不错的帮手。"

惟希听得心中一动。她想起被打断了腿躺在医院里的徐惟宗。并不是她多顾念这个成天惹祸撩骚的弟弟，而是想从根本上断绝他和那些没事就斗鸡走狗，满肚子算计的人的接触往来，免得他惹下更大的祸事让老父和老祖母受牵连。

父亲和祖母年纪大了，实在经受不起王女士和徐惟宗隔三岔五的骚扰，而她又不可能时刻守在二老身边。

"你这里还招人吗？"惟希跟在卫傥身后，学着他的样子在泥筑的沟垄上寻找洞口，随口问。

"并不对外招聘，一般由合作的机构推荐需要重新回归社会的刑满释放人员，先试用三个月，如果表现良好，就可以正式被农庄聘用。他们大多数不会在这里工作太长时间，两到三年为一个周期。在工作之余，农庄会组织他们继续读完高中或者大专课程，掌握一技之长，将来可以在社会上立足。"

卫傥详细向惟希解释整个招聘任用的过程："雷霆保全公司对他们进行追踪回访，以防止他们再次误入歧途。这是一个长期的合作项目，不以盈利为目的，旨在帮助曾经迷失自我，然而愿意振作起来重新做人、融入社会的年轻人。第一批来农庄的八个人已经全部完成高中学业回归家庭和社会，也拥有了自己的工作和事业。"

惟希能感觉得出来，他并不是在邀功炫耀，而是真心替他们高兴。

"如果我想介绍一个人过来面试……"惟希怕他为难，"算了，还是不要了，我只是多嘴一问而已。"

她不希望留给卫傥一个仗着认识非要他大开方便之门的印象。在她经历过自己母亲的无理取闹之后，太了解要求别人因工作便利行举手之劳在他人来说，往往是一种莫大的负担，而提出要求的人却并不自知。

"你不是当老师的吗？顺便帮我女儿补补课呗！"

"听说你儿子在电视台当导演，我孙子唱歌老好的，让你儿子选我孙子当演员吧！"

"都说你写小说写得不错，干脆替我把思想总结报告写了好不好？不多，三千字，对你还不是小菜一碟？"

类似的情景惟希见过不少，她不想因自己的请求给卫倪带来不必要的困扰。

卫倪思及自己和她几次三番巧遇，一次在钟放的新百乐门夜总会，以及不久之前在医院里，结合这先后两次偶遇她的表现，他几乎可以肯定和她那个断了腿躺在床上还眼睛骨碌碌乱转，一看就不老实的弟弟脱不了关系。

"也并非绝对不对外招聘，只是外界并不知道这个信息罢了。欢迎随时带人到雷霆面试，农庄长期需要人手，尤其农忙的时候。"他极其诚恳地对惟希保证，"请不要同我客气，录取与否并非我个人一言堂，最终要看是否达到农庄的要求。"

卫倪找到蟹沟两侧的蟹洞，自竹篓里摸出饵料，投在蟹洞外头，然后抖出一大块防水油布，摊在田埂上，拍一拍示意惟希坐上去："现在只需要坐着等螃蟹上钩。"

两人并排坐在油布上，迷蒙的晨雨渐渐停歇，空气中水雾弥漫，呼吸间满是空山新雨后，天气晚来秋的清冷，卫倪侧脸问只穿着一件白色比马棉衬衫和一条深蓝丹宁裤的惟希："冷不冷？"

惟希一愣，要想一想，才答："不冷。"

生活中，好像除了父亲，再没有什么人关心她冷不冷，这个问题经久没有父亲以外的人向她问起过。她也习惯了自己照顾自己，冷也好，热也好，能捱得住的，都不算事儿。

卫倪看见她脸上一闪而过的怔忪，转回脸去，又从竹篓里取出一小包虾干，拉开密封条，与惟希分享："农庄里自制的即食虾干，不会太硬太干，当零食吃着玩正好。"

惟希觉得他的竹篓仿佛机器猫的空间口袋，已经从里面拿出好多东西了。

"还有什么好吃的？"她向着竹篓探头张望。

"没有了，稍后回去有桂花糕和甜酒酿。"卫傀微笑，忍住伸手摸她头顶的冲动。

"怎么会想到经营农庄呢？"惟希终究抵挡不住自己的好奇，接过他递来的虾干，问。

卫傀笑一笑："也许是习惯使然吧。以前有段时间在海外工作，当地的饮食习惯和国内大相径庭，牛排、羊排、土豆泥、玉米糊偶尔吃味道倒还可以，天天吃就很有点吃不消。中方工作人员干脆在自己的驻地开辟了一小片菜园，种瓜果蔬菜。下班后大家有空都会去莳蔬弄果，基本上等到回国时，人人都种得一手好菜。我师傅一直手把手地教我，从最初连浇水的时间都弄不清楚，到最后能凭借叶子就分辨得出果蔬的种类，全是他传授给我的经验。"

惟希闻言不由得轻笑："真好！"

"也算是一种排解乡愁的方式吧。"卫傀眼神迢遥，"梁园虽好，终非故土。后来回国，生活安定下来，却又怀念起在异国他乡种菜的日子，正好手里有这么一块地，干脆就开农庄种地了。"

惟希咬一口虾干，不知道该怎么安慰身边这个话语里满是怅然的男人，最终只是伸手，拍一拍他的肩膀。

她手劲不小，卫傀被她一拍，收回去得很远的思绪，一指沟垄："有螃蟹了！"

说罢将装着虾干的小密封袋往衣袋里一塞，戴上棉线手套，从田埂上滑下去，伸手在螃蟹背上左右一捏，蟹钳上还牢牢夹着小虾的螃蟹就被他捉住。

惟希只见那张牙舞爪的螃蟹个大脐凸，足有四两重的样子，卫傀把它扔进竹篓后，它在竹篓里四处乱爬，蟹爪在竹条上划过，发出"窸窸窣窣"的声响，十分活络。惟希学着卫傀的样子，从田埂上滑到垄沟里，亦步亦趋跟在他身后，怕惊动了从蟹洞里爬出来的横行介士。

两人一前一后，一个负责抓，一个拿竹篓承接，大半个小时里捉了七、八只稻田蟹，最后惟希脚底打滑，抱着竹篓朝前扑去，要不是卫侥眼疾手快一把扶住她的手肘，她恐怕整个人都要摔进满是淤泥的沟垄里。饶是如此，她的一只膝盖也已经跪在地上，被卫侥拉起来的时候，蓝色丹宁裤的一条裤腿沾满污泥，白衬衫的一边手肘也染上了污渍，看起来煞是狼狈，不得不结束抓蟹活动。

惟希借着卫侥的手劲站直身体，卫侥再三向她确认："没事吧？有没有哪里疼？"

"没事没事，就是自尊心受到了一万点伤害！回去之后要把这一篓螃蟹都料理了祭我的五脏庙安慰我受伤的心灵！"

惟希垂头看一眼自己脏污得不像话的裤子和衬衫，再看一眼手上哪怕要扑进泥浆中还抱得紧紧的一竹篓螃蟹，到底忍不住"哈哈"笑起来，清脆的笑声划破农庄清晨的宁静，冲开厚厚的云层，仿佛阳光穿透水汽，洒落下来，驱走雨后的湿冷。

惟希回农舍换完衣服后并没有再见到卫侥，厨房的阿姨说他有事先行一步，不过交代了要好好招待他们，并送上了软糯的桂花糕和甜馥的桂花酒酿。

一碗热热的桂花甜酒酿落肚，驱走了惟希身上仅剩的一点点寒气，香软的桂花糕更是让她饱足感倍增。有美食至此，难怪两个男孩子晒得黝黑发亮却看起来心平气和，通身没一点点戾气。

众人中午围着大圆桌吃着老白从鱼塘里钓上来的胖头鱼，用这两条十多公斤重的胖头鱼烹制的拆烩鲢鱼头、红烧甩水、水煮鱼片的一鱼三吃，令在座几个老饕赞不绝口，纷纷表示不虚此行。

最后一人一碗秃黄油捞饭，稻米晶莹弹糯，秃黄油芳馥香腴，谁还管它胆固醇超不超标？！连平时只吃两汤匙饭保持苗条身材的白夫人都吃光一碗桂花香米。

吃完午饭，大家纷纷整装准备驱车返回市区，临走时，厨房阿姨为每人都送上一只大牛皮纸拎袋。

"这是缓归园为客人准备的伴手礼，欢迎下次光临！"

众人至此算是乘兴而来，尽兴而归。

载着仍然别扭不已的白琨驶向市区的惟希并不知道卫悦正万分头疼地看着哭得眼泪一把鼻涕一把的夏朝芳，多少训斥的话最终无声地咽回肚里，示意手足无措地站在一旁的阿姨去拿条毛巾来给她擦擦脸。

夏朝芳接过阿姨递来的湿毛巾，一把捂在脸上，"呜呜呜"地上气不接下气地继续哭着，仿佛一只受惊的小动物，因得不到安慰而不停耸动肩膀。

"停！不要哭了！"卫悦轻喝一声。

夏朝芳微微一愣，到底哭声渐弱。

"究竟发生了什么事？"卫悦无奈地转头问照顾夏朝芳生活起居的阿姨。

阿姨面上有些讪讪的："放假前就不大开心，问她她也不说，上午忽然就把自己锁在房间里不肯出来，又哭又叫又砸东西……"

卫悦顺着阿姨的视线望过去，果然半敞着门的卧室里一片凌乱，毛绒玩偶和限量手包扔了一地，他嘴唇微抿。

阿姨见了脖子一缩，借口打扫准备撤离现场。

"放着卧室让她自己整理。"卫悦淡淡说。

"好好好！"阿姨丢给埋头缩肩的夏朝芳一个自求多福的眼神，逃进厨房去，关上门留一条缝隙，准备随时出来救场。

卫悦坐进客厅的沙发里："朝芳，你已成年，应该懂事了。"

夏朝芳被他语气里的冷淡激得一愣，随后一把扔开毛巾，扬起哭得微微有些肿胀的脸，发泄般地冲他大喊："谁要你管我？！我在学校被学生家长欺负，回到家里没有一个人安慰我不说，还要看着你和别人你侬我侬！你不想管就直说，何必拿这些照片用软刀子戳我！"

　　卫傥疲惫地捏一捏眉心，这算是迟来的中二少女病么？

　　"你在胡说什么？"

　　夏朝芳把自己的手机从旁摸过来，一言不发地往他身上扔。

　　卫傥冷着脸接住手机："够了！我的耐心是有限度的。"

　　夏朝芳闻言，本已收住的眼泪"唰"一下又流了下来。

　　"傥哥，你变了。你以前不是这样对我的。"

　　卫傥不知道该怎么面对苦情戏女主角附体的夏朝芳。

　　"我变没变，暂时不知道，但你变了是肯定的。那时候你刚上班，说公司里的女同事都背名牌包，你背一只几百元的杂牌包被她们在背后嘲笑，回来大哭一场，我和你几个叔伯知道后，大家心疼你，商量好了每人给你买一个名牌包，甚至还让国外的朋友代购限量款，你当时是怎么说的？现在又是怎么做的？"

　　夏朝芳一噎。她当时心花怒放，觉得傥哥和叔叔伯伯们对自己真好，觉得傥哥把自己放在第一位，说一定会好好珍惜他们送给她的礼物……她余光瞥了一眼卧室里被她盛怒中扔在地上的手包，忽然有些心虚。

　　"朝芳，你的东西，都来得太容易了……"卫傥看着被他抓在手里的最新款手机，"你没吃过苦、受过累，读书有人接送，家里有阿姨照顾饮食起居，从来没有自己洗过一件衣服，下过一次厨。当别的年轻人在为了有房住而拼命奋斗的时候，你却在为了窗外没有鸟语花香的风景而烦恼。"

　　夏朝芳张了张嘴，想反驳，却又不知从何说起。

　　"这是你们欠……"

　　"别说出让自己后悔的话。"卫傥冷然起身，"手机你既然不喜欢，先暂存在我这里吧。那些限量手袋如果你也不喜欢，我马上叫人来收走，就不放在你跟前碍你的眼了。"

夏朝芳目瞪口呆，明明受委屈的人是她，明明他以前都迁就她的，为什么这次会变成这个样子？

"我已经关照阿姨，让你自己收拾卧室，她的工资会结到这个月月底。"卫侥不打算再浪费时间试图和中二少女讲道理，软的不行，就来硬的。"对了，假期结束，你的司机我会重新给他分派工作，你不妨学着搭乘公交车上下班。"

夏朝芳望着卫侥开门离去的高大背影，张口结舌："阿、阿姨，你听他说的都是什么？"

阿姨心疼每个月六千元包吃包住轻松惬意的工作被小姑娘这么折腾没了："作吧，作吧，接着作，开心了？！"

"可……不是你说侥哥有了女朋友就不会像以前一样关心照顾我了，让我抓紧他啊……"夏朝芳傻眼。

阿姨哪里知道事事处处都替夏朝芳考虑周到的卫侥翻起脸来会是如此地让人措手不及？

　

卫侥下楼，坐进车里，看一眼被他抄手接住的夏朝芳当武器扔的手机，心念微动，解开手机密码，点进夏朝芳日常使用的社交软件。她的朋友圈相对简单，不是以前的大学同学，就是现在的同事，还有若干公众号和各种海外代购。长假期间朋友圈里有不少人到海外旅行，上传了相当数量的美食美景，炫富秀恩爱的也不乏其人，公众号风雨无阻假日无休地推送大量心灵鸡汤和似是而非的健康指南，海外代购则用各种折上折和当季新品吸引人的眼球。

直到他看见缓归园企业号的更新内容，卫侥才恍然明白夏朝芳为什么会突然如此患得患失，情绪失控。缓归园的企业号九点更新了一张图片，画面中他和顾长纤瘦的女郎头戴斗笠，并肩而行，两人脚上的雨靴都沾着泥巴，女郎的蓝色牛仔裤一条裤腿上蹭得全是污泥，然而她全然不觉。细雨方歇，氤氲的水汽还未散去，隔着一段距离，看不清两人的表情，然而照片完美地捕捉到他们之间步调一致，轻松愉悦的氛围，图片下方一段不知道谁添上去的文青范儿感悟：陌上花开，可缓缓归矣。

卫侃不由得微微一笑，把手机放进置物箱。他能理解夏朝芳的焦虑不安，却无法纵容她的无理取闹。他从她十五岁开始照顾她的生活，像兄长爱护妹妹一样安排她的生活起居，无微不至地将她安置在自己的势力范围内，确保她衣食无忧，开心快乐地成长。但是他内心的某个角落始终清楚地知道，他再如何体贴入微，也无法替代真正的父爱和母爱，给不了她所真正需要的安全感，她永远是那个十五岁时惶恐不安整日哭泣的孩子。

虽然在楼上表现得格外强硬，只是他到底没法真的撒手不管，还是致电安排夏朝芳去担任音乐代课老师的私校校长了解情况。该私校是一所十二年一贯制贵族式私立学校，学校采取全封闭式的管理，所用的安保系统由雷霆保全提供，因而他和校长有点私交，运用这一关系，将夏朝芳安插进小学部，暂代一位怀孕的音乐老师。他当时考虑到中学生正处在青春期，叛逆的刺儿头不在少数，以朝芳这种单纯没心计的性格恐怕镇不住中二少年少女们，所以请托校长把她安排在小学部代课。可从他刚才听到的抱怨，她好像连小学部的学生也搞不定的样子。

电话接通，卫侃与对方打招呼："你好，毛校长，我是卫侃。"

"卫总，您电话来得正好，我也恰好想与您联系。"彼端背景略显嘈杂，毛校长似乎正在与人聚会，"对于发生在夏老师身上的事我很抱歉，让夏老师受委屈了。您看要不这样吧，让夏老师多休息几天，好好散散心，暂时不用急着来上班。"

卫侃哪里听不明白毛校长的言外之意，只是不动声色地应下了，转而问："您能否告诉我当时的详细情况？朝芳性格比较内向，并不肯多说什么。"

毛校长在另一头讪笑，将事情的来龙去脉解释了一遍。

原本也不是什么大事，不过是夏朝芳播放了一段歌剧《魔笛》中著名的花腔女高音唱段复仇的火焰，作为音乐赏析课上的讨论内容，结果有两个比较调皮的学生在听到戏剧花腔的部分，不能抑制地当场模仿起母鸡"咯咯"叫，引得周围同学哄堂大笑，教室里顿时乱成一锅粥。夏朝芳因为是代课老师，学生们对她本来就远不如对原来的音乐老师那么敬畏服从，课堂纪律一乱，她完全无计可施，几次要求学生们安静都无人理睬，一气之下便要求两个带头搞怪的孩子离开音乐教室，到门外罚站。

"卫总你也知道我们学校是私立学校，很多学生在家都是说一不二的小霸王，老师不能凭一时之气同他们硬碰硬，得有策略懂教育心理学才行。"毛校长很是无奈，本来只是来代课的，结果现在闹得如此不愉快，他也很为难啊。"这两个孩子本来就是班级里的刺儿头，连班主任都得捋他们的顺毛，一听夏老师让他们罚站，最初也没放在心上，还在音乐教室里嘻嘻哈哈的，这激怒了夏老师，给他们一人扣了两分行为分……"

"然后呢？"卫悦觉得两个刺头似乎并不会在乎被扣掉行为分的样子。

"唉……国庆假期学校组织各年级到不同的国家游学，但必须保证行为品德分达到一定的积分，那两个调皮鬼大概一直都盼着快点放假可以和同学出国玩，结果夏老师这两分一扣——"毛校长叹气，"他们的积分就全都达不到标准了。其中一个孩子当场就放话叫夏老师放学别走。后来夏老师下班的时候，该学生家长就堵在校门口，说夏老师欺负她儿子，讲了一些比较难听的话，把夏老师骂哭了……"

毛校长顿了顿，见卫悦没有回应，只好继续道："班主任已经批评了该学生，等夏老师调整好心情回来销假上班，我也会勒令他向夏老师赔礼道歉。"

"您说的情况我了解了，给您添麻烦了，毛校长。"卫悦微笑，"有空请您喝茶，我新得了四大奇茶之冠的城步虫茶，嗜茶如您，一定要试试。"

"一定一定！"毛校长在电话那头叠声答应。

卫偾挂断电话，不由得叹息。这件事听下来，非但不是朝芳的过错，她还很受了些委屈。可惜她选错方式来对他发泄心中的委屈，倘使她能在第一时间用理智的态度与他沟通……卫偾摇头失笑，如果这样，那她就不是朝芳了。他刚才也在气头上，倒和中二青年计较起来。

卫偾抬头看了一眼小区里孩童来回奔跑的小广场，驱车驶离。现在不是谈心的最好时机，不如彼此冷静两天，他先把引发这件事的熊孩子和熊家长解决了，再回头和朝芳坐下来认真地谈一谈吧。

11

黑色俄罗斯

HEI SE E LUO SI

    国庆假期转眼即逝，众人在感叹假期短暂的同时，也不免抱怨着假期结束迎面而来的连续七个工作日。

    惟希早晨走进自己的办公室，便看见唐心以一种极其颓废的姿势扑在办公桌上，睡眼惺忪，平时精心打理的发型显得有些凌乱。看见她进门，也只是抬起手有气无力地向她摆了摆，哈欠连天地道了声早。

    惟希将背包挂在一旁的衣帽架上，笑问："还在倒时差？"

    她假期的最后两天大部分时间泡在健身房，剩下的时间则在家看书，偶尔扫了两眼朋友圈，借由同事朋友们发上来的照片领略了不少风土人情，从中能看出假期过得最充实最富有异域风情的，当属唐心。她长假去了西班牙，坐在地中海风格建筑的阳台上，背后是西班牙一望无际的蔚蓝海岸和细腻的白色沙滩，品尝热情缠绵的门西亚葡萄酒和瓦伦西亚最著名的海鲜饭；入夜则化身热情的西班牙女郎，在当地古老而热情的小酒馆里，由英俊的西班牙青年陪伴，鬓边簪着火红色鲜艳欲滴的花朵，观赏热情奔放的弗拉明戈舞表演；转而又出现在马德里斗牛场盛装观看斗牛士的表演……

相比唐心，她简直是不折不扣的宅女了。

唐心有气无力地点了点头："我凌晨才下飞机，要不是想第一时间把礼物给你，今天就请假不来上班了。"她伸手一指她办公桌边上堆得小山一样的各式包袋纸盒："喏，希姐你慢慢拆礼物，我先进休息间睏一会儿。"

说完，她摇摇晃晃地站起身，走进办公室附设的休息间，把门一关，将一大堆礼物留给惟希，自顾自睡觉去了。

惟希望着唐心办公桌旁的礼物小山，喃喃自语："看来这个假期我收获颇丰啊……"

那天从缓归园回家，整理农庄送的伴手礼，牛皮纸拎袋装得满满当当，除了备受好评的罐装桂花酱和咸蟹，还有农庄自制的桂花糕与秃黄油。秃黄油装在密封玻璃瓶内，满满一大罐，色泽金黄，隔着玻璃瓶的密封盖都仿佛能闻到诱人的鲜香味道。她还没拆封，打算留着去看父亲的时候，父女俩一道品尝。

中午高层午餐会的时候，师傅老白特意叫住准备和唐心一起去吃饭的惟希："走走走，今天和师傅一起去蹭饭！"

被中途截了胡的唐心龇牙："老白最讨厌！"

老白哈哈笑，才不在乎女郎的娇嗔，一手托着惟希的手肘，将她带走。

公司高层惯例每周有一次午餐会，与员工例会不同，高管们的会议气氛更轻松自由，大家一边吃着由某五星级酒店提供的商务套餐盒饭，喝着大老板国庆去牙买加旅游买回来的产自华伦福特农庄的蓝山咖啡，一边畅所欲言。

惟希作为一个默默无闻的基层员工，只管埋头吃八十元一份的商务套餐，为里头的清炒虾仁、藏红花烧仙贝而咋舌，感慨高层们的午餐待遇与他们真是不可同日而语，忽听得二老板和蔼的声音点她的名：

"这次要表扬一下理赔调查部门的小徐，是她认真仔细，大胆推测，小心求证，避免了一次恶性骗保，为公司挽回了可能产生的巨大损失。"二老板心情颇佳，甚至还开口调侃起大老板，"姚总可得奖励小徐啊！"

年过五十但仍保持着军人体魄的大老板姚军点点头，他向来不吝于奖励工作出色的员工，又要马儿跑又要马儿不吃草这种事他是无法认同的。"不但要奖励，还要全公司通报表扬。"

姚军微笑，朝惟希颔首。当初这个眉清目秀的女孩子因不名誉退职而进入他的公司当理赔调查员一事，他是知道的。她师傅白成潇为此特地来同他打过招呼，表示她的业务能力相当出色，不名誉退职完全是受家人牵连。

惟希将一口鲜香滑嫩的虾仁咽下肚去，朝两位领导微笑："谢谢姚总，谢谢赵总。"

姚军同惟希接触得不多，有限的那么几次面对面，也多是由她师傅白成潇汇报工作，她只是安静地隐身在老白身后，努力降低自己的存在感。现在这样认真仔细地一看，她虽然是个十分年轻的女孩儿，但是眼神坚定，整个人有种值得信任可以托付的持重。

姚军忽然产生了长辈逗趣小辈，想看这个稳重的小姑娘嗒然色变的恶趣味："法律纪实的节目制作人是我的老战友，前段时间在网上看见一段女白领地铁早高峰徒手擒贼的视频，当时就把这段视频转发到我们的战友群里。后来辗转得知视频里的擒贼英雄是我的员工，一直想采访你。"

惟希微微一愣，夹着蚝油西兰花的手在半空顿了顿，这才轻轻将西兰花放回餐盒里。"路见不平，举手之劳而已，没什么值得采访的。"

姚军一拍转椅扶手:"宠辱不惊,好样的!"

惟希本以为这一茬就此揭过,刚打算把放下去的西兰花夹起来,只听大老板洪亮非常的嗓门再次响起:"不过上一次理赔调查涉及刑事案件,案件性质恶劣,法律纪实打算跟踪报道案件,已经发来正式的采访申请,公司方面考虑再三,决定接受。毕竟此案影响深远,希望能通过这次采访报道,给那些不法之徒敲响警钟,不要怀揣侥幸,要知道天网恢恢,疏而不漏。同时也为我司理赔调查的高效率打一个广告。"

惟希转头看着乐呵呵的师傅老白,暗暗发送求救信号:师傅您老倒是替我说句话啊!

奈何老白一副"这是好事我支持你"的表情,完全不理会她。

惟希见此事势在必行,也不好多说什么,遂朝在座高管们微笑:"保证完成领导交代的任务。"

宽敞明亮的场馆内并无太喧嚣的人声,更多的是两两对练的拳手出拳踢腿带出的风声和拳拳扎实的击打声。

这座自由搏击场馆里到处都是惟希的熟人,她每走几步路就有人伸出手来与她击掌打招呼,她一路回应。

惟希答应老板接受法律纪实节目采访,公关部门即刻派形象顾问过来与她接触。笑容可掬的顾问先生围着她转两圈,随后表示她虽然看上去十分清瘦,不过还是建议减重至少十磅,才能在镜头前呈现最佳状态。

惟希遂联系教练,紧急增加锻炼频率与强度。

一个穿着运动胸衣和运动短裤的飒爽女郎站在拳台上半扒着围绳扬声叫她:

"徐惟希!上来陪我打一场!"她脸上带着自信的爽朗笑容,蜂蜜色皮肤上滑落晶莹汗珠,结实饱满的肌肉充满力与美,令人过目难忘。

惟希抱拳告饶："我现在的状态可不是你的对手。"

女郎居高临下将她从头看到脚，点头同意："以你现在的状态，确实不是我的对手。要多多练习，尽快把状态找回来。"

说完，她嘴里哼唱着"无敌是多么寂寞"，回到拳台中央，与男陪练继续训练。

惟希笑着来到自己预约好的场地，陪练的健身教练已经就位。年轻的小伙子穿着麻灰色运动背心，同色运动短裤，短发修剪得干净利落，浓眉大眼，看起来充满阳光朝气。见惟希踏上台阶，立刻上前拉开围绳，方便她略略弯腰钻过来。

他伸手非常认真仔细地捏了一下惟希的上臂肌肉，摇摇头："肌肉有点松，肌腱却有点紧，最近拉伤过？"

惟希回忆了一下："不小心跌倒时条件反射拉过一把，大概那时候抻到了。"

教练放开她的上臂，"啧"一声："徐惟希你退步了。"

惟希朝教练拱手："求别虐……"

"迟了。"阳光青年咧嘴，套上手靶，"嘭"地两手重击一下，"来，先热身！"

一旦投入到运动中，惟希便忘却凡尘，所有的注意力都集中在与教练的拳脚往来上，等到三十分钟练习时间结束，教练摘下手靶在她肩膀上轻捶一记："不错，多少还保持了一点状态，不至于惨不忍睹。"

惟希抓过搭在围绳上的毛巾擦汗："承蒙夸奖。"

能得到眼前这位体院毕业、自由搏击轻量级冠军的肯定，于她如今的训练量，她已经很满意。

小伙子捧起大毛巾的一角，自后头替惟希撸小狗的狗头似的将她汗湿的短发擦了擦："还是要坚持过来训练，一周两到三次，这样才能保持一个比较良好的体力和状态。"

"我尽可能。"她与教练道别，走下拳台。

早前的健美女郎已经结束对练，换好衣服，这时正笑吟吟地站在她面前："要不要捎你一程？"

　　惟希谢过她的好意："今天开了车来。"

　　女郎喊她："你不会骗我说没开，好让我献献殷勤么？"

　　"可是我还要回来取车，太麻烦。"

　　"无趣！"女郎蓦然趋近惟希，五官精致的面孔几乎要贴在她脸上，"五点钟方向那个男人已经看了你很久，可千万不要被这种表面文质彬彬的人渣骗了。"

　　惟希不明所以，女郎趁机在她颊上轻啄，落下一枚猩红唇印，随后一脸得色张扬地朝五点钟方向昂首一笑，沐浴后散发着淡淡清香的发梢扫过惟希的脸颊，转身离开。

　　惟希将大毛巾披在肩膀上，穿过场地中的数个拳台之间的走道，慢慢走向五点钟方向的休息室，通过休息室才是男女更衣室。

　　站在休息室门口的蒲良森白衬衫灰毛衣牛仔裤，看起来与自由搏击馆内的氛围有些格格不入，但他身上却有种随性随意的自在。他注视着惟希一步步走近，微笑着递出一瓶玻璃瓶身的纪念版矿泉水。

　　"蒲先生？"惟希没有接手的意思。

　　蒲良森也不恼，直视她黑白分明似能看透人心的眼："徐小姐可否赏脸一起用顿便饭？"

　　不等惟希拒绝，他又补充："想与徐小姐谈谈工作上面的事。"

　　"谈工作请至公司和我的秘书预约。"惟希有淡淡不耐烦。

　　"就是贵公司老板姚先生告诉我可以到此地来找你。"蒲良森笑眯眯。看，你大老板都已经同意。

　　"有什么事现在说就好，我还要回去陪家父吃饭。"惟希脸上流露出冷淡疏离的表情。她不知道蒲生和她有什么工作上的事可谈。

蒲良森点点头，一手插在裤袋中，一手把玩矿泉水瓶："徐小姐有没有兴趣换一份薪水更高的工作？无论盛世人寿保险有限公司给你多少薪水，我都可以提供给你两倍的薪金。"

惟希有一点点容忍的好奇："蒲先生知道我的工作性质么？"

蒲生报之以微笑。

"请问您的数据分析公司有什么需要我这类工作的？"惟希不明白一个搞数据分析，为国资企业、高科技公司及高端金融行业提供咨询服务的数据公司，出于什么理由要提供高薪工作给她？

"这份工作需要签订保密协议，如果鄙人有幸能请得动徐小姐跳槽，后续会详细告知工作的具体细节。"

换一个人也许会被高薪和略显神秘的工作吸引，可惜，不是她。惟希越过蒲良森："抱歉，我没兴趣。"

蒲生有些无奈："徐小姐，你究竟为什么讨厌我？甚至要因你的先入为主而放弃大好的工作机会？！"

惟希停下脚步，决定开诚布公，免得这个问题困扰蒲生，使得他因为挫败感而不断挑战她的耐心。

"首先公司和我的师傅对我有知遇之恩，其次，蒲先生您大概是在国外待得久了，觉得对待每一位异性温柔体贴是理所应当的绅士风度，可是在我看来，不当的温柔恰恰是一种极度的残忍。"

蒲良森令她想起陆骥。

惟希深深明白，她的害怕、她的茫然，她内心的不确定才是最终导致他们无法走到最后的元凶，陆骥……只是她逃离王女士和徐惟希带来的混乱时造成的附加伤害。

陆骥柔和温朗，从未对她发过脾气，哪怕她因为单位里的流言蜚语，因为陆母对她看似和蔼实则冷淡的态度而向他提出分手的那一刻，他也面含霁色，包容地望着她，顺从地答应她。

然而他今生不会明白那一刻他的温柔，对她造成的伤害远胜过发生的那些纷纷扰扰所带来的影响。

　　她只是——需要一个人，用力地握住她的手，说：没关系，你还有我。

　　"所以你是因为我对你太温柔了才讨厌我？"蒲生目瞪口呆。

　　"看，你不明白。"徐惟希轻哼一声，再不理会他，径直往更衣室走去。

　　"温柔不对么？"蒲公子忍不住跑到雷霆保全公司向卫倪诉苦，"难道像你这样不解风情的呆子才好？"

　　卫倪不理会他的人身攻击。

　　"你和你女朋友都是坏人！"蒲生控诉，"对我都这么冷淡！"

　　卫倪从成堆的报表中抬起头："我要工作，你可以走了。"

　　蒲三捶桌："一起吃饭？"

　　"没空。"卫倪毫不犹豫地拒绝。

　　他和蒲良森认识太久，久到没办法使用武力赶走不请自来的蒲三。

　　他的祖父是蒲老爷子身边的勤务员，他父亲则是蒲将军的警卫员，他和蒲三同年同月出生，前后相差九天，他忝为兄长。两人共有一个保姆——虽然保姆照顾蒲三明显比照顾他来得仔细，同入一所机关幼儿园、机关小学、初中、高中。

　　他生来的任务仿佛就是保护与跟随蒲三公子，但是他并没有按照父母为他规划的路走下去。他放弃与蒲良森一起入读国内一流名校的机会，报考警校，毕业后随师傅开始海外职业保全生涯。

　　自此，他和蒲良森走上各自的人生轨道。

　　蒲良森见卫倪不为所动，索性一屁股坐到卫倪的办公桌上：

“我听说最近市场上有热钱恶意收购某家在香港上市公司的股票。”

卫傥放下手中报表，看一眼在他办公室里尽情放飞自我的蒲生："你倒是消息灵通。"

蒲良森轻笑："我有内幕。"

卫傥点点头："没错，是我。"

蒲良森拍拍他的肩膀。"卫傥我佩服你！"因为那家人欺负了夏朝芳，就使人敌意收购股票。"提醒我不要得罪你。"

"尊臀再不从我办公桌上挪开，你离得罪我也不会太远。"卫傥皱眉看着被蒲三坐在屁股下面的一叠报表。

蒲生故意在桌面上多停留数秒，方从办公桌上跳下来："有空约上你女朋友，我们一起出海钓鱼。"

卫傥重新拿起报表："你离她远一点，她有自己的生活。"

"她不可能永远生活在你的社交圈之外。"蒲良森敛去嬉笑的表情，淡淡提醒卫傥。

"我知道。"卫傥抬眼看向不再刻意温柔体贴的蒲三，"所以我更希望尽可能地不要扰她现在的生活。"

两人交换一个彼此都懂的眼神，终于蒲三放弃："那你周末陪我去钓鱼！"

卫傥捏一捏眉心："你可以带邵小姐一起去。"

"她也有自己的生活。"

卫傥长叹："好好好，现在你可以走了！"

蒲良森得到满意答复，扬长而去，留下卫傥嫌弃地看了一眼被他坐得皱巴巴的报表，认命地将重物压在上面，然后继续工作。

时光不疾不徐，慢慢走过十月，进入十一月。天气转凉，惟希想念住在农庄里的祖母，特地抽空和父亲一起，带上新为她添置的羽绒服和羽绒裤及一大箱水果，驱车前往农庄探望她。

老太太在竹林掩映环境清幽的生态农庄住得逍遥自在，更结识了几个同城来养老的老伙伴，每日里作息健康规律，闲暇无事，老人们除了在庄院的自留地里侍花弄草养鸡喂鸭，还能凑在一起搓麻将。

惟希和父亲抵达农庄的宅院时，正是上午十点刚过，父女俩拎着包袋、水果走进窗明几净的客堂间，农宅里负责日常接待的中年大嫂便笑呵呵地迎上来。

"徐师傅来了？这是您女儿吧？长得和您很像，一看就是父女俩！齐阿姨正在阳光活动室搓麻将，您先把东西放在她房间里吧。"

徐父熟门熟路领着惟希将大包小包送到母亲房间里。老太太在搓麻将，房间里此时无人，南北朝向的两扇窗都开着通风透气。十一月的山风穿堂而过，带着一股竹林特有的清新气息。房间打扫得很干净，惟希摸摸窗棱和床头柜，没有可见的灰尘，床单被罩柔软干爽，床头柜上的气压式热水瓶里有充足的热水，房间附设的卫生间宽敞明亮，地面上铺着防滑垫。

惟希暗暗放心，至少环境干净整洁，生活设施也考虑得比较周到。等父亲将东西放下，她又挽着父亲的手臂，一边听父亲介绍农庄的娱乐项目，一边向隐隐传来交谈欢笑声的方向走去。

走廊尽头入眼是一间偌大玻璃阳光房，厚重的毛毡帘子悉数以钩子固定在落地玻璃窗两侧。窗外竹影婆娑，室内阳光煦暖。活动室里开了两桌麻将，还有几个老人坐在沙发里看电视，沙发前的茶几上摆着瓜子茶点，像是一桌小小的茶话会。

正对门坐的老太太正在摸牌，抬眼看到儿子和孙女进门："哎呀囡囡来了！等我打完这一局！"

惟希笑起来："你慢慢来，我等你。"

三个牌搭子七嘴八舌。

"齐阿姐，这是你孙女啊？长得好漂亮。"

"哎呀小齐福气好，儿子孝顺，孙女也孝顺！"

"小齐，你孙女有男朋友了吗？没有的话我孙子介绍给你们认识……"

　　"不要提你孙子了，从来都没看到过他来望望你。"

　　"我孙子忙呀，他在外国人的公司当经理，经常开会。"老阿姨弱弱地解释，"他最孝顺不过了，每次出国回来都给我带礼物，喏，我手上这只什么蒂尼的珍珠手镯就是他送给我的。"

　　几个老人暂时抛开孝顺不孝顺的话题，围观老阿姨手上的珍珠手镯，讨论起珍珠的尺寸成色来。不一会儿惟希祖母赢了这一局，推倒了牌赶忙起身迎向儿子孙女。徐父和惟希一左一右搀着老太太在一旁落座。

　　祖母拍拍惟希的手背："囡囡上班这么辛苦，就不用特地跑这么远来看我了，想阿娘了么，就打个电话来望望我。"

　　惟希将头靠在祖母肩膀上，微微笑。

　　老太太摸一摸孙女乌黑的头发："阿娘知道你是怕你弟弟的事连累了我们老的，你放心，阿娘只是上了点年纪，我还没糊涂，不会随随便便就被骗。"

　　老人见孙女不吱声，怜惜地捏一捏她脸颊："我听你爸爸说了惟宗的事，这件事你做得没错，不过要叫人家说不出你的不是来，毕竟他是你弟弟，所谓打断骨头连着筋。总要面子上挑不出错来才好。"

　　惟希点点头表示知道了，老人家遂不再多说什么，只叠声留儿子孙女在她这里吃过午饭再走，让阿姨中午替他们加两个菜。

　　中午阿姨果然在农舍的小食堂为徐家老少三人置下一桌颇丰盛的午餐。米饭盛在新鲜的竹筒内，以干荷叶用稻秸扎住筒口，解开稻秸，揭开荷叶，有晨露般清新的气息随着竹筒饭温热的蒸汽扑面而来，吃在嘴里既香且糯；鲜嫩的散养三黄童子鸡不加任何提鲜增味的作料，只里外抹上薄薄的一层盐，腹内塞上姜片与葱结，蒸熟了送上桌了，隔得老远已经闻得见鲜香味儿；现摘的菜芥以猪油爆炒，撒上一点葱蒜末，脆嫩鲜甜；竹荪瘦肉汤和笋丁包也同样令人赞不绝口。

"难怪阿娘不愿意回去。"惟希一边给祖母夹菜，一边笑嗦。

老人怜惜地扯下一只清蒸童子鸡鸡腿放到孙女餐碟里："多吃点，看看你，又瘦了。"

惟希向祖母眨眼睛："阿娘，这世界上有种瘦叫'你奶奶觉得你瘦'。"

老太太愣一愣，随即回过味儿来，轻拍孙女手臂："调皮！"

徐惟希呵呵笑。祖母精力健旺，与人交谈反应敏捷，胃口也颇佳，一竹筒饭吃光不说，还消灭一只笋丁包一小盅竹荪瘦肉汤，她看在眼里，放心不少。

吃完饭，徐父、惟希与祖母在外头院子里散步消食，惟希取出一部老年手机挂到祖母脖子上："这是最新型号的老年智能手机，屏幕大按键大，我设置了两个快捷拨号，一个是爸爸的，一个是我的，您要是有事就一键拨号，还可以和我们视频通话，很方便。"

惟希细细地教祖母使用方法，拿出自己的手机演示给她看怎样双方视频通话，老人家频频点头："和你原来买给我的那部老人手机差不多，用起来更方便。"

惟希又殷殷叮嘱祖母晚上不可以贪凉开着窗睡觉，要是觉得屋里的中央空调温度太高太燥热，不妨接一盆冷水放在房间里，能缓解燥热的体感。临走之前，她塞了一个小红包给祖母："喜欢吃什么尽管让阿姨给你加菜，不要舍不得。这里住得再好，春节之前也要跟我们一起回去过年。"

祖母想把红包推还给惟希，惟希稍微用力握住她的手。这双手在她小时候将她抱在怀里，为她穿衣服扎辫子，喂她吃饭喝水，牵着她在田间地头上玩耍，在母亲为了弟弟惟宗而忽视她冷待她甚至虐打她的时候，坚定地伸出来保护她……然而她能为祖

160

母做的却少之又少。

老人推拒不过孙女，乐呵呵地捏了红包："知道了，知道了，你放心，阿娘不会亏待自己。倒是你哦，不要学那些小姑娘减肥，稍微有点肉才好看。"

祖孙二人在农舍大门前喁喁交谈，离情依依，徐爸爸在一旁哭笑不得："妈妈干脆和我们一道回去吧。"

老太太嗔怪地拍了儿子一下："回去连麻将搭子都没有，我才不回去！"

祖孙三人这才依依不舍地道别，惟希驱车与父亲驶上归程。

车开出老远，徐父轻轻对女儿道："爸爸不是要催你，不过阿娘一年比一年老了，总是想看到你过得幸福开心她才高兴，你也应该考虑考虑自己的终身大事。"

惟希想一想，郑重其事地点点头："好的。"

不待惟希考虑自己答应下来的终身大事，师傅老白的电话先来了。

"明天不用进公司了，上午九点直接到电视台见我。"

她知道此事是大老板交付的任务，没有推托的可能，只有爽快答应的份儿。

次日惟希吃过早饭，在衣橱里选一件灰蓝色丹宁衬衫，搭黑色窄管九分裤，配黑色简约浅口平底鞋，外头穿铁灰色风衣，对住穿衣镜前后左右照一照，觉得并没有什么失礼之处，这才出门。

白成瀚在电视台录制节目的演播厅门口远远见徒弟衣带生风，款步而来，也不由得暗暗在心里说一声"帅"！

徐惟希是他老同学的得意弟子，如果不是家里出了糟心事儿，这孩子真不会离开刑侦队，屈才到保险公司当理赔调查员。他当时接到老同学的请托，一方面是囿于人情世故，另一方面也是想为自己找一个帮手，给理赔调查部注入一股新鲜的活力。事实证明他的选择是正确的，这个看起来文静到微微有些沉默的女孩儿，拥有极其敏锐的洞察力和强大的行动力，这两年多时间下来，参与过数起金额巨大的保险理赔调查，没有可疑的蛛丝马迹能逃过她的双眼。

他甚至不用手把手地教她，她已然是一个合格的理赔调查员。与其说他是她的师傅，不如说他是她的兄长。也许换一个人，已经被这样无理取闹的母亲和不争气的兄弟拖垮，可是她并没有向如此境况低头。他看着她从最初沉默寡言的样子，一步步成为今天迎面而来的这个沉稳内敛、从容淡定的帅气女郎，打心底里为她觉得骄傲。

老白扬手："嗨，惟希！"

惟希来到他面前："师傅，让你久等了。"

老白摆摆手，又伸手替徒弟稍微正一正垂挂着的访客证："这个时间没有不塞车的，反正约好了十点开始录制节目，节目组打电话说提前半小时过来稍微化化妆。我看你不化妆也挺好的。"

惟希微笑，在师傅老白眼里，化妆与不化妆，并无太大区别，他向来是透过现象看本质的，曾经很煞风景地直指前台新来的接待再浓的妆也无法掩盖高颧骨塌鼻梁单眼皮下颌突出的事实。她当时默默摸了一把自己的脸，然后对师傅说：

"您这是职业病，得治。"

此时有工作人员前来引领惟希去化妆间，老白向她微笑："莫紧张，我坐在下面观众席替你压阵。"

惟希随工作人员来到化妆间，造型师和其助手已经到了。年轻的造型师有着精致的眉眼，手指纤长灵巧，简单的化妆工具在他手里似有生命，能将看在惟希眼里并无多少差异的瓶瓶罐罐中的各种液体与粉末，在脸上幻化出令人赞叹的效果来。

待化完妆，造型师以一根手指微微顶高惟希下颚，左右端详，轻喟："我真是忍不住要为自己的技术叫绝，虽然你的底子本来就很好。"

小助手在一旁强忍着翻白眼的冲动，将一罐喷雾递给他，他举着罐子隔着一臂的距离，轻喷一下。惟希下意识闭上眼睛，只觉得有沁凉略带香气的细密水雾均匀地落在脸上。他还不忘强行科普："这可是我最喜欢的一款定妆喷雾，集锁水保湿修复于一身，能通过降低肌肤表面的温度达到控油补水的目的，定妆效果一流。你皮肤底子不错，不过也禁不起你这么粗糙的保养护理的糟蹋。下了节目来找我，我给你搭配一个基础护理套装……"

"老师，录制快开始了。"小助理不得不出声提醒欲罢不能的造型师，他这才放过惟希，伸出手指飞快地拨弄她的头发，随后退开半步，满意地点点头。

"完美！去吧去吧，保管你艳惊四座。"

我只是一期法律节目的客座嘉宾，我要艳惊四座做什么？惟希暗暗腹诽，由着工作人员领着她出了化妆间走过一条狭长的过道，来到节目录制厅边门。工作人员提醒惟希注意脚下的电线，请她进入演播厅。

演播厅内灯光明亮，主播台对面是观众席，坐满前来参加节目录制的热心观众。主持人坐在圆弧形主播台左侧，他的右手边已经有嘉宾落座，笔挺的制服衬托得他挺拔英朗，听见响动，他回过头来。

陆骥俊朗的脸映入惟希的眼帘。

陆骥也看见了惟希。她脸上化着淡淡的妆，就是这一点点若有似无的妆容，使得她五官更立体，眼神格外深邃，嘴唇丰润饱满，如同他记忆里始终未曾忘却的样子。

惟希走到主播台跟前，两位男士齐齐起身，主持人与惟希握手寒暄。

"徐小姐，你好！我是今天的主持人寒光。"寒光身材高大，声音低沉醇厚，眼神诚恳真挚，自有一种让人信服的气质。

"这位是今天的另一位嘉宾，市刑侦队陆骥，陆警官。"

"你们好！"

惟希与两人打招呼，三人依次落座。寒光递给惟希一份节目录制流程："徐小姐，我们先对一下流程。"

惟希依言翻开手中的流程，寒光沉厚的声音不疾不徐地向她解说："节目开始会照例进一段片头，然后由我讲一段导语，接着介绍你和陆警官两位嘉宾，我们简单地交流一下，然后在这里插入第一段视频，向观众们介绍案情……在这里我会采访陆警官，请他发表自己的观点，接着放第二段视频，之后采访徐小姐并请现场观众发言，最后放第三段视频，说结语。"

惟希点点头，表示听从寒光的引导和现场导演的安排。她本来也不是此次节目的主角，不需要大出风头，她只管扮锯嘴葫芦，当一个安静的听众就好。

惟希并不知道现场导演示意摄像师将镜头推近她，给她好几个特写。

节目录制出乎惟希预料的顺利。主持人寒光控场能力出色，现场观众反响十分热烈，大抵是这期节目所拍摄的案件太过触目惊心，甚至不必现场导演调动气氛，已令一众参加录制的婆婆妈妈们义愤填膺，纷纷强烈要求发言。

节目录制完毕，恰逢午餐时间，寒光一边收拾主持台上的资料，一边笑着邀请陆骥与惟希："感谢两位百忙之中抽空前来参加节目录制，如不嫌弃，就在电视台一起用一顿工作餐吧。"

惟希还未回答，陆骥已经半握住她的手肘，对寒光歉然说道："抱歉我和徐小姐还有事。"

惟希保持礼貌的沉默，并没有出言反驳。

寒光端正的脸上露出温润的微笑："那我就不留两位了，以后有机会再请两位上我的节目。"

惟希随陆骥走出广播电视大厦，陆骥始终没有放开她的手肘，以一种罕见的强势主导姿态："一起吃个饭吧。"

惟希看一眼他身上笔挺的制服："方便么？"

她知道规定，非因工作需要，不得穿制服进入娱乐场所，不得在商业场所内购物，不能进入高档饭店就餐。

陆骥温柔地笑一笑，仿佛有点高兴她还关心他："没关系，我在附近有个朋友，我们去他那里。"

惟希没有拒绝。

"坐你的车吧，我早晨是搭巡逻车过来的。"陆骥得寸进尺。

"那要麻烦你屈尊将就一下我的小甲壳虫了。"惟希似笑非笑地同他一起来到停车场，一指自己的座驾。

陆骥笑得露出一口白牙："确实小了点，不过没关系，比这还小的空间我也待过。"说着长腿一迈，低头弯腰，将自己颀长的身躯缩进小小甲壳虫的副驾驶座。

等惟希坐进来，拉好保险带，他为惟希指路，引她驱车至一处闹中取静的老房子。老房子坐落在一条弄堂里，左右是颇有历史的石库门建筑，被作为历史文物保存下来，静静地矗立在寸土寸金的市中心，渐渐成为代表浦江文化生活的一处景点，很多游客都愿意在这具有浓厚弄堂气息的民宿里住上几晚。

午后的巷弄人声寂寂，年轻人多数上班去了，老年人泰半习惯午睡，眯一会儿，下午才有精神去搓麻将。除了隐隐传来汽车经过的声音，整条幽静的弄堂，竟仿佛是远离了尘世的喧嚣，自成一格。

陆骥敲开一座老房的院门，有方脸的中年阿姨前来应门，问明是定了位子的陆先生，便侧身请两人入内。

老宅子入眼是不大的天井，天井里零散放着几把藤椅，一张小几，几上随手搁着杂志并，旁边有一溜十数盆绿色植物，看得仔细了，并不是什么名贵的品种，只是最最常见的宝石花蟹爪兰，易养易活。

有微风拂过，带起了杂志的一角，哗啦啦地，露出一点真容，便又落了下来。

阿姨领着他们经过洒落一地阳光的天井，踩着略略吱嘎作响的木质楼梯，上到二楼的露台。

露台上有透明的玻璃雨遮，大好的阳光这时候透过玻璃，照进露台，晒得人身上暖洋洋的。

中年阿姨沏了一壶热茶，并四色点心一起送上来："两位稍等，菜随后就好。"

陆骥自然而然地替惟希斟茶，叮嘱她："当心烫。"

惟希微微侧头，笑："你还是老样子，一点没变。"

温柔，体贴，细致入微，让人如沐春风。

陆骥却在她这淡淡的一句话里，听出太多感慨。

"我一直都在这里，从未走开。"陆骥有千头万绪、千言万语，不知从何说起。

惟希半垂着眼，把玩着手里的茶盅，沉默在两人中间蔓延。

陆骥苦笑，试图化解这尴尬的沉默："在保险公司工作忙不忙？"

"还好，毕竟无论是投保人还是保险公司，大家都不希望出意外，所以不忙才是理想的常态。"

"年底有个校友会，要不要一起来？"陆骥想趁此机会将惟希重新带回原来的圈子，即便她不可能重返纪律部队，但在工作中总能获得更多资源和帮助。

"容我考虑考虑。"惟希却没有立刻答应他。在她看来，她的不名誉退职是事实，当时灰头土脑地离开，并不是什么秘密。现在她的情况稍有起色，也没有必要去大肆宣扬。

方脸阿姨恰在此时送菜上来，四喜冷盘装在甜白釉的薄胎暗花莲瓣碟里，四喜烤麸，糖醋小排，本帮熏鱼，吞拿鱼拌菠菜，都是惟希爱吃的菜色。

热菜热饭陆续送上来，菜肴简单却美味，然而两人却都有些

166

食不知味。

惟希先行放下筷子，擦嘴："我吃饱了，你慢慢吃。"

陆骥见三菜一汤仅仅吃了过半，无声地叹息，也放下筷子："两年了，惟希，事情早已经过去。"

惟希颔首，其实他说得没错，事情确实早已经过去，只是，再也回不到从前。她本以为陆骥会明白，然而她发现自己错了。她当时因为承受不住舆论同风言风语，害怕他也顶不住压力而试探地提出分手，他或者因为体贴，或者不过是顺势为之，同意她分手的要求，彼时彼刻，他与她，就成为两条各自流向不同未来的河流，也许终有一天会在时间的尽头汇成一片大海，只不过早已不是最初相爱的彼此。

这时楼梯上响起脚步声，不消片刻，温雅大方的老板娘走上露台，发现两位客人菜吃得不多："是我今天的菜做得不好吃吗？实在抱歉！"

惟希朝老板娘微笑："请问有酒吗？越烈越好。"

老板娘眸光似水："有，伏特加。"

"麻烦上一杯，谢谢！"惟希转向陆骥，"你在工作期间，就以茶代酒吧。"

陆骥望着眼前的女郎，他以为两年的时光能冲淡过去对她造成的伤害，以为时间能平息一切纷扰带来的影响……但是此时此刻，他知道他错了，他就应该不顾一切流言蜚语，用尽全身的力气把她抱在怀里，无论风有多大雨有多急，都不放开她的手。

"惟希，如果当时我们没有分手……"

惟希失笑，哪里有那么多"如果"？假使当初她抵抗住外界所有或明或暗的压力，执意和他在一起，他母亲会否因为担心他的仕途受她影响而"偷偷"哭泣，又"恰巧"被他看见？他是不是会夹在名誉受损的女朋友与忧心忡忡的母亲之间左右为难？

当时的她没有勇气去面对可能到来的疾风骤雨，也没有信心他与她在那样的情形之下，不会变成一对怨偶。她的害怕，他的成全，昨日种种，造就了今日的徐惟希。

　　老板娘这时候去而复返，送上一杯琥珀色鸡尾酒："请慢用。"随后悄然离开这气氛尴尬无比的露台，心里微微一叹。陆骥她是认得的，年轻有为，帅气温和，颇受女性欢迎，却从来不因此沾沾自喜，反而一直洁身自好。今天难得带女伴同来，然则气氛如此之窒闷，看来谈得并不愉快。

　　惟希抛开那些在脑海深处缠绕纠结的假设，执起鸡尾酒杯，轻啜一口，咖啡甜酒的柔和顺滑中和了伏特加的猛烈霸道，老板娘大概怕她喝醉闹事吧。

　　惟希自嘲地一笑，还想这些做什么呢？想再多也是枉然。是时候彻彻底底地放下过去，努力地奔向未来了。她举起酒杯，朝陆骥致意："你随意，我先干为敬！"

　　说罢，惟希微笑着将混合了咖啡利口酒与伏特加的黑色俄罗斯一仰而尽，与往事干杯。

12

凤凰三点头
FENG HUANG SAN DIAN TOU

喝最烈的酒，与往事告别的结果是一场头疼欲裂的宿醉。

咖啡甜酒的柔顺口感掩盖了伏特加的炽烈，即使如此，惟希还是放弃自行驱车，拒绝陆骥开车送她的提议，选择搭计程车回家。到家以后，烈酒的后劲儿来袭，惟希只隐约记得自己给唐心打过一个电话，让她帮自己请假，之后的事就是一片大段的空白。等她从酒醉中彻底清醒过来，已经是次日下午。

惟希连忙抓过手机，见上头只有师傅老白的一个来电，以及唐心在社交软件上给她的一通留言。

"希姐你放心休息，你的电话不方便接听的时候都已经转接到我这里了，我会把重要事项记录下来。"唐心的声音清甜，带着一丝丝神秘，"记得周四晚七点收看纪录片频道哟！"

惟希抬腕看一眼手表，此时已经是周四下午四点，连忙起身洗漱，一边刷牙一边告诫镜中的自己，这样的放纵只此一次，再不可以有第二次。洗完澡换上干净的居家服，惟希进厨房为自己下了一碗龙须面，又从冰箱里取出早先熬好的葱油，舀出两大勺淋在龙须面上头，用筷子搅拌均匀，一碗香喷喷的葱油拌面就做成了，另切了一角鳗鱼鲞和玉兰片一道，趁下龙须面的功夫蒸熟。就着咸鲜的鳗鱼鲞蒸玉兰片，惟希吃光一碗喷香的葱油拌面。

洗碗、清理厨房等收尾的工作事毕，再一看时间，已经是傍晚六点三十分。惟希捧出一个牛角翠甜瓜，慢条斯理地洗干净，去皮去籽，均匀切块，插上水果叉盛在果盘里端到客厅里，坐在沙发上打开电视找到纪录片频道。七点一到，法律纪实节目的片头准时出现在屏幕上，主持人寒光随即从镜头外走进画面里，好听的男中音也随之响起。

"浦江是一座现代化大型城市，每年都有数以百万计的外来人口前来浦江工作，建设我们美丽的城市。随之而来的，还有大量的学龄前和学龄儿童。在他们的父母家人外出工作的时候，他们的学习与安全便成为了城市的新问题。在过去的这个暑假当中，发生数起儿童高坠事故，造成两死两重伤一轻伤的严重后果，其中一起，引起了我们节目组的注意……"

一段片花插播进来。

"她是热情好客的邻居，还是冷血无情的凶手？请收看本期法律纪实——陨落的月亮。"

画面切换至演播室，寒光坐在主播台后面，沉稳从容："欢迎走进法律纪实，有请今天的两位嘉宾，市公安局刑事侦查总队陆骥陆队长和盛世人寿保险公司的徐惟希徐女士。"

镜头里的陆骥英朗淡然，而她则显得有些拘谨，看起来有点古板。惟希放下手里的甜瓜，一手捂住半边脸，轻喟一声，她果然还是适合待在幕后啊！

电视屏幕里节目还在进行，主持人在介绍完两人之后与两人进行了简短的交流，了解每年有多少起儿童高坠事故，保险公司承接了多少儿童意外险的保单等信息，随后面对镜头。

"就在不久之前，我市的某高层住宅小区，沉闷的重物落地声打破了午后的沉静，让我们进一段视频，看看究竟发生了什么。"

视频里是目击者和警方在事故现场拍摄的照片与录像，建筑与花园广场之间的车道上，尚未干涸的血迹触目惊心，人们的惊呼声此起彼伏，打着马赛克的婴儿照片让观众为之鼻酸。

惟希闭一闭眼睛。哪怕她已经认真仔细地研读过事故现场报告，看过这些照片，此时仍觉得难以承受画面的冲击。一条鲜活而稚嫩的生命就这样陨落，让人难以接受。

市中心玺荣别墅区内一幢花园洋房内的起居室里，身怀六甲大腹便便的年轻孕妇也在看电视，一旁的好友看她喜怒不形于色，微微叹息："你这又是何苦呢？"

孕妇闻言，将电视机音量调轻，垂头抚摸自己的肚子："宝宝不喜欢看这个节目？那妈妈换个台。"

斜在她身侧的好友好奇地伸手在她肚皮上轻摸一把："咦？宝宝在动！"

孕妇失笑："明明你有必要每次摸到胎动都这么惊讶吗？"

邵明明收回自己的手："只是觉得孕育一个生命实在太伟大、太神奇。"

她眼睁睁见好友从腰围一尺七寸的纤细女郎，一天天吹气般臃肿成体重一百五十磅的孕妇，挺着一个巨肚，坐卧不宁，孕早期更是吐得天昏地暗日月无光，两度因孕吐太过激烈导致营养失衡而入院。

孕妇浅笑："等你自己做母亲就会明白，为了孩子，一切都是值得的。"

邵明明注视自己手上的订婚戒指："我还没有下定决心和良森迈入婚姻的殿堂，更不要说成为一个母亲了，先玩几年再说。"

孕妇也不劝她，只是轻而坚定地拜托她："麻烦你居中，帮我联系徐小姐。"

邵明明坐正身体："你确定？"

"我确定。"

法律纪实节目播出后反响强烈，电视台的互动短信平台几乎被瞬间涌入的观众短信挤爆。观众们在痛斥犯罪嫌疑人陈某花的同时，也对死去女婴父亲的懦弱和不作为表现出了极大的愤慨。

惟希走进办公室，发现唐心正坐在办公桌后，聚精会神地看这期节目的网络视频，摇摇头，进自己的办公间去了。陈氏母子，一个面临牢狱之灾，一个被人指着脊梁看不起，仿佛都得到了应有的惩罚，可是那条逝去的小生命和这件事带给她母亲的影响，将成为她心中永远也无法磨灭的伤痕。

惟希暗暗一叹，男怕入错行，女怕嫁错郎，古人诚不欺我也。

太多新闻和血淋淋的案例，让惟希情不自禁地生出"结婚有什么好"的疑问。像唐心那样，有感觉就谈一场轰轰烈烈的恋爱，没感情就迅速果断地分手；高兴便认认真真地上班，觉得没意思便扬长而去，满世界旅行，竟仿佛是最完美的生活状态。

惟希这样想着，拥有完美生活状态的唐心推门而入，一双明媚大眼里满是调皮："希姐，你昨天在节目里好帅！陆骥也好帅哦！"

"陆骥是我以前的上司，要不要介绍给你？"惟希笑着问唐心，倏忽发现她真的能毫无芥蒂地提起陆骥的名字，而不再隐隐作痛。

唐心大眼骨碌转："不要，等我把卫傥追到手再说吧。"

"你还没放弃？"惟希诧异。她本以为唐心只是心血来潮随口一说而已。

"这么符合我审美的男人，怎么能随便放弃？！"唐心瞪大眼睛，"好男人可遇而不可求，一旦遇到了，就要努力去追，用心去追！"

惟希笑起来："等你的捷报。"

唐心红艳艳的嘴唇微噘："革命尚未成功！"

惟希挥手，示意她没有什么事要交代她办，唐心笑眯眯地递上一张便笺："杜女士约你周六下午三点春雷茶社喝茶。"

杜女士？惟希在脑海里搜索此人，唐心笑盈盈地提醒她："就是前段时间的那位'杜女士'。"

惟希恍然大悟："知道了。"

是邵明明？她又玩什么花样？

周六下午，惟希准时赴约。

保险理赔调查员这份工作，空闲起来，三五天也不见得会出一趟险，有时候忙起来，一天之内整个部门的人都跑去出险也是屡见不鲜，连周末也不得空闲。十一月中小学、大专院校已经开学，随着假期的结束，旅游淡季的到来，保险理赔也进入到了一年当中难得的淡季。公司同事们先后错开时间放起了年假，惟希因年资不久，遂自请最后一个放年假。

唐心一直试图怂恿她趁年假的机会和她一起去瑞士旅行。

"瑞士我熟，我有朋友在那边，吃住行程全包哦！"

"我有点家事要处理，下次吧。"惟希不得不拒绝这个诱人的邀请。

弟弟徐惟宗的脚伤已基本好痊愈，能下地行走，医生叮嘱他只要不负重，日常生活没太大问题。然而他却借口脚伤不能负重，在家里过起衣来伸手饭来张口的日子。

王女士溺爱儿子不错，但也很享受自己和麻将搭子们的休闲时光，一边要伺候儿子的饮食起居，一边想要腾出时间来去搓麻将，便觉得有点分身乏术，遂将脑筋动到女儿身上来，指使惟希下班后过去他们临时租住的老公房，去给她的宝贝儿子做牛做马。

惟希哪里会受她指使，想起自己给徐惟宗在卫悦的农庄里要了一个名额，嘴角勾起一点点笑，答复王女士："我知道了。"

王女士欢天喜地地挂了电话，惟希嘴角那抹笑始终未消，不晓得王女士知道她的下一步之后，会是什么表情？想一想都觉得有点小激动呢！

打发了以为全宇宙都该围着她和她的宝贝儿子转的王女士，惟希心情大好，前来赴邵明明的约也眼中带笑。小小甲壳虫驶进闹市中幽静的别墅区，车道两旁的梧桐树枝叶伸展，地上已经开始有落叶，金黄色的落叶和枝头绿荫如盖相映成趣。哪怕别墅区门口的保安拦下她的甲壳虫盘问而放保时捷跑车畅行无阻，也没能影响惟希的心情。

等惟希将自己的小甲壳虫汽车停在别墅区里的春雷茶社前，又看见稍早那辆颜色风骚的宝蓝色保时捷跑车，她不由自主地多看了两眼，流畅的车型完美的线条，无愧其世界十大跑车之一的盛名。

随后惟希转身，拍拍甲壳虫的车顶："放心，初恋总是美好的，你始终是我的最爱！"

说罢走向中式建筑风格的茶社。

惟希推开方胜纹雕花门，午后的阳光斜斜地透过门上的雕花棂格，在青砖地面上投下错落的光影，正对着前门竖着一座透雕花卉六扇屏风，梅兰竹菊松柏雕饰其上，腰板浮雕缠枝莲纹，裙板雕有夔龙寿字纹，端庄稳重又富贵大方。以她的眼力，也只看得出绝不是近代仿的，应该是清早期或者更早流传下来的古董。

转过屏风，茶室的大堂里设着一个小小的戏台，此时此刻正有两位弹词艺人，上首执三弦，下首持琵琶，徘徊婉转地唱着玉蜻蜓。惟希站在一旁听了两句：

"他笑我醉翁之意不在酒，他笑你口念弥陀假惺惺。笑我佯作轻狂态，笑你娇情冷如冰。笑我枉自痴情多，笑你不该少怜悯。长眉大仙呵呵笑，笑的是——你瞒我，我瞒你，错过青春无处寻，无处寻！"

这时有穿月白色唐装上衣黑色麻料直管裤、眉目清秀的小堂倌上前来接待惟希："请问客人几位？"

"我与杜女士有约。"

"请随我来。"

堂倌引着惟希在两旁门楣上挂着"鸟鸣涧"、"碧纱橱"等各色牌匾的走道上向前，来到不厌居门口，轻轻敲门等到请进的答复后替惟希推开门。

不厌居里，邵明明已经先一步到了，正坐在黄杨木的椅子里把玩桌上插着一簇娇艳欲滴的四季海棠的青瓷美人瓶，见惟希进门，放下手中的花瓶，招呼她落座："我还请了一位好友，你不介意吧？"

惟希摇头。

穿着休闲，姿态惬意的邵明明笑问："最近可忙？什么时候和卫悦一起，我们四人出海钓鱼？"

惟希睇一眼邵明明，只见她笑靥如花，眼角眉梢都是开心快乐的颜色，不免替她高兴。

蒲良森此人，行事让她有些许疑惑，不懂他为什么执意要扭转自己对他的印象，不过他也并没有进一步纠缠她。日常生活中蒲生是个颇懂情调又极其克制的人，从她对他的调查就能看得出来。回国至今，他除出与邵明明的恋情之外，再无其他任何绯闻。他一不沾染女明星，二与女同事也没有过从甚密的行为。仿佛是一个十分理想的伴侣。

"我的工作性质，说不定什么时候就忙得脚打后脑勺，所以没办法给你一个准确的时间。"

"你能力这么强，为什么不换一份更有前途的工作？"邵明明捧腮问。

惟希失笑。这未婚夫妻二人，像是约好了，先后劝她跳槽。

"大概我没有太大的追求吧。"

淑女邵明明小姐耸一耸鼻尖，做一个"我才不相信你"的表情，这时敲门声再次响起，她才闻声正坐。

先行映入惟希眼帘的是来人硕大的肚子，惟希视线上移，才随后看见来人长眉杏目，笑吟吟的粉面。惟希和邵明明齐齐起身，一个替进门来的孕妇拉椅子，一个则接过孕妇臂弯里的手袋放在一旁。

孕妇笑容明朗："想不到怀孕后待遇如此之好，能得我们邵大小姐的殷勤照拂。"

邵明明横她一眼，三人一边重新落座，她一边向惟希介绍："这是我中学时的死对头，黄文娟。"又对摸出手帕来擦汗的孕妇道："这是我新交的朋友，徐惟希。"

黄文娟向惟希微笑："你好！我来得迟了，让你久等。"

邵明明朝着雅室的轩窗扬一扬精致的下巴："我看你的车已经停了有一段时间。"

惟希随着她的视线望去，透过轩窗明亮的玻璃，正好能看见停在茶社外头的那辆保时捷911 Carrera S，不由得心想：看起来温婉秀气的一个人，然而骨子里到底还是透着凌厉，难怪和"杜女士"是朋友。

黄文娟淡淡一哂。"唉……怀孕就是这样辛苦，月份大了以后，总是忍不住要跑洗手间。"又垂头对着肚皮，"真是个磨人的小东西！"

话虽这样说，脸上却洋溢着毫不掩饰的将为人母的喜悦。

邵明明朝惟希挑眉："看她现在这副样子，你绝想不到她以前是多厉害的一个人，读书的时候一言不合二话不说薅头发就揍，被她打过的男生女生不计其数！"

孕妇闻言先是笑得巨肚直颤，随后一手捧着肚子，一手"啪"一声拍在邵明明的手臂上："拜托你给我留一点面子好不好？不就是以前打过一架么？有必要逢人就拿出来说，败坏我在你朋友眼中的形象吗？"

"此时不报，更待何时？！"邵明明笑得眯眼。

惟希不能想象眼前这两个看起来就十分养尊处优的女郎当年打架是何等情形。

"不说这些，我们先叫茶点。"黄文娟取过雅室桌上古色古香的竹简酒水单展开，打算递给惟希，"很高兴认识新朋友，我做东，徐小姐别同我客气。"

"对！别和她客气，点最贵的！"邵明明斜过身去将头挤在孕妇身旁，"我要吃消灵炙、松子鹅油卷，还有荔红步步高！惟希，此地好几样茶点据说是唐代传下来的。"

黄文娟用白嫩的手指缓缓把邵明明的额头顶远："这是什么香味？呛死人。"

邵明明喊冤："知道你怀孕以后变狗鼻子，我什么香水都没抹！"

说着还抬头四周闻一闻："你幻嗅！"

惟希微笑。原来大小姐私底下和朋友在一起是如此活泼。

黄文娟向惟希道歉："失礼失礼，让徐小姐看笑话了。"

惟希摇摇头："是我羡慕两位如此深厚的友情才真。"

三人最后叫了四色茶点并一壶适合孕妇饮用的菊花绿茶。

"要你们迁就我，实在抱歉。"

"黄小姐太客气了。"惟希总觉得黄小姐待她实在客气太多，恐怕今天绝不是喝茶交朋友这么简单。

等茶水点心送上，茶博士体贴地替三人关上雅间的门，黄文娟取过与净白瓷茶壶相配的素净白瓷茶盏，在茶托上一字排开，洗杯、凉汤、投茶等每一个步骤都进行得有条不紊，从容自得，当她一手执壶，一手轻压壶盖，手腕轻提，微微拉高茶壶，又轻垂壶嘴，如此三起三落，清澈的茶汤三高三低注入茶盏内，动作行云流水，柔婉优雅，赏心悦目。

黄文娟将茶水奉至惟希与邵明明跟前，这才说："我今日托明明居中请徐小姐来，不单单是想和徐小姐交个朋友，还是有事想麻烦你。"

果然！惟希颔首："请讲。"

黄文娟微忖片刻，整理了一下思路："虽说家丑不可外扬，但这件事的源头，要从家父说起。家父单名潜，字忍之。"

惟希"啊"一声。

说黄潜她也许不很清楚，但提起黄忍之，那真是鼎鼎大名了。

黄忍之祖籍潮汕，自小离家跟着做厨师的叔父到浦江来当学徒。十年出师，先在各色大小餐馆里当过厨师，后来自己创业，成立他餐饮集团的第一间潮汕菜馆。因口味正宗，食材新鲜，没多久就开出分店。黄忍之经营有方，两间潮汕菜馆逐渐扩大成在本埠和全国拥有数十家分店的大型连锁餐饮企业，专做精品潮汕菜，在本城五星级酒店还有他家的高端餐厅。

如果说邵明明之父邵向前是建材大亨，那黄忍之则是当之无愧的餐饮大亨。

黄文娟神色有些许迢遥："家父因祖籍潮汕，打骨子里十分重男轻女，他也从未掩饰这一点。家母只得我这一个女儿，当时响应国家号召，再没有生第二个孩子。最初家父是想将我送给老家的亲戚抱养，他好再要一个孩子，只不过我出生后他的餐饮生意日渐红火，家母说我命中带旺，怕送走我的同时把财运福运也一起送走了。"

说到这里，黄文娟轻哼一声，邵明明伸手握住她的手。她安抚地拍一拍邵明明手背："我没事，已经过去这么多年，我还有什么看不开的。"

她朝惟希耸肩："家父不但重男轻女，还极其迷信，到底没有把我送回潮州老家。不过他也没有就此熄了生儿子的心，在外头一直有女人。家母也睁一只眼闭一只眼听之任之，只明确表示，如果生下儿子，验明真是黄家的种，便抱回家由她抚养。"

邵明明冷嗤："命里有时终须有，命里无时莫强求，都一把年纪了，黄伯伯还没死心？"

惟希不便发表意见，但看得出来这件事并不是什么秘密，黄文娟也很坦然，仿佛已经接受这荒唐滑稽的现实。

"我从小要强，总想证明自己并不比任何一个男孩差。"她喝一口茶润润喉咙，"我读书时名列前茅，以优异的成绩高中毕业考进大学，当时明明劝我和她一起出国，可是我为了争一口气，想让家父看到我不仅仅是一个他花钱供到大学毕业的花架子，选择留在国内，一边打工一边完成了学业，这期间除了年节收的红包，我没要过家里一分钱。"

想起那段往事，黄文娟抚摸着肚子，轻笑："当时真是把自己逼至极限，人又黑又瘦，明明和我视频通话时简直不敢相信那就是我，立刻乘飞机回来陪我。"

邵明明紧一紧两人交握的手，以示支持。

黄文娟接下来所说的经历，让惟希目瞪口呆。

她大学毕业，顺理成章进入自家公司任职，从基层做起，一步步稳扎稳打，一年后升迁至华东地区市场部主管，就在她以为自己能大展拳脚成就一番事业给父亲看的时候，其父却忽然要求她找个入赘女婿，马上结婚，尽快生一个内孙给他。

黄文娟当时难以置信地望着她的父亲。他难道看不到她的努力，看不到她做出的成绩吗？一个男性继承人对他真的就那么重要吗？

"我真的想对他咆哮，可是我的教养不允许我那么做。"黄文娟把玩手中的茶杯，"独生子女家庭有几个愿意让儿子入赘？至于那些非独生子女家庭……"

她耸肩，做一个"大家都懂"的表情："家父大概也料到我会产生抗拒心理，一手替我安排数场相亲，我也因此认识了我现在的先生。"

　　惟希忽然之间意识到，铺垫了这么久，正题终于来了。

　　黄文娟现在的丈夫是黄忍之公司里年轻有为的员工，会英法日三国语言，主要负责开拓市场这一块。他年轻，有想法有冲劲，所做的提案有不少一经推出就大获好评，因此引起黄忍之的注意，将他列入自己招婿的候选人名单，安排他与女儿相亲。

　　"我大可以拒绝父亲把我当成生继承人的生育机器，可是我没办法一天天地忍受母亲唉声叹气，父亲冷眼相对的无尽折磨，所以我做出让步，向他们妥协。我会尽快结婚，尽快生孩子，然后得到解脱，去做我自己想做的事。"黄文娟注视自己手上的钻戒，"除了我先生，家父还另外安排了两名相亲对象，接触下来，我还是觉得和我现在的先生聊得最投机。我们年岁相当，有很多共同话题，他学识渊博，幽默风趣……"

　　惟希注意到邵明明神色中有一点点不以为然。

　　"我先生由寡母抚养长大，上头有一个哥哥，已经结婚。我们相处半年后觉得彼此都很喜欢对方，家父也向他明确了招赘的意图，并表示会在我们的婚房附近买一层大公寓房，供他母亲和兄嫂居住，由我们出资赡养老人并请家政助理帮忙料理家务。"黄文娟侧头回想，"他并没有立刻答应家父，只说这不是一件小事，需要回去与长辈商量。三天以后，他先来找我，握着我的手对我说，他爱我，在外人眼里，招赘也许意味着吃软饭、没地位，可是在他心里，他只是不想因为自己莫名的倔强，而错过一辈子的真爱。他还直言愿意和我签订婚前协议，包括家父买给他母亲和兄嫂的房子，一概只写我的名字，赡养老人和请保姆的费用他自己就能负担。我不是不感动的。"

　　事情如果真像看起来这样完美，就不会有今天这一场见面了，惟希想。

黄文娟接下来的话验证了她的猜测。

　　"我们结婚三个月后，我如愿怀孕，我先生以'晚上经常会接到工作上的电话'为由，开始和我分房睡。他对我并不冷淡，但是总有太多的事需要他去处理。他在研究美国市场，两次出差去纽约考察，说要像百胜餐饮集团把肯德基、必胜客连锁快餐开到中国来一样，在纽约第五大道开一间高档中餐厅，推出最正宗的潮汕菜，让美国人品尝到真正的中国美味。他野心勃勃，眼里全是对未来充满希望的闪光，我在他身上仿佛看到了那个想要做出一番事业的自己，所以我没有在分房睡这件事上过多纠结。

　　"可是不知道是我怀孕后多愁善感、疑神疑鬼，还是其他什么原因，我总觉得心神不宁，好像有什么事要发生，却又拿不出具体证据，我只是有很强烈的直觉，我不会喜欢将要发生的事。"

　　"所以？"惟希轻问。

　　"所以我想拜托徐小姐，替我调查一下我先生最近的行踪和他在筹划的事情，"黄文娟缓慢而坚定地说，"不必在意费用。"

13

南乳五花肉
NAN RU WU HUA ROU

惟希没有觉得黄文娟疑神疑鬼，恰恰相反，她深以为女性的直觉在很多时候都准确得吓人。黄文娟苦于没有证据支持她的怀疑，无法与父母亲人倾诉沟通，幸好有邵明明作为她最坚定的支持者，居中联系惟希，希望能调查清楚她先生，是否如同她的直觉在暗中策划什么。

周一一早，惟希将黄文娟请托的工作告诉唐心，麻烦她做一下曹理明的背景调查。她相信黄父在为女儿介绍相亲对象前，也一定对候选人做过一番调查，可是他未必会像专业人士一样挖掘得那么深，黄文娟所说也仅仅只是她了解的那一部分而已。

唐心一听黄忍之、黄文娟、曹理明的名字，新染的浅棕色眉毛一挑，"哈"一声："她竟然能忍到现在！"

惟希看向一脸"我早知会有今日"表情的唐心："换成你，你会忍多久？"

唐心大力敲击桌面："我？我一天都不会忍！希姐，如今是什么时代了？！黄老头还死活想要一个儿子继承家业？一把年纪眼见生子无望，就把脑筋动到女儿身上，逼着女儿找上门女婿……啧啧，亏他做得出！"

显然，叛逆到特立独行，父母都拿她没办法的唐心，对餐饮大王黄先生的做法很是不以为然。

惟希思及唐心刚刚跟在她身边的时候，就很明确地表示她完全没有继承唐先生的公司的意愿，她的目标就是拿着父亲唐伯乾给的巨额生活费，自由自在地度过每一天，要不是唐先生执意要求她必须找一份全职工作，否则就停掉她的生活费，又拉下老脸到处托人，她才勉强待在盛世。

唐心一拍胸口："这件事包在我身上，保准四十八小时之内把曹理明的底子查得清清楚楚！"

惟希见她如此卖力，忍不住微笑。唐心有唐心的生活社交圈，除开上班之外，她和惟希仿佛处在两个不同的世界。虽然唐心努力想将自己的上司徐惟希拉进她那个社交圈，可惜她的几番尝试都没能成功。

但是唐心在土豪圈内很有人缘，有许多连惟希都无法掌握的消息渠道，颇多陈年秘辛，问她准没错。

果不其然，隔日唐心就将厚厚一叠背景调查报告交到惟希手里。

"这么多？"惟希考虑过由寡母抚养长大的曹理明成长的过程未必如黄文娟一语带过的那么简单，可是也没料到会是这么厚一摞。

"不要太精彩！"

惟希翻开报告，越看越惊心。

报告内附有曹理明从幼儿到求学直至毕业期间的照片，看得出来小时候生得虎头虎脑，十分可爱，中学发育长高后脱去青涩稚嫩，仿佛一夜之间就变得高大英俊。

曹家两兄弟成年后面貌都酷似母亲郁汀汀，但曹理明则更像一些，与保养得宜的曹母并立在一处，娇小的曹母和小儿子看起来更像是一对姐弟。

曹母郁汀汀一九六〇年生人，十五岁赶上最后一批上山下乡，与同龄人奔赴大西北，次年历时十年之久的动荡结束，知青们陆陆续续返城，郁汀汀也在其中。

回城后因为没有更高的文化，她服从街道安排，进入当时的浦江国棉十二厂当挡车工，后结识了同为国棉十二厂的机修工人曹爱国，两人确立恋爱关系，第二年经组织同意，结为夫妻。八〇年长子曹理光出生，三年后次子曹理明出生。当时已经实行计划生育政策，为此曹爱国受到厂里计划生育科工资降级处罚，并受此影响失去机修组组长的职务。

曹理国因而倍受打击，开始酗酒，喝醉就在家里打骂妻子和幼子。他们当年住在国棉厂职工楼内，此事算不上什么秘密。曹理明五岁时，其父曹爱国因一次酒后导致的生产事故当场死亡。由于是他本人醉酒上班，没有遵守安全规定，所以不能认定为工伤死亡，厂里出于人道考虑，还是给了郁汀汀一笔抚恤金。

郁汀汀寡母带着两个儿子，日子过得不是不艰苦的。寡妇门前是非多，颇有几个异性向她献过殷勤，被她拒绝后传出不少难听的流言，职工楼彼时家家户户还在用液化气钢瓶，有两次邻居家的老公见她实在扛不动，出手替她换了，惹得其妻在楼道里跳着脚大骂。

此事直接导致郁汀汀母子三人从职工楼搬到附近的老公房居住，虽然房子没有以前大，但有独立卫生间和供煤气的灶间，自此减少很多不必要的麻烦。

曹母因为丈夫在世时一直迁怒打骂小儿子，所以对他格外关心和保护，遇到什么事情都以他的感受为重。有传言因为房子小，曹理明直到初中还与母亲睡一张床。

惟希皱眉。假使曹母这么爱重次子，怎么会同意他入赘黄家？

报告中后段都是曹理明如何聪明，学习成绩如何优秀。因为家庭关系，老师同学都对他格外照顾，他在集体中一直受到大家喜欢。他曾在少年宫学过三年吉他，在学校里属于文体全面发展的好学生。大学时期，他曾交往过一个女朋友，但在毕业前夕，两人和平分手。女方出国留学，现在美国定居。

美国。惟希以手指在这两个字下方来回用力划了两下。

除此之外，唐心还额外附送黄忍之的绯闻。

"黄老头在外头养的一个情妇三年前生下女儿，如今又有身孕，算预产期，恐怕与他大女儿的产期相差无几。"唐心两眼放光，"不晓得黄女士可知道她又要当姐姐了？"

惟希闻言几乎想问唐心，她这唯恐天下不乱的脾气，究竟遗传自父母哪一方？

下班后惟希驱车到母亲王超英和弟弟徐惟宗暂时租住的老公房，停车后在小区附近的咸肉菜饭馆子里买了两份炒饭配两碗黄豆猪脚汤打包带上去。

因徐惟宗惹下的麻烦，王女士卖房卖得极不情愿和匆忙，钟放的手下并没有给他们多少时间寻找暂时容身的过渡房，徐惟宗又被打断了腿，王女士出院之后只好匆匆在附近找了一家房产中介租借一套一居室，将家中能搬走的各种家具杂物一股脑塞进这小小的一室一厅当中。

惟希敲门时王女士前来应门，见是女儿，她双眼一亮，刚习惯性地打算骂她两句撒气，想想还要让她每天来伺候他们两母子，只得把涌到喉咙口的话咽回去，皮笑肉不笑地招呼惟希："下班了？来来，进来坐。"

惟希走进屋内，不大的客厅被橱柜沙发塞得满满当当，徐惟宗坐没坐相地斜躺在沙发里，两脚趿拉着拖鞋翘在茶几上，正在打游戏。听到母亲姐姐在门口交谈，原本不想动弹，稍一犹豫，还是收回脚，放下游戏手柄，人也坐得笔直："姐姐辛苦了，你坐。"

惟希瞥了一眼沙发上随手抛着的毛巾与外套，没有坐下的打算。像他这种四体不勤、五谷不分、被宠坏了的妈宝，早就应该痛揍他一顿，扔到农村去挑肥种地！

徐惟宗顺着她的视线看到沙发上乱糟糟的东西，讪讪地伸长手臂，一把搂过来塞到背后。

惟希将手里的外带餐盒放在茶几上："你先吃饭，吃完饭我有话和你说。"

王女士在一侧眨巴眼睛，想斥责女儿没有买菜过来亲自下厨，然而只见儿子乖乖地拆开塑料拎袋，取出里面的塑料餐盒，埋头大口大口吃起来，完全不像平时对她抱怨饭菜不可口，菜多肉少的那副样子，内心竟颇不是滋味。

惟希很不想理王女士，然而想起祖母的殷殷叮嘱，到底还是维持住起码的礼貌："也给你买了晚饭，你吃过饭了吗？没有的话，和惟宗一起吧。"

王女士纵有再多不满，终究还是忍了。自儿子当着她的面被放高利贷的人打得骨折，她就知道，这个女儿再也不是以前的那个囡囡了。

"你和惟宗说话，我一会儿再吃。"王女士说罢拧身进厨房去了。

徐惟宗三口两口将一盒炒饭吃个精光，一碗汤也喝到底朝天，随后从茶几上抽一张餐巾纸抹干净嘴巴。

惟希淡问："吃饱了？"

徐惟宗点头如捣蒜："吃饱了，吃饱了！"

"好。周六早上我会过来接你，你穿得干净整齐一点，最好去剃个头，人看起来也精神些，然后我带你去面试。"

面试？徐惟宗听得一愣。

"麻烦你配合一点，否则我不介意打断你的另一条腿，免得你出去闯祸，殃及家人。"

惟希这话说得不带一丝烟火气，却让徐惟宗吓出一身冷汗，被打断过的左腿腓骨隐隐作痛，嘴里忙不迭答复："我会的，我一定会的！"

惟希满意地点点头，对躲在厨房里听壁角的王女士说一声"我先走了"，拉开门从容离去。

王女士这才从厨房里出来，一边嫌弃地打开外卖餐盒，一边问儿子："她要给你介绍工作？"

徐惟宗蔫头巴脑："只是去面试，能不能成功还不知道呢。"

王女士戴着金戒指的肥手在他后脑勺上一拍："你打起精神来！没听见你姐姐说的话吗？！她从小主意就大，现在认识的都是有钱人，给你介绍的工作一定不会差。只要你能找到一份好工作，妈妈就放心了。"

王女士回想起儿子出生后这二十年，自己失去工作，和丈夫离婚，早早就办理了待退休在家抚养照顾儿子，偏偏儿子还不懂事，受坏女人引诱，至今一事无成……王女士想着想着，悲从中来，捧着饭盒，痛哭起来。

徐惟宗很少见母亲如此，一时有些手足无措，好半天才伸手轻轻放在她背上，声如蚊蚋："老妈，你放心，我这次会好好工作的……"

卫侃接到惟希电话，约定好周末上午十点在缓归园面试徐惟宗，才结束通话没多久，夏朝芳的短信发过来。

"侃哥，我知道错了。"

卫侃看着这短短七个字良久，想狠心不理会她，然而到底还是长叹一声，拨电话过去。

"真知道错了？"

电话那一头叠声表示真的知道，一定改正。

"我……待在家里实在太无聊了。"夏朝芳嗫嚅片刻，"傀哥……你能不能让我去农庄上班？"

卫傀在电话这头静默两秒，随即轻笑："你想清楚了？农庄这边没人会贴身照顾你的饮食起居，也没人迁就你的作息，一切都得自己动手丰衣足食……"

"我可以！"夏朝芳答得斩钉截铁。

"那好，你明天上午直接叫一辆出租车来农庄。十点，不要迟到。"卫傀不再啰嗦，"把电话给阿姨。"

待电话转至阿姨手上，卫傀表示了对她多年来精心照顾夏朝芳的感谢："谢谢你一直以来对朝芳的照看爱护。原本你已经回老家去与家人团聚，为了朝芳又与家人分别。现在她年纪不小，也是时候锻炼她独立生活的能力了。至本周结束，你的工作正式结束，我会将你的工资结算到本月底，另发放双倍工资作为解职金。"

卫傀说完挂断电话。他隐约发觉阿姨自从老家重新回来照顾夏朝芳之后，对待他的态度就颇为奇怪，总怂恿她做一些并不适当的事，一会儿想进雷霆工作，一会儿又要到农庄上班。他并不打算深究其背后的用意，齐婶毕竟照顾夏朝芳多年，卫傀无意做得太难看，正好趁今次夏朝芳提出到农庄的机会，解除双方的劳动关系。

至于电话那头齐婶是如何懊恼自己不该多嘴撺掇夏朝芳去农庄上班，她可以借机接老家的儿子媳妇孙子来城里，招待他们住几天，痛痛快快地在新建的主题游乐园里玩上一回，回去也好向老家的亲友炫耀这份工作有多轻松多赚钱的主意落空，还丢了工作，则已全不在卫傀考虑之内。

周六一早，卫傀驾车来到缓归园。

进入秋季的农庄，清晨有薄雾笼罩。路基一侧稻田里的水稻已经成熟，稻穗沉甸甸的，金黄饱满，要趁天气晴好组织收割；远处的草莓棚内草莓已经定植成活，现在正是花期，需要每天将农场内养的蜂群放入大棚内，保证草莓授粉；鱼塘里的水温逐渐降低，每天除了早晚两回投放饵料，一日三次的巡塘不能疏忽大意……卫悦一路阔步走向农舍，一路在脑海里规划一天的工作安排。

走进农舍，工作人员大部分已经到位，见他早早到来也是习以为常。经理向他汇报了周五晚间的营业状况。

"今天中午晚上的位子全都满了，亲子采摘和来吃全蟹宴的占大头，那边别墅区向我们订购大批有机蔬菜还有新米。"

卫悦点点头："我们量力而行，如超出我们现有的供应能力，要明确告诉对方，不要从别处调货，要保证农庄出产的品质，不可贪图一时之利益。"

他听说过有几家农社的生意太好，供不应求，为留住客源，到外头购买无机蔬菜水果和养殖场的鸡鸭冒充农社自产，出售给客人。客人有些来自外地，有些从城市另一头前来，购买到品质不佳的农产品，很可能因为路途遥远，不会前来维权，但是不良口碑却留在客人心里。

卫悦处理一些账务问题后，与经理商定好过完忙碌的周末，开始组织人手收割水稻。

九点五十，夏朝芳先到了。

卫悦看着剪短头发，穿印花卫衣牛仔裤脚踩一双涂鸦运动鞋，背名牌双肩包，一副前来秋游模样的夏朝芳，示意她旁边稍坐。

夏朝芳满腔欢喜似被泼了一盆冷水，十分不情愿地在农舍大堂内的红木沙发上坐了下来。小狗来福见到陌生女郎，欢快地上前来扑到她脚边闻来闻去，夏朝芳只差没尖叫一声缩到椅子上去，可是一瞥卫悦，只好忍着缩脚的冲动，力持镇定。

卫觊低声召唤小狗："来福。"

小狗摇着尾巴高高兴兴地跑到他跟前，"汪汪"直叫。

隔不多久，不到十点的时候，惟希带着走路还稍微有点不太敢用劲的弟弟惟宗在晒谷场上停好车，走进农宅大门。

卫觊见姐弟两人进门，迎上前去。

"来了。"

"让你久等了。"

两人同时开口，随后望着彼此，露出微笑。

来福在两人之间钻来钻去，几次站起来试图扑到惟希身上，惟希干脆一弯腰捞起它，托夹在臂弯里。来福的尾巴摇得更欢了。

惟希挠一挠它的后颈，俯身将它放回地面上，然后向卫觊介绍徐惟宗。

"这是舍弟徐惟宗，惟宗，这位是农庄的老板卫先生。"

卫觊向徐惟宗伸出手："你好！"

徐惟宗连忙与之握手："卫先生，您好！您好！"

卫觊还待与徐惟宗进一步交谈，倏忽手臂一沉，坐在一旁的夏朝芳猛地站起身，将她的胳膊挽进他的臂弯，略带敌意地问：

"觊哥，他们是什么人？"她其实只想知道短发干练的女郎是谁。和她从骨子里透出来的灵动相比，夏朝芳觉得自己今天这一身刻意打扮就像是一个没见过世面的村姑。而她和卫觊之间无需言语的熟稔感觉更让夏朝芳觉得自己在卫觊心目中的地位受到了威胁。

徐惟宗虽然与姐姐从来都不亲近，可是眼前这个女孩子对姐姐惟希的敌意他却即刻感受到了，下意识地蹙眉瞪向她。

夏朝芳将身体往卫觊身后躲了躲，轻嚷："觊哥，他瞪我……"

惟希扣住惟宗手腕，示意他不要惹事，然后朝卫觊微微苦笑："对不起。"

"与他无关。"卫偋啼笑皆非地将夏朝芳的手从自己臂弯里拿开，"你要是连别人的一瞪眼都承受不住，也不必在农庄里上班了。"

说完引惟希姐弟向外走。"抱歉，老战友的女儿，被大家惯坏了。我先带你们参观一下工作环境。"

夏朝芳咬着嘴唇运了半天气，眼见无人理会她，内心交战片刻，气哼哼地跺一跺脚，还是跟了上去。

卫偋引领惟希兄妹和缀在后面不甘不愿别扭无比的夏朝芳参观农庄。

"眼下正是农忙时节，周末客人比较多，无暇他顾，周一开始稻田里的水稻就要统一收割。我们采取小型水稻收割机与人力联合收割的方式，尽量减轻人力劳动强度。"

惟希点点头。她是见过祖父母在田间劳作的辛苦的，常年躬身在田地里插秧收割，腰腿膝盖落下毛病，上了年纪以后统统反映出来。

经过稻田果林，绕过农舍，后头有望不到头的大棚和大片池塘。

卫偋伸长手臂划了一圈："那边是果园生态养鸡，这片是鱼塘和鹅、鸭混养，还有绿色无公害蔬菜水果大棚。农庄里的男性员工会比较辛苦一些，投喂饵料、捕鱼、抓鸡鸭、宰杀的工作一般都由他们完成。"

惟希睄一眼站在旁边有点目瞪口呆的弟弟惟宗。他大概以为她会介绍一份轻松惬意的工作给他吧？

卫偋微笑，对跟在他身后不远处的夏朝芳道："女员工主要负责蔬菜水果的采摘清洗包装以及接待客人的工作，每天八小时，每周五天。"

"偋哥……"夏朝芳的内心是崩溃的，她现在打退堂鼓说不想来农庄上班了还来得及吗？

徐惟宗瞥见刚才对姐姐横眉冷目的娇小姐一脸惊恐的表情，忽然生出一股"我绝对不能让姐姐失望"的情绪来，认认真真地向卫侥保证：

　　"卫先生，我会好好工作，不辜负您给我的这次机会。"

　　倒让惟希好一阵愕然。徐惟宗长这么大，头一次如此郑重之地许下承诺。

　　卫侥颔首："我相信你不会浪费令姐为你争取到的机会。"

　　夏朝芳等来等去，不见卫侥来征求她的意见，只看到短发女郎明显获取了所有人的注意，那走路有点踮脚、刚才冲她凶巴巴的青年对侥哥俯首帖耳的模样，心中百般滋味，有委屈，有愤怒，更多的是茫然，最终化成一句："侥哥，我会听你话，你别不管我……"

　　话音未落，夏朝芳忽然蹲下身去，双臂搭在膝盖上，整张脸埋在臂弯里，闷声哭了起来。

　　徐惟宗莫名其妙，惟希若有所思，卫侥叹息一声，上前一步拉起哭哭啼啼的夏朝芳，转头对惟希说："让你见笑了，你们随意参观，我先带这丫头去洗洗脸，冷静一下。"

　　惟希点头，示意他随意。

　　卫侥这才握着哭得眼泪一把鼻涕一把的夏朝芳的胳膊，像老鹰抓小鸡一样将她带回农舍。

　　休息天的客人陆陆续续到来，大堂里服务员们已全部到位，整装迎接。领班是位笑容和蔼可亲的大姐，一看卫侥嬛着夏朝芳进来，忙上前一步从他手里拉过夏朝芳："什么事哭得这么凶。受什么委屈了？走走走，我带你去洗把脸，好好跟我讲讲。"

　　说完朝卫侥使眼色，卫侥感激地向大姐一揖手，旋足大步走开，隐隐听到身后大姐劝慰抽噎的夏朝芳："不要再哭了，再哭眼睛肿起来多难看……"

　　卫侥苦笑，失去父母，所有人都对她有求必应的夏朝芳，大抵是真的被惯坏了，性情天真，耳根子软，不懂人情世故，害怕

192

时就哭泣求救，总会有人替她解决问题。

中午卫傥请惟希姐弟在农舍员工食堂吃一顿员工餐，两荤两素一汤任意选的组合，味道好分量足，最要紧是农舍里工作的员工吃饭时表情香甜满足，大家三五人一桌，说说笑笑，气氛融洽。

食堂阿姨正是上次国庆来玩时见过的胖圆脸大嫂，看到惟希与卫傥相偕前来，笑呵呵地给惟希额外多加一块南乳焖五花肉：“多吃点，多吃点！”

夏朝芳看看惟希面前堆得小山一样高的焖五花肉，又看看自己与别人无二的餐盘，忍不住噘嘴，显得闷闷不乐。

三人落座，徐惟宗努力克服自己对周围的好奇，闷声不响埋头吃饭。他生怕自己一不留心说错话得罪人。

惟希看一眼青年头顶两个方向相反的发旋，轻喟，对卫傥表示感谢：“给你添麻烦了。”

卫傥笑一笑：“我这里管理很严格，令弟如果找你哭诉，可千万不能心疼。”

“没关系，我相信你！”

惟希的回答令卫傥发自内心地微笑：“定不负所托。”

夏朝芳半垂眼帘，拿筷子翻过来挑过去，将茭白炒肉丝里的葱末一一挑拣出来，嫌弃地丢在托盘里。

吃完午餐，自有人带徐惟宗、夏朝芳去办理入职手续，进员工宿舍熟悉环境，领取生活用品等相关事宜，卫傥则送惟希出来。

空气中桂花的冷香犹在，阳光从头顶上洒落下来，照得人身上暖洋洋的。两人并排走在路肩上。

“见笑了。”卫傥想一想，对惟希讲起往事，“朝芳……是我师傅的女儿。”

惟希半仰着头：“就是‘即使用信手从山野树林里采的野

菜，也能做出回味无穷的美味来'的师傅？"

卫悦点头，深邃的眼里是怀念的颜色。

"我们曾经在非洲一个国家为承担基建工程的中国公司当安保承包商，负责该项目与所有中方员工的人身安全、现场保护。"卫悦放缓脚步，"当地治安非常混乱，经常发生仅仅为十几美金抢劫杀人的恶性案件。我们的神经每天都紧绷着，生怕一个疏漏导致重大人员伤亡……师傅当时还有两年合同到期，打算退下来不再出外勤，改做安全培训方面的工作。"

他的声音低沉，带着缅怀与伤恸："他说他能教的都教给我了，以后就要靠我自己在实践中反复体会与摸索，磨炼自己的技巧，提升自己的能力。我们的安保合同马上就要到期，即将回国，师傅那几天特别高兴，一直说要在开普敦转机时多买些礼物带给妻女。"

卫悦驻足，面向大片金黄色等待收割的稻田。"就在我们准备回国的前一天，一伙当地反政府武装分子，开着装有重型武器的皮卡冲入我们的办公场所，挟持了在场的所有员工。我们中方保安在当地是不允许配枪的，而当地的持枪保安在看到反政府武装分子的重型武器后几乎无人反抗，悉数弃械，当场投降。"

惟希简直可以想象当时现场画面是多惊心动魄，不由自主地握住卫悦的一只手，仿佛这样就可以给遥远时空中的那个他一点点微不足道的支持。

卫悦垂睫凝视握住他古铜色手掌的白皙手指，反手握紧惟希的手。

"那些人的目的是通过挟持中国公民要求当地政府释放他们组织被捕入狱的一名主要成员，并用一大笔赎金换取人质的安全与自由。是时场面非常危险，武装分子情绪激动，处在失控边缘，举着冲锋枪不断向空中射击，随时随地都有可能开枪杀死人质。我们一组当值的保安赤手空拳，即使能放倒就近的匪徒，也无法保证不会造成不必要的伤亡。师傅在局势最危急的时刻挺身而出，表示自己是中方的高层管理人员，愿意用他一个人来代替所有其他在场的工作人员作为人质。

"匪徒最初并不同意，他们觉得人质越多，保障越大，达成目的的几率就越高。师傅运用自己的谈判技巧，一直与匪徒交涉周旋，最后匪徒答应放走大部分中方员工，但必须留下两个主管作为人质。"

卫傀回忆到这里，微微一顿，八年时间如同流水，一晃而过，但师傅的死却如同昨日般清晰，每每想起，都教他痛不可抑。

"我提出和师傅一起留下来，师傅不同意，匪徒也反对。他们大概是觉得我人高马大，不好控制吧。最后师傅和另一位中方财务主管林大姐留在匪徒手中，他俩说他们年纪大了，万一牺牲也没有什么遗憾，要把生的机会留给我们年轻人。在我们被释放的时候，师傅交代我，假如他有个万一，请我照顾好师母和朝芳……"

惟希想起那个蹲在地上哭得毫无形象的女孩子，倏忽心酸，用另一只手拍拍卫傀手背："辛苦你了。"

他除了要照顾一个没有一点安全感的孩子般的夏朝芳，现在还要额外多管教一个中二青年徐惟宗。

卫傀喟然一叹："我觉得自己并没能照顾好朝芳。"

当年的事，影响颇大，不但当地的新闻连篇累牍地报道，还上了央视新闻。政府军坚持不与恐怖分子谈判，哪怕中方领馆领事再三强调以人质安全为要，愿意寻找当地有名望的族长出面从中斡旋，政府军还是没有等到反政府武装分子给出的最后时限便以武力强攻。

一片混乱的激战中师傅为保护林大姐胸部中弹当场牺牲，林大姐遭子弹击中腰部，虽然事后经过手术救回一条命，但却导致下肢瘫痪，终身无法行走。

基建营地遇袭的消息通过新闻第一时间传回国内，师母苦苦支撑到师傅的灵柩运回国内，勉强参加完师傅的追悼会，等师傅火化下葬，师母便一病不起，缠绵病榻一年，最后留下十六岁的夏朝芳，撒手人寰。

他们几个被师傅用自己换来生存机会、得以活着回来的人，相互约定，一同照顾夏朝芳。他们关心她的升学问题，出席她的家长会，筹办她的生日派对，安排她的毕业旅行，满足她的一切大小愿望，替她解决所有可能出现的困难危机。

夏朝芳从来没有机会面对那些想瓜分她父亲抚恤金、她家拆迁款的亲戚，更没有为动迁安置或者动迁意向合同的签订花过一点心思。所有幸存归来的人，有律师、工程师、精算师……每个人都在以自己的方式保证她生活安全无虞。

可是即便如此，卫傥想，他们，他，也始终无法代替她失去了的父爱和母爱，给她全然无忧的安全感与快乐。他们不舍得骂她，更不会打她，她犯的一切大错小错他们都会毫不犹豫地原谅她，包容她，替她找借口。只因为，她是师傅生命的延续，他们哪里狠得下心去责骂她？

终至形成今天这样的局面。

惟希黯然，谁又比谁不幸呢？

她紧紧握住他的手，仿佛这样，能给彼此无尽的勇气。

惟希没有回自己市区的公寓，而是回老房子去看望父亲。

祖母在生态农庄乐不思蜀，徐父接过老太太的工作，闲来在老房子里莳花弄草，养鸡遛狗。

惟希推开院门，几只老母鸡"咕咕咕"地在细竹枝圈起的篱笆里来回走动刨食，见人来了也不惊慌。新抱来的混种小花狗听到响动，在屋里"嗷嗷嗷"叫得十分欢快。

"花花叫得这么开心，有人来了？"父亲的声音自里头传来，听着再寻常不过，惟希的眼泪却再忍不住，蓦地就涌了上来。

门锁轻响,方门才开了一条缝,小花狗就猛地冲了出来,跑到惟希跟前,蹦得老高。

惟希一把抱住拼命往上蹿的花花,垂头挠一挠它的耳朵。

徐父略笑看着女儿抱着小狗走进客堂间:"今天怎么有空回家?"

"想家了。"惟希上前,挽住父亲的手臂。

也想您了。她在心里说。

"好好好,你和花花玩,爸爸去买菜,给你做几个菜。"徐父进卧室去取皮夹。

惟希望着父亲花白的头发,将眼泪忍回去:"我陪你一起去。"

半夜里惟希接到母亲王女士的电话,王女士的嗓门几乎透过听筒穿透惟希的耳膜。

"惟宗呢?!你把你弟弟弄到哪里去了?!快让他听电话!"

惟希迷迷糊糊中看一眼床头柜上的时钟,二十三点,王女士这是麻将散场,想起来找儿子了么?

没即刻得到回复的王女士话音一软:"囡囡,妈妈知道你记恨我,妈妈不怪你,你怎么对妈妈我都接受,可是你弟弟没做过什么对不起你的事……"

惟希实在不想听王女士苦情剖白,打断她:"您多虑了,今天带他去面试,他表现不错,当场就被录取,直接住在单位员工宿舍而已。"

王女士一噎:"那他单位在哪里?我明天去看他。"

"你不想他第一天上班就丢工作,尽管去看。"惟希懒得和王女士继续周旋,挂上电话,将手机调成静音,往一旁另一只枕头下一塞,睡觉!

14

蜂蜜苦瓜汁
FENG MI KU GUA ZHI

新的一周，惟希抖擞精神，投入到工作中去。

大老板有意让她担任公司新一年的形象大使，与新签的盛世人寿保险有限公司的广告代言人——某炙手可热的男明星一起拍摄一组广告。

"小徐形象好，气质佳，因为上次的法律节目，在观众心目中留下了专业素质过硬的印象，和小鲜肉一起拍广告，能获得更多潜在客户群体的认可。"这是姚大老板的原话。

"趁着抛婴案的热度，用你搭配小鲜肉，可以迅速登上话题榜，"师傅老白一语道破天机，"还能节省好大一笔请女明星代言的费用，一举两得。"

惟希苦笑："师傅，我可以拒绝吗？"

师傅老白笑着反问："你说呢？"

惟希只好认命。

唐心则悄悄与她八卦："坊间有传闻该男明星凭干妈在娱乐圈上位，所以和圈内女星都保持一定距离，最喜欢撩拨圈外迷妹。"

惟希挑眉，她很少看国内电视节目，嫌节奏慢内容无趣，宁可看探索频道的推理探案。

"所以拍摄期间希姐你一定要带我同去，由我为你保驾护航！"唐心说得义正词严。

惟希失笑："你要好好保护我啊。"

"是！"唐心挺胸抬头磕脚后跟。

惟希笑着摇摇头，垂睫研究由黄文娟提供的曹理明的财产情况报告。

曹理明因是赘婿，目前两人居住的市中心别墅在黄文娟名下，连同其母亲和兄嫂所住的复式公寓也在黄文娟名下。家中三辆豪车都由妻子持有，他名下是一辆中规中矩的曜岩黑奔驰E200。

黄忍之对这个女婿很是大方的，年薪六十万，年底还有奖金与分红，算下来，年纪轻轻的曹理明已年入过百万。

曹理明也始终如他婚前对黄文娟承诺的那样，赡养母亲、请家政工人的费用全都由他负责，每月给母亲五千元赡养费，另给兄嫂五千元作为母亲的日常开销，家政工人由他直接从家政服务公司聘请，定期前去探望母亲兄嫂。

他的生活极其规律：每周两次去健身俱乐部游泳，一次与球友相约打高尔夫，每两周理发一次，准时上下班，偶尔出差。他与单位里的女员工保持着十分礼貌的往来，外出应酬从来都只带两个男性助理，博得公司上下一致好评。连岳丈黄忍之都对他赞赏有加，认为这个女婿可以打九分，扣那一分是怕他骄傲自满！

惟希越看眉头蹙得越紧。

以她多年的专业经验，这个世界上并不存在完美无瑕的端方君子，一个人表现得越完美，他所隐藏的缺点就越深越可怕。她从来都认同鲁迅先生不惮以最大的恶意揣测人性，因为她见过太多太多黑暗不堪的一面。

但是惟希更相信证据，在没有证据支撑之前，一切不过是直觉和怀疑。

隔一会儿，唐心哼着欢快的曲调捧着平板电脑进来："希姐希姐！美国那边的消息你要不要听？"

惟希做洗耳恭听状。

唐心向惟希展示平板电脑上的图片："希姐你猜这套公寓售价多少？"

惟希努力从图片中拍摄角度、照片里窗外隐约可见的自由女神像和布鲁克林大桥、室内简约精致的装潢辨认了一下，推测图中公寓位于纽约曼哈顿地区，估计总价在两百万美金以上。

唐心点头："你再猜谁拥有这套公寓？"

"曹理明？"惟希觉得这个答案过于容易推测，反而未必正确。

果然，唐心摇手指，划动平板电脑屏幕，向她展示第二张图片："不，此套售价二百二十万美金的曼哈顿公寓，属于曹理明的前女友。她一年前还在哈姆莱区与在酒吧当女招待的俄罗斯女郎合租一间地下室。"

惟希找出曹理明的背景调查材料，他的前女友同是本埠人，家庭条件十分一般，父母几乎砸锅卖铁将她送往美国留学。她曾经劝说男友和她同去，但是曹母郁汀汀极力反对，曹理明为此与女友和平分手，两人看似再无联系。

一年之前还在住地下室现在却忽然能负担得起曼哈顿豪奢公寓的前女友，热衷于拓展美国市场、两度在妻子怀孕期间前往纽约出差的曹理明……这中间仿佛有一条无形的线将所有事情串联在一起。

"美国方面麻烦你再跟进一下。"惟希拜托唐心，大洋彼岸，她的调查鞭长莫及。

唐心得意地一撩浅棕色卷发："我已经叮嘱同学替我关注。"

她浑身上下散发"夸我夸我！快夸我！"的强烈信号。

惟希忍笑，竖起大拇指："厉害！"

等唐心心满意足地走出办公室，惟希弹指曹理明的行程表，打算侧面会一会这个连老狐狸黄忍之都赞不绝口的好女婿。

曹理明恰逢人生最意气风发的年龄，也正是最春风得意的时刻。他年轻，肯干，敢闯，虽然因为母亲的强烈反对而没能与女友一道出国，导致感情甚笃的两人以分手结束三年的恋情，并且在公务员考试中以三分之差与理想的职务失之交臂，但也因此进入到黄氏餐饮集团，从而受到老板的赏识，一步步爬到如今的位置，成为公司的执行副总裁，娇妻在侧，即将迎来两人之间的第一个孩子。

四年间每次同学聚会，大家看他的眼光都有所不同。最初听说他与孙宁分手、国考失利，几个与他要好的同学纷纷替他惋惜，得知他放弃进入世界五百强的机会选择民营企业，又是好一阵不值。等到第三年，他入赘黄家，出任黄氏餐饮集团的市场部经理，原先入职大型国企如今工作平平的同学见他一下子便热情许多，话里话外请老同学多多照应。

今年聚会在即，召集者提前来与他约时间，并征求他对聚会地点的意见，曹理明客气地推托两句，在同学的坚持下，表示某商务会所闹中取静，餐饮娱乐一应俱全，很适合同学聚会畅谈。

等约定时间，只待确认地点，曹理明挂断电话，看了一眼办公桌上相框里他与妻子的合影，扶一扶鼻梁上的眼镜，淡笑。

一切尽在掌握的感觉，实在太好。

等到周末，他接到同学电话，确定聚会选在游艇商务会所。

他象征性地征求妻子意见：

"娟娟，我下周五晚上有同学聚会，可以携伴，你想不想一起去？"

坐在沙发里看育儿书的黄文娟微微垂首看一眼自己硕大的肚皮，微笑摇头："我就不去了，免得到时候既不能喝酒又不能唱歌跳舞，反而影响你们聚会的气氛。"

曹理明走到沙发旁，在妻子身边坐下，伸长手臂揽住她因怀孕而变得格外圆润的肩头："要不我也不去了，同学会每年都有，你现在随时随地都可能需要我……"

黄文娟笑睨他一眼："家里司机保姆二十四小时待命，我离预产期还有一个多月时间，哪里需要这么紧张？"

曹理明也不争辩，只俯身亲吻她额头："和同学相比，我当然更愿意在家里多陪陪老婆儿子！"

"满脑子就是儿子！"黄文娟轻嗔。

他拉起妻子的手："医生说的嘛。再说，我们有了儿子，岳父得了金孙，你不就能去做自己想做的事了么？我希望你开心快乐。"

他说得深情款款，黄文娟微微一叹："哪会那么容易。"

曹理明将妻子的手合在自己掌心里："事在人为，我是你最坚强的后盾。"

黄文娟凝视他的双眼，随后一笑："去参加同学会吧，不然人家以为你是妻管严。"

"我本来就是妻管严。我是妻管严，我骄傲，我自豪！"曹理明正色。

惹得妻子捧着肚皮笑不可抑。

曹理明起身进厨房亲手榨一杯蜂蜜苦瓜汁，返回来交到妻子手里。

"不要嫌苦，医生说清凉降火、促进食欲，防止妊娠高血压高血糖的。你看书别看太久，早点休息，我去书房，约好了与美国方面联系。"

黄文娟点点头，接过苦瓜汁，望着他转身上楼，眼里的笑意如潮水般慢慢退去。

惟希麻烦唐心替她定位子，约卫傺在游艇商务会所吃饭。

唐心闻言像炸毛猫似的，"嗷"一声："希姐！"

惟希强忍着撸乱她额前空气刘海的冲动，笑着表示："公事为主。"

唐心长而翘的睫毛，蝶翅般上下闪动："竟然熟到可以一起吃饭的程度了么？"

"不然带你一起？！"

"我这么知情识趣，才不要做电灯泡。"唐心断然拒绝，"输给希姐，我心服口服。看来只能暗暗垂涎了。"

惟希哈哈大笑："你实在想太多。"

唐心摸着下巴："这种事上本小姐的直觉从来没有出过错！我打赌卫傺肯定喜欢你，希姐！"

惟希啼笑皆非："谢谢你对我如此有信心。"

"第一次约会要穿得正式又不可过太隆重，放心，包在我身上！"唐心的全副注意力已经转移到如何将自己上司打扮得娇俏可人又不失稳重大方的问题上去了。

"喂喂，不是约会，只是公事为主的晚餐而已啊……"惟希朝唐心打响指，试图挽回她，奈何小秘书置若罔闻。

卫傺如约到惟希公司楼下，打电话给惟希："我在中庭等你。"

他与惟希接触的次数屈指可数，然而只这有限的几次，就让他发现她不喜欢给人添麻烦的性格。卫傺想，她大概也不愿意引起任何不必要的麻烦吧？

卫傺耐心十足地坐在中庭沙发里，一双锐眼不动声色地观察大厦的保全系统。这时只见一位穿米色羊绒大衣，挎低调奢侈品手袋，明显平时养尊处优的中年女士，从大厦的旋转玻璃门进入底楼中庭，驻足稍微张望一下，这才踩着中跟裸踝靴迈步走向电梯。

值守在电梯前的保安尽责地替她按亮上行键，并询问她此行的目的地。

"盛世人寿保险。"

中庭的良好回声使得卫傥坐得老远也听得一清二楚，他看着中年妇女深吸一口气，昂首挺胸以一种备战状态踏入电梯，不由得微微挑眉，这就有趣了。

楼上惟希已经换下平时穿的棉白衬衫灰色羊毛开衫，黑色窄管长裤，换上唐心提供的软软的如同第二层皮肤般的象牙白色衬衫，整件衬衫并无缀饰，只布料原有的肌理，在灯光下如同层层水波，行走之间隐隐有珠光折射。外罩珠灰色羊绒大衣，搭配吸烟裤，一双软羊皮芭蕾舞鞋，露出一截纤细脚踝，整个人显得又高又瘦。

唐心嘴里嘟囔着："希姐你若肯听我意见好好打扮，再化一个淡妆，走出来绝对堪比明星街拍。"

惟希汗笑："作为一个时常需要跑现场的调查员，我只要穿得简洁不拖沓就可以了。"

至于化妆，化妆是什么？可以吃么？

唐心充耳不闻，一把抢过惟希拎在手里的黑色公文包，将一只黑色带锁头鳄鱼皮手袋塞到她手里，轰小鸡般推着她的后背将她往外赶："去去去，好好约会，不要挂心公事！回来要讲细节给我听哦！"

惟希无可奈何，转身伸手："我的手机、皮夹、门钥匙都还在包里……"

唐心恍然大悟，从惟希作风稳健的老干部款公文包里摸出若干个人物品，一股脑儿交到惟希手里："一路顺风！"

惟希在师傅老白自办公室玻璃窗后头探照灯般令人无所遁形的注视下走出公司，刚走到门口，前台接待员笑嘻嘻地打趣：

"希姐要翘班去约会？"

惟希虚虚在额头上一抹，甩一把看不见的汗："搞得我不去约会好像都有点辜负你们的熊熊八卦之火……"

妆容精致的接待员闻言笑得花枝乱颤，抹着红色指甲油的手朝惟希勾一勾："希姐，你过来。"

惟希警惕地倒退一步，不意竟撞上从电梯里走出来的人。惟希连忙撤身："抱歉。"

"小徐？"来人略带惊喜地唤她。

惟希听见这个并不算陌生的声音，微微一愣，随即微笑，朝来人礼貌颔首："陆伯母。"

"小徐，有没有时间？我们能谈一谈吗？"陆母微微仰头问。

"我们边走边说吧。"惟希伸手按亮电梯下行按键，对陆母道。

陆骁的母亲生得娇小温婉，是典型的江南女子。陆家家境不错，陆母一辈子顺风顺水，自己是医生，嫁给同为医生的丈夫，在单位业务出色，在家受丈夫爱重，儿子英俊又争气，按理说并无多少烦恼。偏偏独子的感情生活始终是她心头的一件憾事。

陆骁从小听话，读书一直不需要父母操心，大学毕业后顺利入职，颇得领导赏识，很快获得升职。后来便认识了小他四岁的徐惟希，很快两人坠入爱河。

徐惟希安静从容，言行之间又干净利落，和陆骁有共同语言，倘使不是后来徐家母子惹出的那点事，陆骁与徐惟希站在一处，真是一双再登对不过的璧人。

陆母并不后悔自己当时为了儿子的仕途而婉转暗示惟希让她知难而退，可是她不曾料到自己的那个傻儿子对惟希情根深种，在惟希主动提出分手后，他表面上看起来与平时没有什么不同，然而作为母亲，她却深切地感觉到了他的改变：他变得不像以前那么爱笑，下班在单位逗留的时间远远超过从前，回到家里也很少和她交流沟通。

陆母知道自己的作为瞒不过儿子，她只是希望他能明白她的一片苦心，早一点走出过去的恋情，在事业蒸蒸日上的同时，也能重新获得一份爱情。她甚至将远房表妹的女儿介绍给陆骥，邀请女孩常来家里做客。可惜陆骥对女孩子始终保持着极其礼貌的距离，有几次甚至因为她来家里吃饭而故意缺席。

陆母如何会不着急？陆骥已经三十岁，工作之外，看起来清心寡欲，不是在健身房就是在去健身房的路上，其他同事的孩子不是结婚就是生宝宝，两相对比，陆母感觉到了儿子无声的抗议。

陆母本想与儿子进行一番深入的交谈，化解母子之间的心结，没想到前段时间在电视上看到儿子与徐惟希共同担任嘉宾录制的法律节目。屏幕中儿子望着惟希，嘴角挂着的不再是公式化的礼貌笑容，而是发自肺腑的温柔微笑。那一瞬间，她蓦然明白，儿子从来没有放下过徐惟希，他一直在等待，等待她重新回到他生命里的一刻。

她想当然地认为，徐惟希会顺势重回儿子陆骥的生活，但是事实却并非如此。徐惟希没有回归到陆骥的生活当中，他变得愈发沉默。

陆母觉得不能再放任儿子如此消沉下去，她有必要找徐惟希恳切地交谈一次。

"小徐，我们有三年未见了吧？"电梯内，陆母和声问。

惟希点点头："两年零七个月。"

陆母听闻，弯眉浅笑，看来有戏。要不是对陆骥余情未了，哪里会记得这么清楚？

"我前阵子看了电视，你和小骥一起上节目，真是让我感慨万千。"陆母上前，伸出保养得宜的手，拉住惟希，"还是这么瘦。"

惟希试图抽出自己的手，又不想做得太过失礼。陆母趁她稍一迟疑的功夫，握紧了她的手，合在自己手心里。

"伯母要向你说声对不起！"陆母半仰着头，细细观察惟希脸上的表情，"请你理解一个母亲的心情，当时小骥正在职业上升期，我是关心则乱，说了一些让你误会的话，你能原谅伯母吗？我诚心诚意地道歉，希望你能不计较伯母说的昏话。"

惟希有点点好奇，陆母到底是怎样地自信，认为她一句"对不起"，就能抹除这中间两年零七个月时光，令所有事都恢复到一切还未发生时的模样？

陆母仿佛不曾察觉她的不解，仍捉了她的手，笑眯眯地拍一拍她的手背："我知道你怨伯母，这件事是我做得欠妥当，没有考虑到你和小骥的感情。小骥这几年一直独身，不管谁介绍给他的对象，他都不愿意接受。我知道他从来没有忘记你。"

惟希想起节目录制结束后，陆骥请她吃饭时的样子，她相信陆母没有骗她。

"小骥这点像他爸爸。"陆母嘴角带笑，"当年家父坚决反对我和他爸爸谈恋爱，说是在同一个单位影响不好。他爸爸风雨无阻，每周都到我家里来，一双做外科手术的手，通下水道、修电表、扛煤气瓶……终于打动了家父。"

电梯停在一楼，陆母携了惟希的手走出电梯："小骥也是一样的，他心里有了你，就再装不下别人……你别计较伯母以前说的话，和小骥重归于好吧。"

惟希看见远远坐在中庭沙发里卫悦，他也看见她，从沙发里站起身来。

"伯母，谢谢您今天来，令我明白，我当初所做的选择，也许冲动，但并没错。"惟希轻而坚定地从陆母掌握中抽出手来。

陆母一愣，和煦的脸色微微一变："小徐……"

"我愿意记得我和陆骥之间美好的往事，记得您曾经待我如亲生女儿，记得伯父做的一桌桌美味佳肴，这些我都记得。"惟

207

希却露出怀念的微笑，"我愿意带着美好的回忆，告别过往，翻开人生新的篇章。"

惟希嗓音清冷，语调不高，但在还未到下班时间的中庭里，仍被远处的卫傥听得明明白白，他不再犹豫，阔步朝她走来。

"惟希。"

卫傥声音低沉浑厚，在陆母身后响起，陆母闻声回头，只见一个年轻高大的男子，走到她们近前。

"你来了。"惟希跨前一步站到卫傥身侧，伸手挽住他的手臂。

卫傥用一只古铜色手掌包覆惟希搭在他臂弯的白皙素手："送客户？现在可以走了么？"

他的掌心干爽温热，令惟希心间一片安然，她轻轻点头。

"马上。"惟希朝陆母歉意地一笑，"伯母，我约了男朋友，先行一步。"

陆母望着眼前面容刚毅沉冷，气质低调内敛的高大男子和与他相偕而立的徐惟希，忽然明白，她今日一行，终是徒劳。

卫傥与惟希一同向外，一边微垂着头，半是含笑地轻问："男朋友？"

惟希抬头看他深邃的眼："虽然好像有些晚了，但，请问你愿意做我的男朋友吗？"

卫傥闻言眸光一深，执起她的手，轻轻在手背印下一吻："我的荣幸！"

15

酒酿火焰虾
JIU NIANG HUO YAN XIA

　　夜色初染，曹理明开着他的奔驰驶入游艇商务会所停车库。会所车库内停满了各色顶级豪车，他的奔驰E200在其中显得十分不起眼。曹理明环视一圈，淡淡一笑，搭乘直达电梯进入会所内。

　　他一直是这间游艇商务会所的潜在会员，会所会员部经理几次邀请他前来体验，他都因工作实在太过忙碌而未能成行，今次终于可以借同学会之机顺便参观体验游艇商务会所的设施及服务。

　　曹理明一走出电梯，便有优雅的接待员上前来，陪同引路。

　　"曹先生，您好！请随我来。"年轻女郎面貌姣好，态度亲切又不过分热情，分寸拿捏得十分精准，使人如沐春风。

接待员将曹理明引至一间可同时容纳二十人用餐的雅间，推开门："曹先生，请。"

曹理明走入包房，聚会召集组织者团支部书记和他太太已经先一步到了，正坐在房间内一百八十度落地景观窗前的环形沙发上眺望窗外的夜色江景。华灯初上，江面游船缓缓驶过，对岸是流光溢彩的万国建筑群，一侧能望见金融区高入云端的摩天大楼，光影迷离，如幻似真。

听见开门声，两人齐齐回头，看到曹理明进门，团支书起身迎上前与他大力握手，互相拍打彼此肩膀。

"老曹！"团支书姓陈，生得一团和气，戴一副金丝边眼镜，如今在国企里担任团委书记，十分热衷组织登山比赛、旅游踏青等团体活动，也将工作中的爱好延伸到了生活里，"怎么只你一个人来？夫人呢？为什么不把夫人一起带来？"

曹理明朝陈书记和夫人表达歉意："内子正怀孕，孕吐得厉害，怕来参加聚会搅了我们的兴致。她特地叮嘱我，向大家致歉。"

陈书记知情识趣，连忙拱手："恭喜恭喜！理应是我们向嫂夫人道喜才对。"

过不多久，参加聚会的老同学陆续携伴到来。大家不约而同地询问曹理明，为什么不带夫人同来？他也不厌其烦地解释是因为妻子怀孕，孕吐反应严重，所以无法一道出席同学聚会，并表示今天的同学聚会由他做东。

出席今天聚会的同学都是毕业后事业小有所成的人物，本也不在乎这点聚会费用，大家更看重彼此的人脉资源。

以前颇为腼腆的女同学现在是某大型旅行社滬江公司的业务主管，同来的男友是一间准五星级酒店的客户经理，两人对陈同学和曹理明格外热情，话里话外表示愿意赠送欧洲十日游给他们，希望以后能在餐饮旅游项目上与两位同学多多合作。

陈书记笑呵呵地摆摆手："今天旨在聚会，不谈公事。"

女同学也不觉得难堪，反而笑着附和："老陈说得对！"

陈同学等众人寒暄落座后，拿起面前的香槟酒杯，以餐叉轻轻敲击，获得众人的一致注目。他清清喉咙："今天是我们毕业四年同学聚会，很高兴看到大家都已经有了良人美眷，相信下一次聚会，就会有小萝卜头一起参加了。"

众人哄笑起来，纷纷向妻子正怀孕的曹理明再次道喜，并表示将来一定要当新生儿的干爹干妈。

曹理明笑着一一应承。

等热闹稍歇，陈同学继续道："还要祝贺老曹进入本市十大杰出青年候选人名单。"

曹理明微愣："老陈你真是消息灵通，这件事我连夫人都还没有告诉……"

老陈哈哈笑："我们公司也有人申报，所以我的消息就来得比较快一些。"

众同学又是一阵恭维贺喜，嚷嚷着老曹真是太低调了，如此好消息竟也忍得住不拿出来与大家分享，不行不行，要罚酒三杯。

曹理明笑着表示等一会儿还要开车，喝酒就免了吧，如果聚餐后同学们还有兴趣续摊消夜，他请客。

众人自然没有不叫好的。

惟希和卫傥比曹理明早一步抵达游艇商务会所，卫傥是此间会员，不过位子是唐心预定的，接待员在与两人打过招呼后，引两人到风景颇佳的八人小包间。

待两人落座，服务员送上点餐用的平板电脑，又斟上两杯清茶，这才退出包房，并体贴地替两人拉上门。

惟希环视包房，干净简约，并没有惯常商务会所那种金碧辉煌的装潢布置，而是精致内敛的极简主义风格，窗外浦江两岸绚丽迷离的风景就是最好的装饰，胜过一切堂皇而招摇的缀饰。

"喜欢吃什么，女朋友？"卫悦笑问。

惟希闻言微笑："我不挑食。"

她喜欢卫悦冷峻的眉眼在看向她时，如同冰雪消融后的温暖，更喜欢他像对待一个馋嘴又挑剔的孩子时的耐心征询。

卫悦坐在惟希身旁，微微倾身，头挨着她的头，手指在平板电脑屏幕上由右至左慢慢划动。

惟希由得他点菜，自己则从手袋里找了片刻，取出手机大小的监听器，将内耳式耳机塞进左耳。

卫悦看一眼她的设备，将平板电脑放在一边。

"原来不单纯是请我吃饭。"

"吃饭工作两不误。"惟希没有否认。

卫悦起来，在平板电脑上点了四个冷盘并此间大厨独家秘制玫瑰露火焰醉虾，鸡汁竹荪巴菜胆，和一小锅黯然销魂饭，以及甜品。

随后卫悦朝惟希伸出手："拿来。"

修长的手指坚定有力，惟希毫无招架之功，乖乖交出另一只监听耳机。

成为男女朋友的第一次约会，两人坐在风景绝佳的包房里，一人一只耳机，头凑在一处，监听隔壁大包房里曹理明的一字一句。两人却好似天经地义，没有一点抗拒。

一群人推杯换盏，彼此恭维，笑闹打趣，透过耳机，清晰地传入惟希和卫悦耳中。从最初的客套寒暄、互相恭维，酒酣耳热之后，渐渐变成坊间的各种八卦传言。

某富二代不爱江山爱美人，放弃父母提供的大好留学机会，与一个十八线小明星混在一起；某女富豪，爱上刚出道不久小鲜肉，为小鲜肉出钱组织了一个庞大后援团，满世界追捧，女富豪老公一怒之下提出离婚，两人为了财产分割撕扯得十分难看；某大亨患病急需造血干细胞移植，结果家里两个儿子全都不肯捐献，大抵是急盼老父升天，反而是大亨养在外面的儿子出来做配对并且成功，完成干细胞采集与移植，大亨术后怒改遗嘱……

有人笑嚎："老曹，同学里属你前程似锦，等尊夫人生了儿子，以后黄氏就全是你曹家的了。"

曹理明仿佛吓了一跳，叠声解释："没有的事！我和太太商量好了的，长子姓黄，传承血脉，你可不能瞎说，破坏我和太太之间的感情啊！"

"老曹你再装就不像了，我可听说孙宁这些年一直单身，就是在等你。"

曹理明的声音带了一点感伤："朱大志，你这是传说中的'没事开开同学会，拆散一对是一对'吗？"

陈书记出来打圆场："老曹你别与大志计较，他喝多了。"

又轻斥朱大志："你少说两句，才喝了几杯酒就胡言乱语？！嫂夫人你多担待，大志这人就是酒量浅，一杯倒。"

曹理明轻叹："朱大志的脾气真是一点未变。"又问："你知道孙宁的近况？有机会遇见她，麻烦你代我向她问好。"

朱大志嘟囔了一句，含含糊糊，听不清楚。

其他人则纷纷称赞曹理明不念旧恶，哪怕孙宁抛下他远赴美国，他仍顾念旧情。

惟希眉头轻锁，卫傥将送上来的玫瑰露火焰虾的透明玻璃容器转到两人跟前，取过服务员送上的长柄打火机，在容器上方点燃火焰。

鲜活的基围虾经由玫瑰露酒浸醉，不再活蹦乱跳，只虾须还轻轻颤动，火焰一经燃起，酒精蒸腾，玫瑰露酒香气四溢，青色虾壳在火焰的热力作用下慢慢变成鲜艳的虾红色。待玫瑰露酒的酒精蒸发殆尽，青色火焰渐渐熄灭。

饶是大半心思都在监听上的惟希，都不免"哗"一声。

卫傥闻声将玻璃容器推到惟希面前："边吃边听，这个趁热才好吃，玫瑰露酒香扑鼻，基围虾肉质鲜嫩，别有风味。"

惟希用湿毛巾擦擦手，取筷子夹过一只大虾，趁热剥壳：

"味道如何还不晓得，可是这道菜看着赏心悦目，闻起来香气诱人，已经成功大半。"

厨师将虾处理得非常干净，没有一点沙线，虾肉吃在嘴里，有隐隐玫瑰露味，鲜甜弹牙，唇齿留香。

惟希朝卫傥跷一跷拇指，他便由衷地笑了，将玻璃碗转到自己眼前，擦干净手替惟希剥虾壳。他手势熟练利落，虾头一拧，虾身一侧一扭，虾尾一挤，整颗虾仁便剥了出来，盛在雪白的餐碟里。卫傥连剥好几颗虾，才将碟子推到惟希手边。

"听上去像是个十分顾家的好男人，对妻子专情不二，对过去的恋人也没有一句怨言。"卫傥和惟希分析曹理明的言谈。

惟希挑眉："以你的视角，曹某人可信否？"

卫傥稍作思考："生活中演技高明的大有人在，我从来不小看任何人。"

惟希点头："深以为然！"

没有被小看的曹理明同学聚会出来，在通往地下车库的电梯遇见一对情侣。两人衣着低调优雅，男的生得高大威猛，一看就不是善茬，女伴纤细柔和，见到他进电梯，客气地朝他颔首微笑。

曹理明礼节性地点点头，站在电梯内，心里反复回味同学会上获得的各种消息。

官方渠道消息与小道消息，通过分析，能获得很多惊人的内幕：政府有意再兴建一座大型主题乐园，已进入选址阶段，同期的地铁、酒店、餐饮等配套设施也将全面动工。各旅行社已经开始招投标的前期准备工作，一切蓄势待发。

他需要的正是这样一个千载难逢的契机。

曹理明努力抑制自己兴奋的心情，他得一个人好好消化今晚收获的信息量巨大的消息，认真规划一下未来的发展蓝图，努力摆脱自己身上黄氏赘婿的标签。

到地下车库，他坐上自己的车，目送刚才那对情侣乘坐的本特利驶向出口，直到这一刻，曹理明才稍微放松了一点，向后靠在座椅的真皮靠背上，淡淡长吁一口气。

有钱的滋味真好。他默默望着后视镜中自己充满野心的双眼。

这样的一双眼睛，他只能在夜深人静的时候才敢、才能面对。其他时间，他必须是那个彬彬有礼、温文尔雅的顾家男人，不抽烟，不喝酒，没有自己的私人空间，一举一动都活在别人的注视下。他所做的一切努力都被视为理所应当，仅仅因为他是黄忍之倒插门的女婿。

曹理明慢慢发动汽车引擎，迟早有一天，他会证明自己，不以黄文娟丈夫的身份。

惟希和卫悦先后取下监听耳机。

惟希一直相信第一眼的直觉，曹理明在电梯里与她正面相遇的这一眼，实在透露出太多他自己都没有意识到的东西。

同学聚会是一个非常非常容易令人放松警惕的场合，平时再端方的人，在同学聚会酒酣耳热的时刻，多多少少都会放下一点戒备，流露一些真性情。然而曹理明由始至终，都保持着一种看似平和实则极其克制的情绪。

同学聚会散场，有人提出去唱歌，不少人附议，曹理明以要回家陪太太为由婉拒，大家都能体谅他的现状，也不强留他。当他不用再面对老同学时，他仍然在电梯里对陌生人保持着一种丝毫不放松的姿态。

这令惟希大感意外。

这是一种极端过度自律的表现，看起来文质彬彬，亲和有礼，但在这种极度压抑背后，永远有着深层次需要被释放的东西存在。

那些有待释放的东西，强大而且可怕。

卫倪似感觉到她的忧虑，腾出一只开车的手，轻抚她的肩膀："相信自己的直觉。"

惟希点点头。她还在等美国方面的消息。

法证之父艾德蒙·罗卡说过：凡走过必留下痕迹。

她相信黄文娟和自己的直觉，现在需要的是线索所指，曹理明远在美国的前女友身上能发现证据。

"惟宗在农庄没有给你添麻烦吧？"惟希将曹理明的事暂放一边，问起在缓归园工作的弟弟惟宗。

王女士前天气势汹汹通过电话质问她到底把她的宝贝儿子徐惟宗弄到哪里去了，为什么两星期不回家，也不给她打个电话。

惟希其时早把徐惟宗这茬抛在脑后，根本没想起来过。王女士在电话那端的咆哮使她恍然想起：啊，是，好像忘记"关心"在农庄出苦力的徐惟宗了。

听惟希问及，卫倪失笑："没有。"

惟希狐疑地看他刀削斧凿似的侧脸："真的？"

这实在不像她印象中的徐惟宗的作风，他从小到大，尽管并不是出自本意，但走到哪里就惹祸到哪里，从无例外。然后王女士就会一次又一次指责事件当中的另一方，维护徐惟宗。如此循环往复。

"看你对'麻烦'两字的定义是什么了。"卫倪觉得她带着一点点怀疑和不确定，仿佛有什么事情不在她的掌握的样子格外可爱，终于忍不住揉一揉她头顶。"假如男孩子之间互相看不顺眼，彼此怼对方几句就算麻烦的话，那我简直生活在麻烦的旋涡当中。"

惟希听得微微笑："看来是真的。"

卫倪点点头。徐惟宗确实是个被宠坏的孩子，脾气不算好，初来乍到不熟悉环境，嘴巴又不甜，刚开始几天颇受了些排挤。不过他大概是不想辜负惟希给他的这次机会吧，虽然忍不住要与人起争执，但到底没和人动手。

卫傀在农庄经理给他看的监控录像里发现徐惟宗因为收割水稻的速度比较慢，被乔司令说了几句，他不服气回嘴。乔司令伸手推了徐惟宗一把，场面几乎失控，但他最终只是将手套脱下来往地上一掷，气呼呼地独自走开，避免了一场正面冲突。

"令弟最近工作之余在向农庄里的老师傅学习开小型联合水稻收割机。"卫傀告诉惟希，"本来经理安排他和朝芳先熟悉农庄作业环境，并且在有机果蔬大棚里负责蔬菜水果的采摘、清洗和包装，不过他说他是男生，轻松的工作留给女士负责，他愿意去做脏活累活。"

农场里的师傅自然不同他客气，喂猪食、捉活鸡、收割水稻，什么活累让他干什么活。他竟也不抱怨。

相比之下，夏朝芳就娇气多了。

她已经被安排在工作最轻松的果蔬清洗包装岗位，只需要负责将采摘下来的有机蔬菜水果送入小型蔬果清洗机内，机器会完成以前需要大量人力才能实现的分拣、清洗等工作，她做最后人工分装而已。

即便如此，她第一天结束，累得连晚饭都没去吃，直接回到员工宿舍，倒在床上就哭。领班大姐和食堂阿姨轮番过去开导，劝她多少吃一点饭，她都不予理睬。

领班大姐不得不联系他。

"让她哭。"卫傀第一次狠心，不去理睬听筒那头隐隐传来的哭泣声。

后来领班大姐私下告诉他，是徐惟宗从食堂带了小米粥和蟹黄包回来，没好气地臭着脸说："吃！你不吃别怪我不客气！"

领班大姐笑起来："我们好声好气，小姑娘死活不理，小伙子粗声粗气的，她偏偏就吓得听话了，你说奇怪不？！"

"令弟与朝芳，颇有共同语言。"卫傀笑着对表情略复杂的惟希补充了一句。

"？？"惟希觉得这世界实在变化太快，她到底错过了什么？

"他们大概觉得是同批入职的同事，和其他人比起来，他们彼此更熟悉一点吧。"卫倪耸肩，"工余上文化课，令弟有不明白之处，都会去问朝芳。"

夏朝芳没有教小学里混世魔王的本事，但教徐惟宗却不成问题，两个人你教我学，间或停下来，一个吐槽自己亲姐是无情狠辣暴力女，另一个则控诉说好了要照顾她一辈子的哥哥忽然就变成冷血无情的大魔头……

算是另一种形式的难兄难妹吧。

惟希在脑海里想象了一下为人乖戾性格又臭又硬、混账起来怼天怼地怼亲妈的徐惟宗，和一看就娇滴滴手无缚鸡之力、受了委屈随时奉上两行眼泪的夏朝芳，凑在一起的场景……

"他没发脾气欺负人……吧？"

卫倪哈哈笑："一物降一物。"

"我是否该欣慰？"惟希问，随后自己也忍不住笑起来，"听到他交到朋友，我放心不少。"

卫倪捏一捏女朋友毫无缀饰的白净耳垂："第一次约会，请多想想与我有关的事。"

惟希的脸皮慢慢涨红，连耳垂都变得滚烫。

作为三年感情一片空白的单身女性，做这样的动作真的好吗？她完全无法抗拒眼前的男色啊……

卫倪收回手，决定给女朋友一点适应的时间，让惟希接受自己成为她男朋友的事实，一点点习惯他在她生活中的存在。

"走，带你去吃都市传说美食。"他看见惟希的眼睛闪亮，他的心情也随之愉悦不已。

卫倪驱车带惟希到创智园区一间大学附近。街道两边用白线划分的停车位已经泊满各色车辆，收费员跑前跑后指挥倒车，远处的小马路传来热闹的人声，充满了烟火气。

卫倪拉起惟希的手，穿过斑马线，转进繁忙喧嚣的小路。

小马路两旁遍植悬铃木的人行道上摆满了夜排档，除了附近高校的学生光顾，还有不少闻香而来的食客，在这条不过数米宽的小马路上寻找记忆中的味道。

卫傥与惟希十指交握，走过香气四溢的葱油饼摊，小摊旁排着长长的队伍，其中不乏衣着光鲜的都市男女，站在人行道上有说有笑，只为等一张咬一口又脆又酥，满嘴葱油香的葱油饼。

对面人行道上一个卖米饭饼夹油条的小摊前一样人头济济，怀念这一份带着淡淡酒酿甜香的味道的米饭饼的客人玩着手机耐心地等待一次只得十数个一炉的美味。

终于卫傥在惟希的馋虫发出抗议前，领她停在一个阿婆的柴爿馄饨摊前。

小小馄饨摊支在一辆黄鱼车上，一头一只式煤炉，灶膛里哔哔啵啵烧着木爿，架一口大锅烧着滚热的水，另一头老阿婆一边包馄饨一边招呼客人随便坐。

其实也不过是一张可以折叠的方桌，两张条凳。

有客人先来一步，已经占了座位，惟希和卫傥就坐在人行道上的悬铃木下头隔壁摊的塑料椅子上，就着烟火蒸腾的热烈，惟希与卫傥依偎在红尘里。

等阿婆送上一碗热腾腾的馄饨，滚热的馄饨汤里紫菜虾米蛋皮丝和一撮碧绿生青的香菜的味道飘出来，冲散了夜晚的凉意，温暖两颗寂寞已久的心。

16

咖喱炖鸡丁
GA LI DUN JI DING

对唐心而言，人生大抵有两件事是她无可奈何无能为力的：不以主观意志为转移终将老去的年华和守口如瓶使出十八般武艺逼供也只是微笑着不肯透露只言片语的徐惟希。

唐心挫败地抓一抓造型精致的头发，摊开双手扑在办公桌上，前额抵着键盘："不开心！"

惟希轻笑，她明白唐心无法抑制的好奇心，只不过仅仅一次半工作半私人性质的约会，她不愿意过分张扬。

她走到办公桌前屈指弹唐心的脑门："我去开会，电话先转到你这里，中午请你吃饭。"

唐心闻言猛地直身，带点气哼哼的意味："我要吃意大利菜！啊，不行，附近没有正宗的意大利菜餐厅……不如去吃尼泊尔菜吧！"

惟希摆摆手："你慢慢想，等我回来再告诉我。"

然后留下唐心苦恼地咬着嘴唇，思考中午究竟去哪里吃饭的问题。

公司开会，照例由大老板开场，动员员工好好努力，为年终奖冲刺；笑眯眯的二老板公布第三季度营收，呼吁大家再加把劲，争取第四季度超额完成任务；三老板年前将正式退休，已经绝少就经营决策等问题发表看法，只慈眉善目地表示他没有什么话要说。

大家的关注点也多在年终能发多少年终奖，以及将会由谁来接任三老板的职位，毕竟常务副总经理论职务仅次于大老板姚军而已。老好人柴副总退休之后，不晓得新任常务副总的行事作风会否延续柴老的风格，抑或将会大刀阔斧？

等到散会，大老板姚军扬声："小徐留一留。"

惟希顶着各色意味深长的目光，留在会议室里。

姚军和颜悦色，指一指他身旁的转椅："坐。"

惟希走过去，默默坐在他旁边。

"有人找我挖角，想把你挖去他们公司出任高级安全主管，你可有兴趣？"姚军开门见山，"他们公司待遇肯定比我这里好，也和你过去的专业对口。"

惟希仔细看一眼大老板，见他粗犷的两道浓眉下一双锐利的眼睛里并没有太多试探意味，不过是就事论事。

她想一想，与大老板开诚布公。

"财帛动人心，要说我不为高薪而动摇，未免有些虚伪。但是，首先我有合同在身，其次师傅在我最艰难的时候帮助了我，对我有知遇之恩，最后，"惟希略做思考，组织一下语言，"本市在安全领域比我资历深厚、经验丰富的前辈大有人在，我不见得是最佳人选，这点自知之明我还是有的。对方却诚意挖我跳槽，在我看来就很耐人寻味了。"

会议室里出现短暂静默，姚军倏忽一笑："年纪轻轻就能把问题想得这么透彻，是个明白人。"

惟希闻言，站起身来："您还有其他事吗？"

"没事没事，你回去工作吧！"大老板豪爽挥手。

望着惟希走出会议室的背影，姚军想，也许那个在生命中每一个阶段都无往而不利的年轻人，这次真的要碰壁了。

　

惟希中午请唐心吃饭的约定最终变成两人在办公室里一边吃豪华蟹黄汤包外卖，一边翻看从美国方面传真过来的信息。

唐心的关系网真是遍及全球，并且极有效率，很快便搜集到曹理明前女友孙宁的详细资料，事无巨细，统统发送过来。

两人在海量照片、单据和社交媒体上的足迹中发现颇多有意思的细节，最早可以追溯到孙宁刚刚赴美留学的时间节点。

孙宁是典型的独生子女，双职工父母倾尽全力培养她，从小送她学习音乐、舞蹈，长大后她能歌善舞，性格活泼开朗，并不是没有其他追求者，但她最终选择了家庭条件比其他人逊色很多的曹理明，可见爱情一事，毫无道理可言。

直到两人毕业前夕因出国问题而分手，他们都是一对令人称羡的校园情侣。之后曹理明的遭遇惟希已经知道，但孙宁的资料却少而又少，只知道她的父母卖掉一套位于中环的房子，凑足资金，送女儿留学。

自那之后，孙宁一直未曾回国。

美国方面传来的资料显示，孙宁一边在美国打工，教当地亚裔孩子弹古筝，一边完成房地产专业的学业。虽然她顺利获得专业硕士学位，却没能找到理想的工作，不得不在哈姆莱区与酒吧女招待合租地下室，直到半年前，她搬离地下室，搬入曼哈顿的高级公寓。其间并没有明显的迹象显示她结识有钱阔佬，由人金屋藏娇。

只有一张她发在社交媒体上的照片，透露出极其有趣的重要信息。

照片上孙宁站在一家花店门前，手里捧着一束绚烂娇美的鲜花，微微垂头，半张脸埋在花束里，明媚的阳光从她头顶洒落，仿佛为她笼上一层金色的细纱。

这是一张非常普通的年轻女郎享受阳光鲜花的照片，显然由他人替她拍摄。其下标签只有一颗表示喜欢的爱心，再无其他描述。

看得出孙宁既享受拍照时的状态，又压抑自己不愿意吐露太多，然而照片上的一个小小细节还是出卖了她。

她身后花店玻璃窗上，映出她与摄影师的身影，捧花轻嗅的孙宁，还有举着手机为她拍照的年轻男子。照片经过压缩保存和传真，清晰度不高，但是即便只是图片里玻璃窗上的一个侧影，惟希也一眼认出那是堪称模范丈夫的曹理明。

惟希注意到照片拍摄的时间，正好与黄文娟提供的曹理明第一次到美国出差的时间吻合。

惟希清冷一笑，对妻子扮得如此一往情深，可惜一到美国出差就迫不及待第一时间约会前女友，曹理明此人，真是叫她刮目相看。

孙宁的信用卡账单则有更多惊人细节。曹理明入住第五大道朗翰广场酒店当晚，她也在该酒店登记入住，两人虽然不住在一个楼层，但惟希不相信这只是一个巧合。

其后三天，孙宁的信用卡消费痕迹基本与曹理明在纽约的行程重合，在米其林两星餐厅吃顶级法国菜、在第五大道购物、搭乘史坦顿岛的渡轮观赏沿岸的风景……只不知道他是以什么借口支开同行的助理，单独与孙宁相处的。

惟希合拢厚厚一叠传真来的资料。除了孙小姐来源不明的财富能负担得起曼哈顿豪华公寓这个疑点，其他似乎都得到了解答：曹理明一边在本城扮演情深义重的绝世好男人，一边在出差美国时与前女友鸳梦重温。

两人虽然十分谨慎，尽量不留下电子通讯痕迹，但做得其实不算高明与隐秘，仗恃的仅仅是岳父与妻子在美国并无眼线，没人在芸芸众生里格外注意两张寻常面孔，进而怀疑他们之间的关系。

曹理明几乎成功瞒过了所有人，他只是输给了女性超乎寻常的直觉。

也许，冥冥中自有天意，惟希近乎冷淡地想。

反倒是唐心，气得眉毛倒竖，一摔筷子："婚内出轨，趁妻子怀孕期间与前女友乱搞，真是无耻之尤！"

惟希抚一抚唐心后背："消消气。这些都是间接证据。他大可以辩解说恰好遇见故人，帮忙拍一张照片而已。两人同住一间酒店也不过是巧合。"

"难道就拿他们没有办法了么？"

"我们不能将他如何，就连法律也不能禁止旧情人之间的偶遇。"惟希轻叹，"我所能做的仅仅是整理出两人之间一条清晰的相互重叠的时间线，其他只能由委托人自行判断。"

"黄文娟要是连这都能忍，我除了一个'服'字，也无话可说。"唐心恨恨地踹一脚办公桌旁的字纸篓。无辜的字纸篓"哐啷"一下应声倒地，骨碌碌滚出好远。

惟希忙上前按住唐心肩膀："唐心，克制！"

唐心涨红了脸，眼眶里猛地盈满泪水，却又强自忍耐，不让自己落下泪来。

惟希轻轻搂住这个年轻的女孩，一遍遍安抚她。

她至今仍清晰地记得第一次见到出现在她办公室里的唐心，染得如同火烈鸟羽毛般的头发，深重的紫色眼影，闪着妖异光芒的钻石眉钉，紫色唇膏，黑色透视衬衫配一件艳紫色抹胸裙，脚踩一双缀满铆钉的马丁靴，整个人通身透出一种"我非善类，谁都别来惹我"的气息。

师傅老白当时悄悄对她说，这姑娘已经把能得罪的人得罪了个遍，所以想看看在同为女性的她这儿能否相安无事，让她不用太把她的言行放在心上，大不了再给她换个办公室待着。

惟希隐隐从其他人处听闻，唐心是总公司执行总裁的女儿，父母感情不睦，长期分居。她离家出走、吞药自杀、割腕自残几乎都干了一遍，吓得只有这一个女儿的总裁夫妻不得不达成妥协，做出彼此之间相安无事的样子来。又见女儿荒废学业，无所事事，不敢明着将她放在总公司就近监视，遂请托分公司给她一份文职工作，免得她闲极无聊，做出更可怕更叛逆的事来。

惟希想，黄文娟的遭遇，触碰到唐心深心的伤痛了吧？

"乖，没事了。我今天就把调查报告交给委托人。"惟希低声哄劝，"下班再请你吃大餐……"

"我不要吃大餐！我要去你家吃饭，听你讲约会的八卦给我听！"

"好好好，去我家吃饭，我讲八卦给你听。"惟希点头如捣蒜。

唐心从惟希怀抱里脱出身来，一扬脸，哪里还有什么泪花？又是一脸笑靥如花："你答应我了啊，不可食言！"

惟希哭笑不得："是是是，不食言。"

惟希和黄文娟约在第一次见面的茶社碰头，唐心老老实实等在外面的小甲壳虫上。惟希担心她代入感太强，不经意说出一些刺激孕妇的话，允诺一份餐后甜品才将义愤填膺的小秘书稳住。

黄文娟此番先惟希一步到达，她气色不错，大抵说出埋在心底的怀疑，又受到好友大力支持，压力有所释放之故。

见到惟希，她落落大方："可是有了结果？"

惟希点点头，将不算轻的文件夹交到她手上："请做好心理准备。"

黄文娟接过文件夹，笑一笑："再坏还能坏到哪里去？"

她当着惟希的面打开文件夹，静静浏览整理得条理清晰的资料，时而蹙眉，时而轻笑，到最后将文件夹"啪"地一合，呵呵一笑。

"枉我自诩接受过高等教育，眼界开阔，学识过人，原来也不过如此，到底还是识人不清，让一个卑鄙小人玩弄于股掌之间。"

惟希无话可说。恐怕连老狐狸黄忍之都看走眼。

黄文娟从挎在臂弯上的手包里取出支票簿，填写金额，随后将支票递给惟希："麻烦徐小姐了。"

惟希收下支票，欲言又止。

黄文娟情绪还算镇定："我没事，请不用为我担心。"

"可需要让人送你回家？"惟希不放心。

黄文娟摆摆手，挺直脊背："我没这么脆弱。"

惟希点点头，与黄文娟道过再见，走出茶社，返回车上。

"她不要紧吧？"唐心放下玩了一半的手机，问。

"会挺过去的。"惟希发动引擎。人生在世，除死无大事。遇人不淑对很多要依靠男人才能活下去的女性来说是天塌了一样的噩耗，然而惟希相信黄文娟不是那些女性中的一员。

惟希驱车载着唐心回家。

小区的傍晚永远是热闹的，设在阳光活动之家旁的棋牌室还没散场，敞开的大门里阿姨爷叔的交谈声与洗麻将牌的声音交织在一起，显得格外闹猛。幼儿园放学归来的孩子们由大人们陪伴着在花园小广场上奔跑嬉戏，有早早吃过晚饭的居民悠闲地在草坪上遛狗。

唐心跟在惟希身后走进门廊，底楼一户人家的大门打开，一位白发苍苍的婆婆招手："小徐，来！"

惟希笑着走过去："阿婆，吃过饭了没？"

曹阿婆笑眯眯的："吃过了，吃过了！来，给你好吃的，是大宝从美国寄回来的。"

老人颤巍巍从挎在另一只手中的环保袋里摸出一把独立小包

装的蓝莓干来，塞进惟希手里："大宝说吃了对眼睛好！"

转眼看见唐心："哎呀是小徐的朋友？来来，你也吃。"

"谢谢阿婆！"两人齐齐道谢。

曹阿婆眉开眼笑："不用谢！"

唐心一边上楼，一边笑嘻嘻拆开手里的小包装袋，仰头往嘴里倒。

"唔，确实好吃！"

惟希眼角余光扫到她豪迈的吃相，很想问问她唐大小姐你这是放飞自我了吗？

等到惟希开门进屋，唐心自发自觉换鞋，左右望一望，自行进卫生间洗手去了，一点也不客气。

惟希换鞋洗手，从厨房冰箱里取出食材准备晚饭。

涂着黑钻石指甲油十指不沾阳春水的唐心挤在惟希身边，下巴压在她肩膀上："希姐做什么好吃的安慰我受伤的心灵？"

惟希耸一耸肩膀，赶她出去："先看一会儿电视去。"

唐心不肯，攀着惟希："要不要我帮忙？"

惟希好想模仿无奈的男朋友说一句"你这磨人的小妖精"，到底还是心一软，伸长手，探身从厨房窗台上小塑料桶里抓出一把她自己发的绿豆芽，搁在小果蔬盆里，交给在一旁跃跃欲试的唐心："喏，掐头去尾，留中间一段。"

唐大小姐呵呵笑，接过果盆："得令！"

惟希淘米做饭的同时，削一把小土豆，切半根胡萝卜，几朵蘑菇，一头洋葱，拍碎几瓣红蒜。把油锅烧得热热的，先炒处理好的鸡丁，再将蒜末爆香，所有蔬菜一股脑儿推进锅里去翻炒，一个颠勺之间火光翻腾，即使开着脱排油烟机，空气都弥漫着诱人的香气。

站在流理台前摘绿豆芽的唐心看得目瞪口呆："哇！太崇拜！"

过一会儿，电饭煲中的饭香也飘散开来，与炖在搪瓷铸铁锅中的咖喱鸡丁的香气融汇在一处，引得唐心几度想去揭开锅盖偷尝，都被眼明手快的惟希制止。

"烫，而且还不入味。"

"我饿了，中午没吃饱。"唐心可怜兮兮。

"绿豆芽摘完就差不多好了。"惟希指一指她还没处理好的绿豆芽。

唐心嘿嘿笑。

最后惟希只来得及拿开洋豆腐干用开水稍微烫一下，取出来切成细细的丝，和洗干净的绿豆芽一起，做一碟豆腐干丝拌绿豆芽。

开饭的时候，唐心深吸一口气："这才是家的味道！"

随后又赞："希姐，你家的米饭好好吃，有一股桂花香！"

惟希笑一笑："这是缓归园产的桂花香米，除了缓归园，市面上几乎买不到。"

米是徐惟宗在农庄工作后获得的第一笔福利，每个员工发放两袋五斤装农庄自产的大米，作为一直不事生产的问题青年，徐惟宗人生第一次想到要将自己的劳动所得与家人分享，他将大米一袋快递给母亲，一袋则快递给了惟希。

惟希不晓得王女士作何感想，至少她觉得徐惟宗有救了。

唐心舀一大勺咖喱浇在米饭上，吃一大口，露出幸福的表情："一本满足！"

两人吃过晚饭，惟希不得不将缠着她要求一起洗碗的唐心赶到客厅帮她整理旧报纸，这才获得空间迅速将厨房打扫干净，剥一只石榴盛在白瓷花瓣布丁碗里，端进客厅。

两人一起窝在客厅的沙发上，惟希在唐心逼问下，简单交代自己"约会"的过程。

唐心一听两人只不过是牵手压马路吃消夜，不由自主地伸手猛拍惟希肩膀："希姐你太不懂得把握机会！这种时刻应该趁机扑倒才对！"

惟希汗笑不止："还是慢慢来、慢慢来。"

唐心还没能向惟希安利人生苦短当及时行乐的宏论，惟希的电话铃响起。

看到来电显示"邵明明"三字，惟希心中一悸。

"惟希，文娟的情况不太好！"邵明明的嗓音不似以往从容，"我在赶去医院的路上，你能不能来一趟？"

"你不要急，我立刻过来。"惟希问明医院，挂断电话，对眨巴着一双大眼的唐心说，"黄文娟那边似有情况……"

"我和你一起去！"唐心站起身来。

惟希以最快速度带唐心赶到市内一家以收费高昂出名的妇婴医院，联系邵明明，与她在产房外集合。

黄文娟已被推入产房，病房外只得邵明明与黄家的司机和保姆，黄忍之夫妇与曹理明皆不见踪影。

"文娟晚饭后出现阵痛和羊膜破裂，立刻就由司机送至医院。黄伯伯去首都参加会议，黄伯母同姐妹团往普陀山烧香观日出，曹先生……"邵明明瞥一眼黄家的保姆。

保姆稍显惶恐："曹先生今早到临省出短差，原定明天回来，刚给他打过电话，他已经返程。"

"预产期是几时？"惟希问。

"还、还有两个月……"保姆急得一头汗。

黄忍之夫妻双双外出不在本市，作为丈夫的曹理明前脚去外省出差，黄文娟随后就羊膜破裂出现早产症状，惟希不相信这是一系列巧合事件。

"医生怎么说？"惟希问在场唯一真正担心黄文娟的邵明明。

"医生说先注射保胎药，看能否尽量延长孕程。"邵明明眼底忧虑极深，"只有家属才能签字决定是立刻生产还是继续保胎。"

唐心一直沉默不语，只是陪伴着，仿佛这样就能给予所有人力量。

　　不久之后，蒲良森与卫傥也闻讯赶来，唐心这才悄悄走开。

　　蒲生握住未婚妻的手："别担心，我已请了最好的医生，务必令你朋友平安无事。"

　　卫傥则上前低声询问刚自产房内走出来的医生详细情况。

　　医生见走廊上等了若干人，却不见产妇家属，微微皱眉："产妇的情况不是很理想，胎儿尚不足月，产妇羊膜破裂，有早产迹象，现在只能暂时抑制宫缩，看能否保住胎儿、延长孕程到足月生产。"

　　卫傥做最坏打算："如果这些手段无效……"

　　医生见惯忧心忡忡的亲友："让她老公来签字吧。"

　　卫傥点点头，返回惟希身边："我们现在一点办法也无，只能等。"

　　惟希有淡淡自责："她是孕妇，调查资料交给她后我该通知邵明明去陪她才对。"

　　卫傥握住她的手："这不是你的错，她始终要自己面对问题真相。"

　　邵明明与蒲生走近前来："医生怎么说？"

　　卫傥将医生的话转述给两人："不妙。"

　　唐心捧着一纸托五杯热咖啡回来，人手一杯又浓又苦的黑咖啡。

　　灯光温暖的产房外走廊上，五个年轻人明白，这将是一个漫长而煎熬的夜晚。

　　这注定的不眠之夜，邵明明向未婚夫说起她求学时与黄文娟之间的旧事，又缓缓道出她对曹理明的怀疑："看到她现在这样，忽然觉得结婚实在没意思。"

　　蒲良森紧紧握住她的手："要对我、对我们的未来有信心。"

邵明明低落一笑，将头靠在他肩膀上。

惟希则招来黄家的保姆："黄小姐今晚与平时有什么不同？"

"和往常并没有什么两样……"

保姆诚惶诚恐。她受雇照顾黄太太饮食起居，本来是件极轻松的工作。和其他有钱人家的孕妇相比，太太十分好相处，从不挑剔刁难她。

太太自身是一个十分自律的人，医生、营养师为她安排的运动规划、孕期饮食，她都严格遵守，她这个保姆简直清闲到无事可做。哪承想太太平平安安到怀孕七个月，莫名其妙忽然间羊膜破裂，她甚至连待产随身包都没时间准备，就匆匆和司机一起送太太来了医院。

"我等在这里一时也帮不上什么忙，黄小姐入院后有没有需要的东西？我陪你回去取一趟吧。"惟希问两手空空呆立着的保姆。

保姆恍然回神，连连点头："有有有！"

"我送你们过去。"一直陪在旁边的卫悦率先走向电梯。

"麻烦你了。"惟希不给保姆拒绝的机会，半握住她的手臂，带她跟在卫悦身后。

卫悦驱车送惟希和保姆至黄文娟在市中心的住所，随保姆进入偌大别墅。

偌大一幢装修精致堂皇的别墅这时空荡荡的，底楼中厅的灯亮着，脚步声在室内回荡，愈发显得毫无人气。

惟希趁保姆回房间整理物品的工夫，与卫悦分别迅速查看位于一楼的餐厅与偏厅。据保姆说，黄文娟回家先回卧室换衣服休息片刻，随后按时吃晚饭，饭后在偏厅弹了大概二十分钟钢琴，接着就开始觉得不适，发现有羊膜破裂迹象，她连忙叫司机和她一起将太太送到医院。

惟希看见厨房流理台上放着一个平板电脑，随手点开，是一

231

周七天孕妇菜谱，这一餐是香煎银鳕鱼配西兰花鲜虾沙拉，时蔬瘦肉汤，焦糖核桃松子坚果馅饼，营养十分均衡，没有孕妇禁食忌食的食物。

卫傥从偏厅返回与惟希在厨房汇合，朝惟希摇摇头。偏厅是一片雅致的休息区域，放有一架博森道弗演奏钢琴，琴凳上有一点点干涸了的印记，琴谱翻了一半，看得出来离开得很匆忙。

这时保姆从楼上下来，带着一个鸵鸟皮手袋，一边垂头检点里头的物品，一边嘴里念念有词："带了，带了……啊，还有药！"

说着一路小跑奔进厨房，拉开冰箱边欧式落地橱的刻花玻璃门，取出两瓶药来："在这儿。"

"黄小姐在吃药么？"惟希留意到药瓶瓶身标签全是英文，并无一个汉字。

"这是医生叮嘱太太吃的叶酸，要天天吃。先生特地从美国买回来的。"保姆准备将药瓶塞进包里。

"能让我看看吗？"惟希解下系在颈上的小方巾托在掌心，向保姆伸出手。

保姆稍一犹豫，转而将药瓶交给惟希。

这是一瓶美国制造的提取自然营养素、先进包埋压片、易于服用吸收的叶酸，作用持久且安全。至少说明书上如此介绍。五十片一瓶的药丸，这瓶吃得没剩多少粒。

惟希以拇指顶开按压式瓶盖看了一眼，又用指腹压下瓶盖，顺手包在小方巾里揣进自己口袋。"走吧，希望那边情况已经稳定下来。"

等三人返回医院，曹理明也风尘仆仆地赶到。

"文娟呢？她没事吧？"曹理明眼含焦虑，领带拉到一半，松垮垮挂在脖子上，整个人显得有些狼狈，一见到众人，忙不迭问起妻子的情况，好似没有留意到惟希与卫傥。

然而惟希卫悦齐齐注意到他一侧嘴角微抿，脸上惊讶慌张的表情足足持续数秒之久。两人对视一眼，保持沉默。

　　"文娟在产房里，医生已经采取了必要措施，"邵明明低声对他说，"一直问你到没到，有手术知情同意书需要你签字。"

　　"文娟的身体要紧，其他都是次要的。"曹理明撸一撸头发，转而问保姆，"太太的东西都带来了么？"

　　保姆将鸵鸟皮手袋交给他："都在这里了，先生。"

　　曹理明拉开手袋看一会儿，抬头："文娟的药呢？医生叮嘱她要每天服用的。怎么没有？！"

　　保姆下意识地看向惟希，见她在高大的卫悦身侧对她微微摇头，心里莫名一颤，直觉还是自己认下来得好。

　　"出来得太仓促，所以忘记带了。"

　　曹理明摆摆手："算了，等一会儿让医生开一瓶吧。"

　　随后转向诸人，拱手："谢谢大家，为娟娟忙到这么晚。"

　　他满脸感激之色，配着连夜从外省赶回来，连衣服都来不及换，腮上冒着新生的青髭的疲惫样子，显得十分诚挚。

　　蒲良森上前拍拍他肩膀："客气话等尊夫人平安后再说不迟，你从外地连夜赶回，也挺累的，先坐下来喝杯水休息一下，等一会儿医生出来，还得你和医生讨论决定治疗方案。"

　　曹理明点点头，顺势坐在走廊边的长椅上。

　　他也没坐多久，医生便面色凝重地从产房内走出来："产妇家属来了没有？"

　　"来了来了！"曹理明几乎是跳起来走到医生跟前。

　　医生递上一份手术知情同意书，示意他看一遍并签字："产妇现在羊膜早破并伴有频繁宫缩，恐有早产危险。送医院第一时间已经为她注射保胎针并滴注宫缩抑制剂，但是效果并不十分明显，已有早产迹象。产妇很可能无法顺产，需要家属在剖宫产手术知情同意书上签字……"

　　曹理明推一推眼镜，仔仔细细将同意书看完，迟疑地问：

"麻醉意外、大出血、神经损伤、新生儿湿肺……"

"这些都是剖宫产手术可能要面对的并发症。"

曹理明有些无措："我需要征求一下岳父岳母的意见。"

"请尽快。"医生说完，再度返回产房。

曹理明取出手机，颤抖的手指半天才与远在首都的岳父和在普陀山的岳母建立视频通话。

因是半夜，黄忍之过了颇久方接受视频通话求情。他声音中带着浓重的睡意，在他身后是酒店落地长窗透进来的微光。

"爸爸……"曹理明叫了他一声，仿佛找到主心骨似的，声音中带了一点哽咽。

"发生什么事？"黄忍之离乡三十载，然而乡音未改，带着极重的闽南口音。他身旁传来隐隐讲话声，遭他轻斥，"走开。"

曹理明眼角微动："娟娟进了医院，医生说可能会早产，要我签字同意。"

那头黄忍之猛然站起身来，画面一阵抖动："我来首都前她不是还好好的？！怎么才二十八周就发动了？"

曹理明伸手抹一把脸："我也不清楚，医生说剖腹产可能会面对各种意外……"

黄夫人更关心女儿安危："娟娟怎么样？她没事吧？"

"孩子呢？能不能保胎到足月出生？"黄忍之则更关心金孙，"这家医院行不行？不行立刻换一间更好的医院！"

"黄伯伯，这家已经是市里最好的妇婴医院。"在一旁的邵明明实在听不下去，插嘴道。

黄忍之不料还有其他人在场，倒是黄母认识邵明明："明明，娟娟可还坚持得住？我现在就下山，娟娟麻烦你先替我照应一下。"

黄母当机立断结束视频，黄忍之那边哼了一声："签字吧，一定要让他们保证我的小孙孙的健康！"

此时是半夜两点，距离黄文娟被送入医院已经过去七个小时。

众人在产房外没有听见她发出一点声响，仿佛是昏睡过去了。

产房内在进行手术，而产房外的众人则在焦急地等待，每一分每一秒都是一种折磨。

蒲良森将自己身上的风衣脱下来盖在未婚妻身上，好像这样就能驱走她内心的寒意。

卫侥握着惟希的手："眯一会儿吧，手术一时半刻不会结束。"

"我担心。"惟希靠在卫侥肩膀上，手中的黑咖啡已冷却，苦涩入骨。

她担心黄文娟此番早产不是自然因素导致，而是人为造成。她口袋里的那瓶孕妇叶酸很可能就是直接证据。

"别担心。"卫侥抬手摸一摸她头顶，瞥一眼在另一张长椅上已经睡着的唐心，在惟希耳边低语，"你稍微眯一会儿，我会替你守着。等黄小姐平安生产后，我送你去本市最好的法证实验室对药瓶内的药丸进行检验。"

惟希垂睫："我有时常常希望自己只不过是疑神疑鬼，然而事实总是让我失望。"

黄文娟长相娟丽，家庭条件优渥，接受过高等教育，即便如此，在她父亲黄忍之心目中，如此出色的女儿仍然比不上一个男性继承人，抵不过他对传宗接代的渴望。

"婚姻有什么意义？可以合法传宗接代生儿育女？"在这漫漫长夜仿佛永无尽头的一刻，惟希问自己，也问坐在她身边的卫侥。

卫侥叹息，大掌将她的脸按向自己的胸膛，在她额上吻一吻："也许是当你老了，头发花白，睡意沉沉时，没人能阻止爱你的人守在你的身边，细数岁月留在你脸上的印痕。"

17

谷物热豆浆
GU WU RE DOU JIANG

深夜的走廊忽而因猛然推开的产房门刮起一阵冷风，护士从产房内冲出来，朝着走廊另一头大声呼叫："这边这边！快快快！"

有医护人员拎着两个天蓝色大箱子狂奔而来，急促的足音在静寂的过道中回响，一下又一下，似踩在每个人的心头。

在长椅上睡得迷迷糊糊的唐心被声音吵醒，睁开眼坐正身体，惟希与邵明明齐齐站起身来，那边一边踱步一边与远在首都正准备登机赶回来的岳父通电话的曹理明也停下了脚步。

"怎么了？怎么了？！"

要不是蒲良森及时抓了她的肩膀，邵明明几乎要扑上去问护士了。

"产妇出现羊水栓塞，现在正在急救！"护士只来得及说这一句，便接过两只沉沉的大箱子要返回产房。

"孩子呢？孩子没事吧？"曹理明急切地追问。

"孩子湿肺，在救治……"护士的声音消失在门后。

"刚刚送进去的是什么？"卫倪向跑得满头大汗的医护人员求证。

"是、是血浆。"跑得上气不接下气的男医士抹一把汗。

惟希只觉得自己手脚冰凉。

羊水栓塞，她经手的理赔调查中曾经有一个产妇就是因为羊水栓塞抢救无效，合并大出血与多脏器功能衰竭，死在手术台上。死者家属无法理解，好好的生一个孩子，怎么就会发生这个衰竭那个栓塞，平时挺健康的一个人，就如此死去了呢？

新生儿还放在医院的保育箱里，死者家属就在医院大门前扯横幅、设祭坛、摆花圈，哭天抢地要医院赔他们妻子女儿，还他们孙女一个母亲。

惟希就在那样荒唐的氛围中艰难地调查取证，迫使自己了解什么是羊水栓塞，有什么原因可能造成这种后果。医生对前去调查的她直言，那名产妇原本有生还的希望。产妇胎位不正，送医时已经胎膜破裂，要是家属立即签字同意剖宫产，也许就能避免之后的悲剧，可是家属坚持必须顺产，表示顺产的孩子更聪明，更健康。

医生万般无奈，只得按照家属的意愿，试图通过按揉腹部调整胎位，帮助产妇顺利生产。

"我们已经尽了全力。"接受她调查的主刀医生声音里透着深深疲惫。

此时此刻，惟希站在走廊上，整个人如坠冰窟。

她后来查过资料，羊水栓塞的发生率非常低，只有十万分之四到十万分之六，然而其致死率却高达百分之八十，是极其凶险的分娩并发症。

看起来十分健康的黄文娟，能不能挺得过这突如其来的并发症？惟希一点把握也无。

那边厢，曹理明还在与岳父通话，自普陀山深夜赶回来的黄夫人从电梯里走了出来。看见女婿与女儿的好友都守在走廊上，她疾步走过来，开口问：

"娟娟的情况怎么样？"

曹理明面色憔悴："娟娟还在手术，医生说是什么栓塞。"

"宝宝呢？"黄夫人这才关心婴儿。

"情况也不太好。"曹理明黯然。

黄夫人瞥了一眼他保持通话状态的手机，拍拍他："你也累了一晚，去歇一会儿吧，此地有我守着……"

话音未落，产房的门再一次推开，医生面色凝重地走出来："患者现在因羊水栓塞急性过敏反应致使多器官衰竭并伴有大出血，我们已经紧急调取血浆为她输血，但能否抢救成功，尚未可知。"

匆忙赶回来的黄夫人闻言，眼前一黑，整个人身体直直向后倒去。

惟希眼疾手快，一把撑住她："您要冷静，黄小姐现在最需要您的支持。"

"对对，我要冷静！"黄夫人牙关紧咬，声音颤抖。

"请病人家属签字，必要时将不得不切除患者子宫……"

在场的人均是一愣，尤其是曹理明："医生，她才二十五岁……"

"命要紧还是子宫要紧？！"医生忍怒。

每当需要做出艰难抉择的时候，总有这样的家属延误最佳救治时机，导致患者承受更惨痛的后果。

"我……我签字……"黄夫人抖着嗓子，眼泪不断地往下掉。她的女儿，她优秀的女儿，为什么要遭这个罪？

"您是……"

"我是她妈妈。"

"我不同意！"曹理明手中的电话里传来黄忍之的咆哮，"让他们一定要保住！子宫切除了还是什么女人？！还怎么生孩子？"

黄夫人再也克制不住心中悲愤，扬手夺过女婿手中的手机，对着那一头的黄忍之嘶吼："黄潜你还是不是人？！我没给你们黄家生出儿子来，我没用！你在外头养女人想生儿子我管过你？可娟娟是你女儿啊！你怎么能看着她……"

黄夫人再也说不下去，猛地将手机掼在地上，转而对医生说："我来签字！"

医生却摇摇头："配偶在场时只能由配偶签字。"

黄夫人忍耐地闭一闭眼，方才转向曹理明："理明，你别听老黄的话，你和娟娟已经有了后代，好好栽培他，一个孩子比几个孩子都强。"

曹理明面露犹豫。

"你快签字，娟娟的性命要紧！"黄夫人几乎是在哀求他，"我把名下顶层江景公寓过户给你，你们小夫妻以后不用和我们两个老的住在一个别墅小区里。"

"妈妈，我不要您的房子，"曹理明忍痛，里头是他的妻子、他的孩子，他夹在岳父岳母之间左右为难，"我签字。"

深沉的长夜终于过去，黄文娟的手术非常顺利，子宫摘除后，她的症状得到及时的控制，通过输血，保住了年轻的生命，已经由手术室推出，转往重症监护室住院观察。

早产的小小婴儿因罹患新生儿湿肺，所以不得不暂时放在保育箱内，二十四小时监护观察。医生表示他是一个顽强的小生命，会健康强壮起来的。

曹母郁汀汀和曹理明的兄嫂一早也赶到医院，郁汀汀与黄夫人两个做母亲的抱头痛哭，一方面因这孩子来得不容易，另一方面则为黄文娟年纪轻轻却失去了子宫而难过。

"亲家姆妈，真是为难你了。"郁汀汀红着眼睛，哽咽着对黄夫人说。

她生了两个儿子，大儿子为了照顾她和弟弟，放弃读大学的机会，报考了当时没几个人看好的高等职业技术学院，毕业后在学院附属医院当护理，收入不错。后来与同医院的另一位护士相爱结婚，夫妻感情不错。唯一的遗憾是两人不知道是因为工作太忙还是其他原因，始终没有孩子。

小儿子理明学习好，大学毕业后虽然没能如愿考取公务员，但是随后进入私企，颇受老板赏识，后来与老板女儿成为恋人。她最初听到这个消息时不是不惊讶的。老板的女儿，想找什么条件的男朋友找不到？可是转而一想，她家理明吃苦耐劳，勤奋好学，品格优秀，配谁都配得上。

唯独当小儿子回来与家中商量，说女方想让他入赘时，她才有些犹豫。反倒是大儿子理光比较看得开。

"即使入赘，小明还是您的儿子，将来他的孩子照样是您的孙子。"理光笑呵呵憧憬，"等他长大，您就是大公司董事长的阿娘！"

大儿媳在一旁抿嘴微笑，并不多话，可是她看得出，理光夫妻俩对黄老板提出的给他们一套复式公寓住，很是心动。

郁汀汀回想这些年两个儿子陪着自己吃过的苦，想想大儿子说得也有道理，管他将来姓黄还是姓曹，终归是她的孙子，点点头，被两个儿子说服。

谁能料到，文娟生孩子的过程会这么凶险？

曹理光夫妻二人在婴儿室外头看过小侄子，这才返回来，安慰母亲和黄夫人："宝宝看起来颇精神，一定会很快长胖长壮。"

黄夫人擦干眼泪："但愿如此。"

黄文娟手术成功，度过危险，惟希与邵明明等守了一夜的人，遂向黄夫人告辞。

黄夫人眼底也是一片青黑，还强打精神："等文娟出院了，一定要请你们过府一叙。"

"阿姨您太客气了，您快回去照看文娟，她好一些我们再来探望她。"

众人自医院出来，邵明明由未婚夫护送回家。

唐心早已经困得东倒西歪，只是强撑着等到黄文娟脱险，走出医院即刻招手叫住一辆计程车："希姐我回家睡一觉。"

"去吧，后续事项我会跟进。"

唐心点点头，坐进车里，按下车窗，叮嘱："不要放过他。"

"你放心，不会的。"惟希向她保证。

目送唐心乘坐的计程车驶远，卫傥扶住惟希肩膀："你也回去休息半天。"

惟希摇摇头，手插进外套口袋，触及里面用真丝小方巾包着的药瓶。"不，我一分钟也无法再等。"

"那你等我一分钟，我开车送你去实验室，你的车我让公司代驾替你开回去。"

惟希没有拒绝他的好意："谢谢。"

卫傥关上车门，大步走开。

惟希坐在卫傥的车上，脑海里一遍又一遍梳理昨夜今晨的每一个细节，试图从曹理明的一举一动，一言一行中发现他在这件事中充当的角色。

她渐渐闭上眼睛，头微微歪向玻璃窗，短发有点凌乱地落在脸颊上。

卫傥拿着两杯热热的谷物豆浆返回车上时，只看见惟希半靠在车窗上，鼻息均匀，似睡未睡。他伸出手，将她快要靠在冰冷玻璃上的头揽向自己，轻轻把散落在她颊边的头发掖到耳后，她朦胧间睁开眼，朝他微笑，随即睡去，像一只安静而悲伤的天鹅。

他微微叹息，心中柔软得无以名状。

卫悦送惟希至信氏实验室，对她手中药瓶内的药物进行检验。

信氏本是城中最大建材供应商，但随着信老先生退休，长子信以谌接手公司，渐渐将公司转型至如今本地区和周边三省最尖端的生物制药研发企业，配有设备与国际同步的一流实验室，即便警方有时都需借助该实验室的设备。

雷霆保全公司为该实验室提供安保方案与安全保障，所以卫悦对信氏实验室的能力极其了解，深知只有该实验室能让他在最短时间内出具检验结果。

实验室主任出来迎接卫悦，得知两人来意，即刻从办公桌抽屉内取出透明取证袋，戴上手套将包在真丝方巾内的药瓶小心翼翼地套入袋内，捏紧密封条封口，贴上标签注明日期。

"我会安排实验室尽快对内容物进行检测，结果出来后第一时间通知你。"实验室主任看一眼手表。

卫悦会意："那我们就不打扰你了。"

两人自实验室出来，彼此对视，卫悦看见惟希眼底的疲惫，牵起她的手："我送你回家，你好好休息，有什么事，睡醒再说。"

惟希点点头，她实在太累，熬过漫漫长夜，却仿佛看不见一丝光明。那种浓重到绝望的无力感渗入四肢百骸，让她从无一刻似现在这样痛恨这社会加诸在女性身上的恶意。

黄文娟如此年轻，她还有大好的时光，可以在她所熟悉的领域大有作为，却仅仅因为她的性别，必须依靠嫁人生子才能获得她父亲的认同。哪怕在她生命最危急的一刻，在她最需要支持的生死关头，她的父亲也只在乎她是否还能继续生孩子。他不关心她即使侥幸活下来，也将要面对失去子宫而造成的血清雌激素骤降而带来的性功能减退、更年期提前、精神抑郁等各种伴随终生的症状。

而她明明就在那里，就站在产房外头，偏偏对发生在眼前的一切都无能为力。

"我以为我能帮她，"惟希低声自嘲地一笑，"可是，原来我谁都帮不了……"

顶着坐在底楼门口晒太阳的白发阿婆审视的目光，卫倪送惟希上楼。

惟希开门，直直走进卧室，和衣倒在床上，整个人蜷缩成一团，像只受伤的小兽。

卫倪明白她的感受，这种因无力而造成的自责，会折磨一个人很久很久。他脱掉皮鞋，踏入属于惟希的世界，缓步走到她床边，蹲下身，伸手替她脱下脚上的软底便鞋，整齐地放在一边。拉过被子，小心翼翼地为她盖上，留意到她浓长睫毛下眼睑一片青色，转而起身轻手轻脚拉拢素色窗帘，随后走出卧室，替惟希关上卧室的门。

惟希醒来时，室内光线暗淡，分不清白天还是黑夜。惟希觉得自己仿佛睡过了漫长的一生，整个人恍如隔世，不知今夕何夕。

惟希起身，伸个懒腰，瞥见整齐摆放在床边的便鞋，又看一眼从身上滑落的被子，嘴角漾起一点点笑。整个世界都黑暗了的时候，这些看似微不足道的细节，却好像照亮了生活。

惟希脱下身上外套，从衣橱里找出柔软的薄毛衣穿上，拉开卧室门走进客厅。厨房方向隐隐传来声响，惟希蹑足走近厨房，悄悄向里张望，只见卫倪脱去风衣，穿着衬衫，套着她的小花围裙，正在炒菜。

转身之间看到惟希，他笑一笑："醒了？正好洗把脸吃饭。"

"哦。"惟希向卫生间走去。

"对了,擅自用了你的新牙刷,希望你不介意。"卫悦对刚睡醒,反应还有些许迟钝的惟希扬声说。

"噢。"惟希走进卫生间,才恍然醒悟。

洗面池上方置物架上,搁着一只一次性塑料杯,里头倒放一支崭新牙刷,看起来卫悦趁她睡觉的工夫,自行洗漱过。

惟希呆愣片刻,才猛然醒悟镜子中一头短发如同炸毛蒲公英,整个人蓬头垢面的影像属于自己,一张脸迅速涨红。连忙掩饰地取过自己的牙刷牙杯,挤出好长一条牙膏,埋头刷牙。

等惟希打理完个人卫生,从浴室里出来,客厅的饭桌上已经摆好三菜一汤,两碗米饭。取掉花围裙的卫悦正拿着两双筷子从厨房出来。

"缓归园出产的大米,吃起来如何?"卫悦将筷子摆放好,替惟希拉开餐椅,等她坐定,这才坐在她对面,笑问。

"软,香,糯。"惟希实事求是。

卫悦点点头:"这是新试种的品种,假使反响不错,我打算明年全面种植。"

惟希捧起饭碗,看着饭桌上他自厨房就地取材,做的滑蛋虾仁、大蒜炒腊肉、清炒菜心和绿豆芽鱼片汤,深深觉得自己的厨艺受到了碾压。

在卫悦好胃口的带动下,惟希这顿饭竟也吃了不少。

饭后卫悦揽下洗碗工作,惟希只好在一边打下手,接过他洗干净的碗,一一擦干放回碗架上。

"我有点公务要回公司处理,你一个人没问题?"卫悦问在他身后咫尺之遥的惟希。

"我没事了。"惟希向他保证。

每当她要对这个残忍世界绝望的时候,总会有人给她温暖,给她光明,给她足够的勇气,去继续面对那些冷酷的真相。

卫悦洗干净最后一个盘子,交给惟希,在她半垂着头擦拭上头的水迹时，伸长双臂撑在她身体两侧的流理台边缘，将她围在自己臂弯内："真的？"

他身上的热力透过浅灰色衬衫散发出来，炽烈得仿佛能灼伤她的皮肤。惟希能闻见他身上她常用的薄荷香皂的味道、一点在厨房里而沾染上的油烟味，还有他自身那种干净的气息。

在惟希将要脱口而出"不要走"之前，他垂首吻一吻她头顶的发旋："下月八日，不要约出去。"

说完有点遗憾地揉一揉惟希双颊："确实还可以再胖一点。"

然后走出厨房，取过搭在客厅沙发上的风衣，告别离去。

留惟希站在流理台前捧着脸，一颗心扑通扑通乱跳。

秋夜的浦江，日与夜似两个不同的季节。夜风凉冷，自半敞的车窗吹入，驱散卫傥身上的燥热。

他与惟希并非传统情侣，时刻紧贴对方。他们各有各的生活，各有各的社交圈，即使确立情侣关系，他们仍保持一种十分独立的状态，可就在刚才的那一瞬间，卫傥发现他想留在惟希身边，紧紧拥抱那个努力不让自己对世界失去希望的悲伤的徐惟希。

她肩上承载了太多别人故事里的伤恸，他不知道她在多少个无人的夜晚，独自蜷着身体，竭尽全力地对抗那些无可诉说的悲伤。

他想就那么抱着她，亲吻她，告诉她就算全世界都背弃了她的信任，至少还有他在。

卫傥苦笑，这大概就是爱了吧？来得如此突然又如此猛烈，让他猝不及防又心甘情愿。

他踩一脚油门，汽车在夜幕中加速，他有多少事要做，就有多少渴望调头返回她身边的冲动。

卫傥驱车前往雷霆保全位于自贸区的办公楼，所有负责此次世界名表会展安保工作的人员已经悉数在办公室集合。

大家对老板卫侥罕见地推迟白天日程，将会议延期至晚上召开，心照不宣地一致保持沉默。但早有消息从公司代驾员处传来，老板直接指派一名女保镖到医院贴身照顾一位产妇，清早又从医院送一位年轻女郎回家，代驾则将该女郎的车开回所居住的小区。

老板这事做得并不隐秘，结合农庄那边关于老板近期对一位徐小姐的格外体贴关照，不难得出老板恋爱了的结论。

公司上下对此乐见其成。

毕竟如同机器般严谨准时、不苟言笑的卫侥，和眼中带有一丝微笑、亲和力爆棚的卫侥，大家更喜欢后者。

卫侥对在座诸人之间飞来抛去的眼神视而不见，只打开电脑，调出名表会展租用的场地建筑平面图，开始讨论安保设计方案。

与此同时，妇婴医院重症监护病房中，手术麻醉药效退去，一阵强烈过一阵的疼痛使得黄文娟终于从昏睡中慢慢醒来。

她艰难地睁开眼睛，转头观察自己的所在。

明亮而不刺眼的灯光，各种滴滴作响的仪器，都提醒着她，她躺在病房里。

随后口中如同灼烧般强烈的干涩感，令得她大声呼唤，她以为自己发出巨大响动，却只不过是细如蚊蚋般的低吟。

监护病房外一直守候着的女陪护发现她醒来，连忙按铃召唤医生与护士前来。

随即有穿隔离服的医护人员进入监护室，走近病床，微俯上身用手电照射黄文娟瞳孔。

"黄文娟，黄文娟。"口罩后传来的声音有点模糊，但黄文娟还是听懂了，她用尽力气眨一眨眼。

护士见她恢复意识，转而查看她的心跳、血压等指标，随后轻拍她没有输液的那只手："手术很成功，你要配合医生，安心休养，很快会好起来的。"

望着护士一双充满鼓励的眼睛，黄文娟却感觉不到温暖，即使麻醉效果还未彻底消散，但她也清楚地知道，自己身体的某个部分已经死去。

浦江一夜之间迈入深秋，百花凋零，落叶遍地。

清晨起床，惟希在阳台玻璃窗上看见一层薄薄的霜花，仿佛昭示着寒冬将至。

下楼上班途中，惟希遇见一手拿长竹筷串着几根油条，一手端着装有热豆浆的小奶锅的楼组长阿姨。

阿姨平时对惟希是客客气气点个头招呼过算数，今天却格外热情地叫住她。

"小徐啊，最近工作忙不忙？"

"还好，不算太忙，谢谢阿姨关心。"惟希朝楼组长阿姨笑一笑。

"小徐你今年也二十七岁了吧？"阿姨笑眯眯地，"和男朋友准备啥时候结婚啊？要请我们吃喜糖哦！"

惟希无意纠正楼组长将二十五岁自动算为二十七岁的说法，只点点头："到时候一定不会忘记您。"

楼组长阿姨这才仿佛恍然大悟："哎呀，你上班要迟到了，快去快去！"

惟希继续走向自己的停车位，心中并没有太多被冒犯的感觉。

曹阿婆是真心待她好，总想将留学美国的孙子介绍给她，然而楼组长夫妇很是看不上她，这会儿大约听三姑六婆讲闲话，闻得她带男人回家，还在家里待了一天，大概是来同她确认此事，顺便解除警报的。

这样的旁敲侧击于惟希，早已不存在任何杀伤力，她已然能一笑置之。然而公司里唐心那种满身戾气无处发泄的状态却令惟希忧心。

这种情形已经许久未在唐心身上发生，惟希也总以为，时间是最好的良药，弥合唐心千疮百孔的内心。

刚开始跟在她身边的唐心，性情乖张暴戾，周围的人动辄得咎。惟希自己也是刚刚失恋，失去为之努力学习的工作，哪里耐烦迁就娇生惯养坏脾气的大小姐，忍不过两个礼拜，就蕲着唐心去了事故理赔调查现场。

车祸发生在交通繁忙的主干道路口，一家三口，丈夫开车，妻子怀抱不满周岁的儿子坐在副驾驶座上，丈夫为了避让忽然横穿马路的老人，猛打方向盘，导致车子一头撞在路边水泥隔离墩上，他和妻子都系有安全带，虽然两人有不同程度的撞伤，但都没有生命危险，可是两人不满周岁的孩子却由于猛烈撞击因为惯性整个人撞穿前挡风玻璃，摔在对面马路上，在救护车到来之前，小小生命已然逝去。

惟希揪着唐心来到路口，将一沓血肉模糊的照片拍在唐心胸口："你觉得自己不幸？你的遭遇能悲惨过这个孩子？！你父母健在，家境良好，不开心可以任意发脾气，所有人都要忍受。这个孩子却根本没有机会长大到可以叛逆的年龄，他唯一做错的事就是投错了胎！"

唐心木然地站在路口，没有像以往那样尖酸刻薄地出口伤人，那一刻，她如同一个茫然无措的孩子，眼底是倔强的抗拒。

惟希记得当她第三次带唐心一同出险调查回来，这个乖戾的女孩子躲进办公室茶水间良久，走出来之后，直如脱胎换骨，收起尖锐到伤人的态度，愿意好好同她沟通，慢慢融入到她的生活，成为她的得力助手。

可是今天，惟希又在唐心身上看到最初的那种状态，眼底深处如同火山即将爆发时浓烈滚烫的岩浆翻涌，在寻找出口喷涌而出。

"唐心。"惟希向她招手，"来。"

穿着一身黑色套装的唐心随她走进办公室，惟希关上门。

惟希从办公桌抽屉里取出一只橙色橡胶握力器，扔给唐心，唐心下意识地伸手接住。

握力器是姚大老板做主发放给每个员工，用来在感觉到压力巨大时释放压力用的。惟希收到后一直放在抽屉里，她更喜欢通过练习自由搏击的方式缓解工作带来的压力。但今天她觉得有必要将这个小小橡皮圈请出来一用。

果然唐心接过握力器，下意识狠狠地拼命捏紧放松，没几下之后，她一直紧绷的下颚线条慢慢放松下来。

惟希暗暗出一口气："这件事你怎么看？"

唐心嗤一声："黄文娟失去子宫，姓曹的孩子将是她唯一亲生子，黄忍之百年之后，偌大家业，还不都是姓曹的当家？真是好盘算！"

"可是我们没有直接证据。"惟希实事求是。

"要什么证据？离婚就好了。"唐心不以为然地恶狠狠捏两下握力器。

"没有实证，想离婚并不容易。"惟希以为在没有真凭实据的情况下走法律程序希望极其渺茫，曹理明只消做出一副深情款款不离不弃的样子来，任凭黄文娟说破嘴，无论是家人还是法官，都只会觉得她是丧失生育能力后的情智失控，搞不好曹理明还将博得所有人的同情：看，他妻子从此再不是个完整女人，他还对她一往情深。

唐心气得爆粗口，猛地将手中的握力器掷向办公桌。

握力器砸在桌板上，发出"嘭"的一声。

"唐心，镇定！"惟希轻唤一声。

唐心抬眼望她，脸上满是固执到桀骜的颜色。

惟希伸手压一压自己眉角，这爆脾气姑娘，一点点耐心都无。

"你美国的十年多次往返签证可到期了？"

唐心眼光如同星辰般猛然闪亮："还未到期。"

"可愿意替我跑一趟纽约？"惟希问眼前的年轻女郎。

"固所愿也，不敢请耳。"唐心那无处发泄的野蛮情绪倏忽消弭，朝惟希灿然一笑。

"你回去准备吧，此行费用由我支付。"

唐心摆手："钱无所谓。"

惟希见她恢复活力，笑起来："车马费住宿费算我的，吃喝玩乐算你的。"

"同我算得这么清楚做什么？"唐心嘀咕着，拉开门走出办公室，抓起她扔在办公桌上的手袋，昂首离去。

惟希望着她的背影，有一瞬间我家有女初长成的感慨，忽然能理解师傅老白看着她时，那种带着一点点不放心，又有一点点安慰的眼神，一如她此时此刻，既相信唐心能独立办好她交代的事情，又难免有些担心以她脾气火暴的性格，会否在纽约把曹理明的前女友打个半死。

惟希摇头，把这荒谬的想法摇散。

中午惟希在公司食堂用午餐，吃过卫偲做的蟹粉狮子头，食堂做的红烧肉圆子便很有点食之无味的感觉，幸好还有食堂大师傅的秘制卤鸭腿，令人欲罢不能。

师傅老白看见惟希，招手叫她过去一起坐，顺便低声关心起她接的这件私活。

惟希并不隐瞒，将事情大致讲述一遍。

老白眉头紧锁，这种事最麻烦。隐隐约约所有矛头都指向丈夫，然而却没有一个明确的证据表明与他有直接关系。

"药检报告出来了没？"

"最快后天。"

老白点点头，转而说起妻儿："她铁了心要送白琨出国留学，对蒲良森提供的教育奖学金心动不已，最近着魔般到处打听各种留学事宜。"

"白琨自己呢？"惟希想起犟头倔脑的少年。

"他对自己的未来还没有明确的规划，"老白苦恼，"现阶段对什么都抱持一种你们赞成我就反对的态度。"

惟希不知道该怎么安慰师傅。她自己因家庭缘故格外早熟，总想尽力不为家长添麻烦，教他们工作之余还额外要为她的事劳心劳力，所以很不擅长处理中二青年与家长之间的问题。

"唉……"老白叹气，"儿女都是讨债鬼！"

惟希失笑："师母若真是对那份教育奖学金心动，你何不陪她一起去了解一下？也许确实是一份不求任何后期回报的人才投资而已。"

老白挑眉："这么好的事，你信？"

惟希一噎。

只怪工作使他们多疑。

吃过饭，老白丢给惟希一份理赔申请。

"新案子。"

惟希翻开文件夹，申请人"鲁竟先"的名字映入眼帘，不由得抬眼看师傅老白："他的宣告死亡判决下来了？"

"昨天下达，今天家属就提出了赔付申请。"老白耸肩，"世间人情冷暖，不过如此。"

惟希黯然。

鲁竟先，是一个很难让她忘记的名字。

他大学毕业后来本城创业，经营起一家生意不错的文化公司，经常组织五六线甚至是十七八线的演员、模特到三四线城市去演出，还策划筹拍过两部当时看起来颇雷人，现在回想也算是良心之作的网络剧。

事业小有所成之后，鲁竟先娶了一位小模特，两人之间育有一个女儿。夫妻感情大抵不错，有什么他能轧一脚的开幕式、颁奖礼，两夫妻一直携手出镜。

幸福的日子在五年前的一个春天戛然而止。

鲁竟先平时没有什么不良嗜好，不抽烟不喝酒，坊间也没有他潜规则女演员的传闻，他最大的爱好是和一群驴友登山。当时出发与驴友前往福建登未开发过的野山，登山途中迷失方向，鲁竟先自觉登山经验丰富，安抚队友，他去寻找出路，结果一去不回。当地警方和搜救队进行了大面积搜山，始终未能找到，生不见人，死不见尸。

鲁太太几次要求立案寻找她先生的下落，每年她先生失踪的那天，都会跑到公安局刑侦队闹事。

惟希犹记得鲁太太哭得梨花带雨泣不成声的样子，想不到这么些年过去，鲁竟先仍然下落不明，最后由法院宣告他的死亡，而未亡人已经迫不及待地申请保险赔付了。

思及仍躺在病床上的黄文娟，还有不知去向的鲁竟先，惟希生平第一次生出订立遗嘱的念头来。

世事无常，生死无端，不用唐心向她灌输，她也明白，是该珍惜当下，及时行乐。

（未完待续）

图书在版编目（ＣＩＰ）数据

她使黑夜透着光 / 寒烈著. —— 南京 ： 江苏凤凰文
艺出版社，2017.10
ISBN 978-7-5594-0918-8

Ⅰ. ①她… Ⅱ. ①寒… Ⅲ. ①长篇小说—中国—当代
Ⅳ. ①I247.5

中国版本图书馆CIP数据核字(2017)第175816号

书　　　名	**她使黑夜透着光**
作　　　者	寒　烈
出 版 统 筹	黄小初　沈浛颖
选 题 策 划	北京记忆坊文化
责 任 编 辑	姚　丽
特 约 策 划	暖　暖
特 约 编 辑	虾　球　单诗杰
责 任 监 制	刘　巍　江伟明
封 面 绘 图	三　乖
封 面 设 计	80零・小贾
版 式 设 计	段文婷
出 版 发 行	江苏凤凰文艺出版社
出版社地址	南京市中央路165号，邮编：210009
出版社网址	http://www.jswenyi.com
印　　　刷	环球东方(北京)印务有限公司
开　　　本	880毫米×1230毫米　1/32
字　　　数	210千字
印　　　张	8
版　　　次	2017年10月第1版，2017年10月第1次印刷
标 准 书 号	ISBN 978-7-5594-0918-8
定　　　价	32.00元

影视版权抢订热线　　010-57194853
江苏凤凰文艺版图书凡印刷、装订错误可随时向承印厂调换